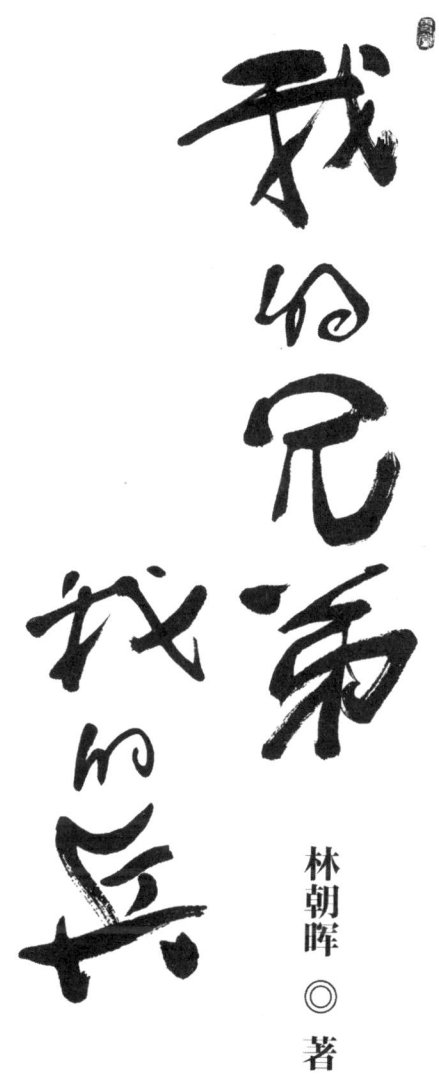

我的兄弟我的兵

林朝晖 ◎ 著

中国华侨出版社
·北京·

代序一

寻找军旅文学的春天

李尚财　林朝晖

李尚财：著名军旅文学评论家，朱向前先生在其著作《黑白斋读书录》里，用"线与面"作为一个栏目来概括他对军旅文学的重要作家、重要现象、重大问题的跟踪和研究。我觉得这个颇负军事意味的术语简洁明了。借用"线与面"这个词来形容你的写作题材与探索方向，你的"面"是什么？

林朝晖：就我写作所涉及的题材面上来说，早时我主要写部队医院生活的小说，我是一九九二年开始写作的，那时因为我在总队医院工作，就写了一些医院题材的作品，大多数是小小说，比如《跃动的火焰》《风中有朵雨做的云》《红玫瑰》，等等，这些作品大都是一个甜蜜的爱情故事，今天看来我挺感佩自己那时候感情充沛！当然，这些东西也都比较稚嫩，大都在省内报刊补一补报屁股；从二〇〇一年开始，我将写作的重心放在当下警营生活上，主要写基层中队的执勤战斗生活，比如《开往春天的火车》《雨落在春天里》《英雄的走向》，等等，都是中篇小说，并分别在《橄榄绿》《解放军文艺》等杂志头题发表，对我的写作信心起到了很大的促进作用；再后来，我又尝试写了一些历史战争题材小说，比如《欠你一个吻》《穿越台湾海峡的白鸽》，等等，我突然对那段尘封的战争历史十分感兴趣，并觉得其中有很多特文学的东西，这一点深深地吸引了我——以上三大块题材，基本上构成了我的整个创作面。

李尚财："线"是什么？

林朝晖：有两条"线"拉得比较长，一个是"守桥中队"，一个是"黄连坑"。这也是我创作中的两个关键词，每个关键词都有一系列小说。为什么沿着这条线写呢？这跟我们武警的基层中队勤务特点相关，并且我对基层中队情况也算熟悉，觉得将故事放在这两个地方，写起来顺手，心里也踏实，也就多写了几篇。

李尚财：是的，我也注意到了，近年来你有了一个"黄连坑"系列，就像鲁迅写绍兴，沈从文写湘西，贾平凹写西安一样，你将自己的写作地盘放在了"黄连坑"。如果说从第一篇《喊一声战友》开始你在黄连坑打下一个"点"，那么后来随着《黄连坑的兵》（四个短篇小说）《吼山》的发表，则逐渐形成了规模，你会将这条战线拉多长呢？

林朝晖：写黄连坑是因为我对这片土地有着很深的情感，黄连坑是一个真实的地方，它位于福建与江西交界，经济十分落后，福建总队守护分水关隧道的九中队就位于黄连坑，这也是总队最为偏僻、最为艰苦的一个执勤点。二〇〇四年夏天，我在这个中队蹲点，那里的环境与官兵给我留下了深刻的印象，官兵们长年驻守在那里与日月相伴，与群山为伍，守护着七千三百多米的铁路大隧道。但是，在这样艰苦乏味的日子里，他们却能做到黄连树下弹琵琶——苦中取乐，把警营的日子过得丰盈滋润，这一点令我深受感动。后来，我人虽然回到了总队，但心却依然搁在了那块土地上，一想到那里的官兵，我的心里就有一种创作的冲动。终于，我写下了第一篇小说《喊一声战友》，后来又写了一系列作品。再后来，我总愿意把别的地方发生的事情放到这里来写，因为把故事一放到这个地方，我就知道该怎么写了。你问我这条"战线"能够拉多长，我自己也不太清楚，跟着感觉走，写到哪里算哪里。

李尚财：任何概括都是一种阉割，上面的概括不一定准确，但是的确有助于大家看到作为小说家林朝晖的面貌。你前面说到你有一系列爱情题材的小说，我也注意到了，比如《拔出来的爱情》《看云的女兵》《爱情柳》《开往春天的火车》《逍遥峪的笛声》《吼山》，等等，这些小说大都拥有一个很帅的男主人公和很漂亮的女主人公，演绎着一段动人的爱情故事。我常常想，你这么老实的一个人怎么会写出这么多动人的爱情故事呢？并由此觉得你是一位具有浪漫情怀的人。

林朝晖：我一直认为具有浪漫情怀的作家，才能写出好看、并且富有想象力的作品。你看，我虽然长得瘦小，但也憧憬美好的爱情，所以，我用小说虚构一个个动人的爱情故事。这些东西写多了，也导致很多未曾谋面的人对我产生一种错觉，以为我是一个相貌英俊的小伙子，见了却大失所望。有一年，在北京参加《橄榄绿》杂志举办的笔会，另一个总队的叫姚闻的作者见到我后就说，啊，我看了好多林朝晖写的军旅小说，以为林朝晖是一个帅哥，没想到长得这么客气呀！把大家都逗乐了，当时我就告诉他说，往往长相丑的人，才能写出绝世的经典爱情小说。你看巴尔扎克也长得很丑，可是他却写出了具有浓厚浪漫情调的《人间喜剧》，你看金庸长得也不算英俊吧，但他写出了一部部绝世的爱情经典。所以，长得老实也是一种本钱。

李尚财：实事求是地说，我认为你的写作一直处于不温不火的状态，有几个阶段看似要爆发了却又熄火了，比如中篇小说《英雄的走向》《喊一声战友》《唱支山歌给党听》分别被《小说选刊》《小说月报》《中篇小说选刊》选载，比如你入围"21世纪文学之星丛书"评选等，每一次让人感觉你要浮出文坛时，又突然沉下去了，令人感叹你怎么没有憋住气呢？这是你的耐力不足，还是别的什么原因？

林朝晖：耐力不够，数量上不去。写得快又要有质量，这的确需要一定的气力。凡是能够成为大作家的人，肺部的气力都要比一般人大。俗话说："厚积薄发"，我觉得自己的文学底蕴太薄，尽管一心一意想写出好作品，但在写作的过程中，还是会出现"熄火"状态，常常是写了这一个不知道下一个怎么写。也因此，我特佩服那种高产作家，打机关枪一样，子弹嗒嗒嗒地出，且不管他写得怎么样，单看那个气势就颇具观赏效果，让人望而兴叹！我挺羡慕的。

李尚财：现在文坛上流行一种"策略"的说法，比如积累一批好的小说后，找机会集体投到杂志发表，以集中火力来吸引大家的眼球，从而实现"一战成名"。你有没有想过，采用一些策略来作战？

林朝晖：这个观点，有一位国内很著名的评论家曾经跟我说过，我也尝试过，有一阵子我同时给十几家杂志投出稿子，可是杂志不是我办的，你急主编不急，能咋整？最后，还是跟半自动步枪一样，半天才发出一枪，有的索性就熄火了，还是引不起大家的注意。不过，通过这件事我也就想通了，"策略"固然重要，但更重要的还是作品质量，我现在也都四十出头了，不再那么注重虚名,还是干点实的吧,一个一个地来,将每一个写得扎实一点,凡是能够在历史上留下来的作品,说到底还是质地坚硬的作品。

李尚财:我觉得,作品质量参差不齐也是你创作中的一个问题,你的《最后一盘棋》《英雄的走向》《喊一声战友》《欠你一个吻》等,写得这么好,不论故事编制还是结构模式都可谓高明。而你的另一些作品却不尽如人意,比如故事老得掉牙,结构模式陈旧,几乎是用旧的结构模式在写一个老得掉牙的故事,并无太多过人之处。

林朝晖:你说到的几个作品,也是我自己比较看重的篇目。不敢说写得好,但我写它们时的确用了心,很注重语言和故事结构,也比较讲究故事的可读性,几乎是一个字一个字地抠的,总想将其打造成光滑无瑕的精品。但发表后再看,又觉得存在不少问题,没办法,漏洞放在那里你当时就是看不到。其实,每一次写完一个作品时,我都觉得这一篇可能是我最好的作品,但是过后一看,又是次品一个。你说我的部分小说故事旧,这个我相信,可能是我受到前辈作家影响较大,不知不觉便把他们的东西借鉴了一些,所以让你感到不新鲜。谢谢你的提醒,以后我会注意这个问题,力争写得更自我!

李尚财:我特别喜欢你的《英雄的走向》《喊一声战友》《欠你一个吻》,这几个作品都弥漫着一种浓厚的"英雄情结",尤其《喊一声战友》,这个饱含深情的题目就叫人心动,人物关系也写得真实、自然,人物之间的那种战友情谊以及英雄情结,读之令人百般感慨、倍感振奋。你身上是否也具有这种英雄气概?

林朝晖:我不敢说自己身上有英雄气概,但是我心里却有英雄情结,细究起来还是小学时埋下的,当时的《南征北战》《渡江侦察记》《洪湖赤卫队》等电影,看了之后,让我热血沸腾,我曾暗暗立下誓言,长大了一定要当一名人人敬仰的英雄,几回在梦中把自己惊醒,一个拳头砸在床上整个人跳了起来。成人之后,我走进了军营,我所从事的工作是编史工作,长期与文字打交道,与当英雄怎么也搭不上边,尽管在现实生活之中当不上英雄,但我用手中的笔让我的梦想在一个个塑造出来的英雄身上得到了延续,中篇小说《英雄的走向》《喊一声战友》都有浓浓的英雄情结,每次写英雄的作品时,我都可以触摸到孩提时在心里埋下的英雄种子,可以说英雄情结已经在我的身上生根发芽了。

李尚财:小说是一个特别能考验一位作家捕捉瞬间生活能力的文体,在你十几年的创作中,你是怎样抓题材写作的,什么样的东西,你会将它写成小说?

林朝晖:作为一名业余写作者,只要有什么东西或事物触动了我,我就会把它写成小说。记得,我在二〇〇一年参加完《橄榄绿》在北京举办的笔会后,坐在北京回福州的火车上,我一边望着窗外,一边冥思苦想下一步该写个什么样的作品。这时候,我视野里突然出现了一座连接大江南北的桥,桥边的哨所上站着一位身材挺拔、相貌英俊的哨兵,看到火车过来,他朝火车庄严地行了个军礼。桥、哨兵、桥下流淌的江水构成了一幅非常和谐的画面。我的心禁不住微微一动,便有了创作的冲动,回到总队后,我通过各种渠道了解和收集守桥中队官兵的故事。当手头有了足够多资料的时候,我写下了反映守桥中队官兵生活的中篇小说《开往春天的火车》。这篇小说的成功,也使我从创作的低谷里走了出来,成为我创作的一个极其重要的拐点,令我的写作走进了另一个春天。

李尚财：十几年来，你一直走在军旅题材小说创作这条路上，对军旅小说应该也是一位有研究、有心得的作家了。现在，军旅文学界普遍认为，军旅题材小说创作难以出新，你能否结合自己的写作与心得，谈一谈这个问题？

林朝晖：我不是搞理论研究的，这个问题我可能说不好。就以我一个在军旅题材上耕耘了十几年的实践者心得而言，我感到军旅小说既好写，又难写。好写是因为我们整天生活在部队，对部队生活既熟悉又有感情，写起来比较顺手。难写是因为你怎么写，似乎也超不过搁在前面的经典，军事小说中最精彩最能打动人的是"战争小说"，世界上有这么多战争名著摆在那边，我的写作算什么呢？说到这里，我又想起了我写历史战争小说，其实也是满足一下自己写战争小说的愿望。写当下和平军营生活的题材，不单是我，连读者也觉得冲击力不够，我曾为此深深地苦恼过，甚至想不再写军旅小说了，但当我写其他题材小说时，感觉自己更不是内行，比方说我写农村题材的小说，因为长期生活在城市，没有农村生活底子，怎么看都像城里人穿上农民的衣服，不像也不顺眼，其他题材亦是如此，绕来绕去，我最终还是将写作重心放在了军旅题材上，一篇一篇地进行"正面强攻"。诗曰："春江水暖鸭先知"，我想只有走在一线的人才可能比别人先找到春天，我相信通往军旅文学春天的路就在脚下，我也愿意以鸭子走路般的姿态去寻找军旅文学的春天。

李尚财：你对本期杂志上发表的新作《阳光总在风雨后》，有什么样的评价？

林朝晖：这是我挺喜欢的一部中篇，我尤其喜欢作品中的刘一平，他就是中国版的阿甘，说心里话，这样的故事在我心里是有原型的。二〇〇一年，我曾到某中队蹲点，中队有个一期士官引起了我的注意，这是一个江西兵，平日不爱说话，虽然是后勤班的战士，但军事素质非常出色，猪养得特别好，在和他聊天中，他告诉我许多养猪的经验，并带我到猪圈边转了几圈，在猪圈边我还发现了几只可爱的白白嫩嫩的兔子，这兔子是他自己掏腰包为中队买的。"过一段时间，中队会餐时，战友们就会吃到兔子肉了。"他说这话时，脸上漾出幸福的微笑，那双小眼睛像小灯泡一样亮了起来，这表情深深地感染并触动了我的神经，时间虽然过去很多年，但提起笔来写作时，眼前仍晃动着那位士官的微笑，仿佛就在昨天。

李尚财：你的小说在全国各家期刊四处开花的时候，我写了一篇批评你的评论文章——《技巧与耐心的缺失》，非常尖锐地指出你的小说章节布设，重的重，轻的轻，似乎不是一下子想穿需要什么，不需要什么，是在"一团迷雾"中进行开拓创作的，想到什么甩什么牌，没有令人防不胜防，猛地叫"绝"的细节，且文字颇显随意，给人毛毛糙糙的感觉，并指出你的写作态度不认真，应该予以打击。这篇对写作者打击力度十分大的评论发表在《橄榄绿》后，引起了巨大的反响，获总政主办的"首届军旅网络文学大赛"一等奖，当时的评委给出的评论只有一句话：这是我们收到的所有评论作品中唯一一篇批评的评论作品！时过多年，你还为此事生我的气吗？

林朝晖：生气是肯定的，你的这篇文章发表之前，《橄榄绿》的社长曾给我打过电话，说李尚财写了一篇批评你的文章，我们想发表。我说，批评没关系，发表就发表吧。我原以为只是不痛不痒的批评而已，等我看到文章后，冒出一身冷汗，心里骂道，这小子真不是个东西，批评人下手又重又狠，一点都没顾及战友之情。为此，我好几个月都是冷着脸对待你，虽然心里不太痛快，但还是觉得你批评得有道理，我特别喜欢你这篇评论的结尾：我希望这篇小文起到顾此及彼的作用。具体以林朝晖为例，就是因为他是一位具有活力的作者，我感到值得拍一拍他脑门。最后，我们期望林朝晖寻着"劲道"，通过技巧和耐心，将创作理想通过"输液"般一点一滴的艰难，真正地落实到小说的每个枝枝丫丫上，让小说的每一根神经线都清醒起来，奉献出饱满有力的作品。

　　李尚财：看来你还是有胸怀的呀。

　　林朝晖：那都是装出来的。

　　李尚财：在未来的写作上，你会有哪方面的探索？

　　林朝晖：坚持军旅题材文学创作。再是，我有写长篇小说的愿望，近期正在创作长篇小说《我的兄弟我的兵》，这是一部以守桥中队为广阔背景，讲述了中队指导员牛劲与他手下四个兵肖冬、吴夏、陈秋、林晓春之间妙趣横生、诙谐幽默的故事。

　　书中主人翁牛劲原先是守桥中队的一名战士，他一步一个脚印地从士兵成长为一名带兵的基层主官，在他成长的过程中，伴随着事业的起起落落和情感变迁，从痛苦中走出的他逐渐变得成熟起来，最终寻到了真爱，成为一个众人敬仰的英雄。

　　肖冬、吴夏、陈秋、林晓春是同年兵，四个兵性格各异，肖冬貌似憨厚，其实肚里藏着小九九；陈秋憨厚老实、敢说真话；吴夏是一个性格耿直的刺头兵；林晓春则是满腹诗书的秀才兵。四个兵都有自己的理想和追求，在部队这个大舞台上施展着自己的才华……

这部"兵"味十足的长篇小说我写得比较顺,只要我坐在电脑前,把熟悉的基层官兵放到守桥中队框架里,把自己真实的、卑微的、崇高的情感搁置和寄托在守桥中队官兵身上,并轻轻地抚摸官兵内心最明亮、最温暖的部分。那一个个充满朝气,个性鲜明的官兵从电脑屏幕里跳出,活灵活现,那一刻,我真切地感受到他们就是我手下的兵,就是我的骨肉兄弟……

(该文发表于2010年第4期《橄榄绿》,本文略有增删)

代序二

心里装着大写的"兵"
　　——林朝晖印象记
　　　　　　刘耀文

　　看到林朝晖这个名字时，我还在教导队当新兵。那天是周末，班长拿了本《橄榄绿》杂志给我。于是，我有幸看到了他的中篇小说《开往春天的火车》。这篇以守桥中队为背景的小说，给予了我这个初涉文学的爱好者很大的精神动力，于是我开始打听起这个作者来。中队指导员说这个作家是我们总队机关的一名干事，是武警部队很有名气的作家。当时，我便记住了他，从他作品的字里行间中，我感受到了他是个有着浓烈军人情结的人。

　　我一直在脑海中勾画他的形象——希望他既有守桥中队指导员牛劲的纯真与细腻，又有着新兵吴夏人高马大一身肌肉的身材。新兵集训结束后，我分到了总队机关，居然和他在同一座大楼里工作。第一次见到他，是在机关大楼的电梯里，那次电梯里的人特别多，在八楼停下之后，一个瘦小的身影从人群后钻了出来。他留着小平头，长着一张圆圆的脸蛋，宽厚的鼻梁上架着一副银白色的眼镜，单薄的肩上却沉甸甸地扛着一副少校警衔。

　　那时候，我根本没有把电梯里见到的他与写小说的林朝晖联系在一起。直到有一天，我看到他与一位领导一块儿走出电梯，听到领导称赞他的小说写得好时,我才知晓原来那个不起眼的人就是我寻找已久的偶像。我的心不禁怦地跳了起来。认识了也就认识了,可就是鼓不起勇气主动与他搭话,每次只是暗暗地把他那瘦小的身材当作一座大山仰望。我开始关注他的更多文学作品,读他发表在杂志上的小说。我发现林朝晖的文学作品兵味很浓,他笔下的基层官兵像一首舒缓的小夜曲,少了沉重,多了轻灵,少了沉闷,多了清新,具有很强的艺术感染力。渐渐地,我喜欢上了他的作品,并从中汲取养分,利用节假日空余时间,开始舞文弄墨,写了很多的习作。热心的宣传处副处长王业洲听说我痴迷于文学创作,便把我引荐给林朝晖,恳请他对我的文学写作进行指导。从那时候起,我便与他结下了不解之缘。

刚开始,每次去林朝晖办公室,往往要徘徊很久才敢敲门——他毕竟是位挂着两杠两星的团级干部,会不会军务繁忙呢?随着接触的次数增多,我的这种顾虑打消了,我发现,他就是一名普普通通的"老兵",没什么官腔、没什么架子。这样一来,我便常跑到他办公室坐一坐,聊一聊,拿自己的稿子请他指点。他居然一字不漏从头看到尾,就连故事情节都复述得清清楚楚,还一一给我指出存在的问题。以至后来我每写一篇稿子,都会请他把关,然后才敢投往报纸杂志。

在扶持文学新人上,他可谓是全心全意、尽心帮扶。去年,他全家被福州市评为"书香人家",并获得了两千元新华书店的购书券,他二话没说就把购书券全分给了我们这几个文学青年。近年来,他的作品经常在全军、武警部队和福建省获奖,他高兴,我们也高兴。大家一高兴,他就会主动请我们几个文学青年吃饭。所以,我们盼望着他多获奖。我经常下班后,会接到他的电话,把我叫到他办公室，我们毫无顾忌地聊工作、聊文学、聊生活。周末或节假日，他也时常会打电话给我，有时一打就是一两个小时，虽然有时都是在重复着同一个话题，或是同一件事，但不知道为什么，我总是很愿意和他交谈，也觉得特别的温馨。

他是个勤奋的作者，又特别低调。我经常打电话给他，十有八九他都是在看书或写作。可每次问他最近在写些什么时，他的回答总是没写什么。但过不了多长时间，他的新作却不断在军内外期刊发表。当我们真诚向他祝贺时，他总是很低调地说自己没写好。

近年来，他在小说创作上收获颇丰。去年发表在《解放军文艺》上的系列短篇小说《黄连坑的兵》，《橄榄绿》上的中篇小说《吼山》分获全军中短篇小说奖，在《福建文学》头题发表的中篇小说《喊一声战友》被《小说月报》转载，后来获得了"福建省迎接建国六十周年征文大赛"一等奖。刚好，我的短篇小说《兵歌》获得了优秀奖，所以有幸和他一起参加了颁奖典礼。正是通过这次颁奖会，让我更深地了解到了他对文学的激情与热爱。会前，我们没有接到要发表获奖感言的通知，但作为最大奖项获得者的他直接被省文联领导点名带头发言。当时离颁奖会召开不到十分钟，我不禁为他捏了一把汗。可他只用了五分钟就一气呵成写了《文学创作的春天》发言稿，并在主席台上抑扬顿挫、激情洋溢地讲演，获得了台下一阵阵热烈的掌声。他不仅小说写得好，就连发表的获奖感言也非常出彩，让人刮目相看。

谈起生活中的他，肯定要说说与酒有关的故事。有这么一句话，说文人都爱酒。这似乎是很多作家的"通病"——的确很多作家都爱酒，就连我这个不真不假的作家也如此。当然，林朝晖也不例外。我曾多次目睹过他酒桌上的风采，用"豪爽、洒脱、勇猛"这几个词来形容，一点也不为过。他喝酒从来不推拒，不管是上级领导敬，还是下级部属敬他，他都会高仰着头一饮而尽，不耍赖，不作假，酒桌上只要有他，氛围必定很欢畅。但他又能很好地把握分寸，从不因喝多了说出过激的话或做出过激的事。相反，酒后的他总是妙语连珠。最让人心动的是，弄不好他就把你写进小说，一不留神千古不朽了，就像李白的诗"岑夫子，丹丘生，将进酒，杯莫停"。这种激情在喝酒前沉默寡言的他身上根本寻不到一点踪影。某日，与福建文艺界的朋友聚会，喝得正尽兴时，他再次调动气氛，提出每人唱一首革命歌曲的建议。革命歌曲在部队人人都会唱几首，就算五音不全也能吼上几句，可地方上的年轻人就未必了，他们平日唱的是流行曲，玩的是摇滚，哪有时间去理会"红色"歌曲。他抓住这一优势，带头站起来，激情昂扬、声情并茂地唱起了《当兵的人》。他的音色不是很纯正，有的音调也被他吼到千里之外去了，但在场没有一个人发出笑声，响起的只有热烈的掌声。唱着唱着，他的眼里居然有了晶莹的泪花在闪动，由此，我更加感受到了他血脉里流着的浓浓兵情。

唱完歌，林朝晖给我们讲了一个小故事：他说有一次到基层中队蹲点时，一位班长告诉他，有一位老兵要退伍了，退伍前，他提出一个小小的要求，想和战友们再唱一曲《当兵的人》，唱着唱着，歌声没了，中队营院上空飘起的是重重的伤感和低沉的哭泣声。

林朝晖说到这里，蓄在眼里的泪水轻轻地滑落了出来。他说，之所以这么多年来一直在写兵的故事，那是因为他心里的"兵"永远是大写的，他要用手中的笔讴歌他们，他们是他深挖的军旅文学那口井里的清泉!

——到这个时候,我才真正读懂林朝晖这位可亲可敬的师长。

今年春暖花开的季节,他原本要到解放军艺术学院高级作家研讨班学习,但因工作上的原因,最终没能走开。他说,虽然留下了遗憾,可工作上的事必须摆在第一位,我想,他不管有没有去军艺学习,凭着他对军旅文学的痴迷,凭着对普通战士的那份真挚情感和军营的浓烈情怀,他一定会迎来军旅文学创作的春天。

(该文发表于2010年《橄榄绿》第4期)

目录
contents

1	代序一　寻找军旅文学的春天
11	代序二　心里装着大写的"兵"
1	一、士兵的心思
17	二、军人的血液
30	三、青春肩并肩
38	四、拯救爱情的灵丹妙药
46	五、与猪一块儿散步的兵
57	六、讲个笑话逗你笑
66	七、老兵的追忆
77	八、水壶里的秘密
85	九、火车里的哲学
93	十、悟出来的掌兵之道
104	十一、不问收获的老黄牛

目录 / contents

115	十二、藏着秘密的桃树
121	十三、承载爱情的火车
140	十四、留着谜底的鲜花
147	十五、士兵的小九九
154	十六、雾里看花的爱情
166	十七、唱支山歌给党听
173	十八、最后一盘棋
181	十九、品一枚青橄榄
188	二十、开往春天的火车
199	二十一、心搁在营盘
204	二十二、英雄是这样诞生的
210	二十三、雪落在春天里
222	二十四、幸福的火车
228	后记：为兵而歌

一、士兵的心思

桥是有生命的！

守桥中队指导员牛劲望了望刚分到守桥中队的新兵蛋，嘴里悠悠地冒出一句话。听了这句话，新兵蛋都很困惑，一个个蹙着眉头望着指导员。牛劲见大伙定定望着他，便拖过一张木椅，悠然自得地坐下，跷起二郎腿，一个关于桥的故事便轻飘飘地漾出——

传说很久以前，一座桥的桥头上坐着一个老人，他是这座桥的缔造者。他坐在桥头当然不仅仅是大功告成后的闭目养神，来往行人一律在他面前丢下几个铜钱时投下一缕感激的目光，但也有例外，有一个傲气十足的少爷，大摇大摆地就这么准备踏桥而去。这时候老人双目微睁，顺手摸起身旁的一柄铁斧，在桥的某一个地方轻轻一敲……

"你们猜发生了什么事情？"指导员牛劲卖了个关子。

新兵蛋面面相觑，答不上来。

"告诉你们吧，老人一敲，那桥就像人的膝盖穴位受力一下，猛地跳起，那少爷自然就弹进水中……桥有穴位有命门，建桥的老人知道。后来，老人离开了，将钱袋倒进又一条河里，另一座桥凸起在这条河上……"

指导员牛劲的故事讲得离奇生动，新兵蛋听得入迷，其中，新兵肖冬的表情最生动，两眼直直地盯着牛劲，张大的嘴半天合不上，口水沿着嘴角流出却浑然不觉。

肖冬来自福建闽北一个偏僻的小山村，这几年，福建沿海地区借助改革开放，经济飞速发展，但闽北地区由于受各方面因素制约，经济仍很落后，肖冬的父母都是地地道道的农民，他有个哥哥，前些年已经成家了。肖冬念书的时候，每逢暑假，都要顶着烈日，拿着锄头在田里挥汗如雨，肖冬一边劳作，一边吟："锄禾日当午，汗滴禾下土。谁知盘中餐，粒粒皆辛苦。"肖冬书念得不好，背书能力特别差，但这首脍炙人口的古诗，他不仅背得朗朗上口，而且富有表情，肖冬的父亲听了，连连夸耀肖冬是个懂事的孩子，将来肯定会有出息。

肖冬在父亲的夸耀声中念完高中后，他和芸芸学子一道参加了高考。说句心里话，肖冬参加高考完全是陪考。肖冬也明白凭着他的半桶水，考上大学完全是天方夜谭。高考的那三天时间，其他同学挑灯夜战，瘦了五六斤，唯独吃得好、睡得香的肖冬反而胖了许多。

高考成绩公布，肖冬知道名落孙山后，在父母面前痛哭流涕，摆出一副壮志未酬的模样儿。

肖冬这副悲痛欲绝的模样，让父母颇为伤心，但伤心归伤心，他们还要谋划肖冬的未来。他们给肖冬两种选择：要么在家与他们一块儿种田；要么再去学校复读一年，争取明年考上大学。

这下肖冬的头可真是疼了，说心里话，他真不愿意与父母在家里干面朝黄土背朝天的活儿。这并不是说肖冬看不起种田的长辈，肖冬是农民的儿子，农民的儿子对种田的长辈有着深深的情感，平日，当肖冬从田野走过，看到弯着腰辛勤劳作的长辈，便会有一种肃然起敬的感觉，这种感觉一直藏在肖冬的心里，时间久了，这种感觉慢慢变成一种恐惧。肖冬深切地感觉到农民生存的艰难、奋斗的苦涩，肖冬的父亲虽说只有四十多岁，但由于长期在田里劳作，脸上已爬满了皱纹。每年肖冬要上学的前几天，父亲总要卖掉辛辛苦苦养大的猪和鸡，好不容易才凑足学费。

开学的那天，当肖冬交完学费，刚回到校舍，父亲便气喘吁吁地扛着一大袋的大米走了进来。这一大袋米可以为肖冬节约二十多元钱。望着父亲苍老的面孔，肖冬时常想起朱自清散文名篇《背影》。

在学校读书的那些年，肖冬也读课外书籍，但他对言情小说却十分感冒，别人看琼瑶、三毛的言情小说会流泪，肖冬却边看边笑，他觉得那些书上的人物太无聊、太可笑了。世上哪有那么多情意绵绵的情和爱？仿佛有了爱情就可以不食人间烟火，整天疯疯癫癫死去活来地爱来爱去。肖冬曾有过这样的念头：让书中的主人公在烈日炎炎的田里干一天农活或者让他们饿上一两顿饭，让他们明白温饱与谈情说爱究竟哪个更重要。

这些年，肖冬也读了不少的书，但大多都是走马观花，看完再睡上一觉，早就忘得一干二净，如果说肖冬有被什么文章感动过，那就是朱自清清幽委婉的散文《背影》，透过这篇散文，他能看到父亲的身影，父亲背着大米袋，步履蹒跚地走上宿舍楼梯的情景成了肖冬心头挥之不去的痛。

现在父母让肖冬做出选择，肖冬不愿意当农民，肖冬承认农民的伟大，心里却在做着温柔的抗拒。

对于父母亲提出让他再回学校复读一年，肖冬认为实在没这个必要。他早已对考上大学丧失信心，断然拒绝了父母为他谋划的出路。那些天，他在家里面对父母的问话装聋作哑，被父母亲逼急了，便钻进被窝，把被子蒙过头顶，不管三七二十一，先美美地睡上一觉再说。

对于儿子的这种举动，两位老人束手无策。于是，父亲便叫肖冬的二叔来做思想工作。

肖冬的二叔是60年代的兵，那时，部队正处在备战备荒的状态，二叔所在部队除了平日训练外，还经常要干农活，每次干农活，二叔总是脏活累活抢着干，别人挑一担粪，他就挑两担，别人用粪便给菜地施肥时捂着鼻子，二叔施肥时不仅不捂鼻子，还要大唱革命歌曲。二叔这种一不怕脏，二不怕臭的精神赢得领导的赏识，当兵第三年，便被破格提拔为干部。二叔在部队时爱扭秧歌，提干回家探亲的路上，二叔昂着头，唱着革命歌曲，扭起秧歌的情景深深地印刻在父老乡亲的脑海里。许多年过去后，乡亲们还在津津乐道当时的情景。

二叔在部队待了十二年后，转业回到老家，在乡里当干部。在闽北老家，二叔可算个人物，虽说才四十出头，脸上却沟沟坎坎，纵纵横横，干瘪的两片嘴唇，紧衔一柄油亮亮的烟袋子，吸时，闭着双眼，两腮塌陷。吐出缭绕的烟雾时，微眯的眼里射出一道亮光。

二叔的这副模样看上去不像个乡干部，倒像个地地道道的农民，但你千万别小瞧。在老家，二叔是第一个有收音机的人，

70年代的收音机和14寸电视一样大小,二叔买了收音机后,不是关起门来一人独享,而是招呼乡亲们都到他家里听样板戏,80年代初,当计划生育政策出来时,二叔把哭爹喊娘的二嫂拖到乡卫生所,第一个做了结扎手术。在村里,二叔创造了许多的第一,第一个买黑白电视,第一个把黑白电视换成彩电。但村里人最崇拜二叔的并不是这些,他们最崇拜的是二叔的那张铁嘴和明察秋毫的眼睛,村里孕妇生男生女,二叔眼睛一瞧,就能猜出来,比B超还准。更绝的是有一回二叔看到村里有个老人气色不好,就叫他马上到医院去看,那老人到医院一检查,原来是得了胃癌,由于及时做手术,捡回了一条命,这件事被村里人传得神乎其神,二叔的名声不胫而走。后来村里人有事都找二叔,二叔也是个爽快热心肠的人,乡亲们有求他的事,都尽量帮忙,他的铁嘴一张,乡里村里的许多难事就迎刃而解。

肖冬从小就崇拜二叔,二叔膝下有三个女儿,却没有一个儿子,这让重男轻女的二叔颇感失望,本来他想继续战斗,争取生个男孩。可后来国家计划生育政策出来了,二叔只好偃旗息鼓。由于没有儿子,二叔怎么看都觉得肖冬这个侄儿顺眼。闲下来时,他就给肖冬讲自己在部队的经历,二叔有一箩筐的军营故事,讲得眉飞色舞口沫四溅,肖冬听得入迷,崇拜之情从心底油然而生。

二叔进门的时候,肖冬的父亲忙把他拖到一边,大吐苦水。二叔听了,不仅没有发怒,而是笑眯眯地说:"肖冬这兔崽子虽然书念不好,但人挺聪明的,就让他当兵去吧!"

这时,肖冬正蒙在被子里昏昏欲睡,当二叔的话随着一阵风传进耳膜时,肖冬霍地从被子里蹦了出来,两眼放光,拳头向空中有力一挥说:"二叔,你太了解我了,其实,我早就有当兵的念头!"

"兔崽子，当兵就要当好兵！"二叔的手重重地拍了一下肖冬的肩膀。

"对，我要当个好兵，像二叔一样出人头地！"肖冬信誓旦旦。

那年冬天，肖冬报名当兵，顺利地通过了体验。接下来，他便焦急地等待接兵干部来家访，望穿秋水，还是没等到了接兵干部来家访，心急如焚的他便跑到镇武装部，凑巧，接兵连连长牛劲正在武装部了解兵源情况，肖冬见到牛劲，便火急火燎地朝他敬了个不太标准的军礼，牛劲的目光一下子便被肖冬吸引住了。肖冬见牛劲的目光定格在自己身上，便朝牛劲笑了笑。肖冬笑得天真灿烂，就像冬天里的一把火。

牛劲问："小伙子，你叫什么名字？"

肖冬响亮亮地回答："报告首长，我叫肖冬，今年二十岁，高中文化，参军体检合格。"

牛劲又问："肖冬，说说你为什么想当兵。"

这是一个所有接兵干部必问的问题，大多数的小伙子都会挺直腰板，梗起脖子说，我热爱军营生活，愿意把青春与热血奉献给军营。可肖冬搔了半天的头，脸涨得通红，却放不出一个屁。

"不要怕，有什么想法就说出来。"牛劲朝肖冬笑了笑。

"我怕说出来，你笑话我。"肖冬蹙着浓眉，一副丑媳妇怕见公婆的模样儿。

"不会的，你就大胆说呗。"牛劲朝肖冬挥了挥手。

肖冬清了清嗓子，让胖乎乎的左手在空中画出一道美丽的弧线后，开始即兴演讲："我是农民的儿子，长在穷乡僻壤的我好比黄连树上的苦籽儿——苦里生来苦里长，高中毕业之后，我满心希望能考上大学，却名落孙山，心灰意冷之际，想到了当兵，我要到军营里寻找幸福的感觉。另外，我还听说部队的馒头做得特别好吃，味道如王母娘娘的仙桃。"

牛劲想笑，却笑不出声，肖冬说的都是大实话，他的家乡经济落后，农民一年四季辛辛苦苦地劳作，日子却过得紧巴巴的。这从肖冬的衣着打扮就可以看出，唯一让牛劲困惑的是肖冬这个山里人不仅长得胖乎乎的，而且容光焕发，完全不存在营养不良的情况。

"肖冬，你怎么长得这么胖呀。"

"原先我也没这么胖，一个月前，听说部队要到我的家乡接兵，就做起了当兵的梦，这样的梦做得特别香甜，心情就变得特别好，便不断地长膘，一个月下来整整胖了十多斤。"肖冬不好意思地搔了搔头。

"看来你挺会耍嘴皮子。"牛劲说。

肖冬颇为得意地笑了笑："我这人没啥本事，就是能吹、能侃，讲出来的话特别雷人，在中学念书时，大伙给我起了个绰号叫侃爷，说我能把死驴说成活马，其实我哪有那样的能耐呀。"

牛劲继续问："能告诉我，你还有什么特长吗？"

"我很能跑，尤其是背着东西。"

"那你就跑一段山路，给我瞧一瞧。"

牛劲的话语刚落，肖冬就背起满满一箩地瓜，往山坡上跑，用不了多久，就跑到了山坡顶，牛劲眨眼的工夫，肖冬又气喘吁吁地背着一箩地瓜回到他的跟前。

牛劲板着的脸上终于露出了笑容，这种笑是从心底深处荡漾出来的："肖冬，你还有什么特长呀？"

肖冬蹙起眉头想了半天，最后支支吾吾地说："我歌唱得也不赖。"

"唱一首听听。"牛劲饶有兴趣。

肖冬亮开嗓门唱起了《唱支山哥给党听》：

> 唱支山歌给党听
> 我把党来比母亲
> 母亲只生了我的身
> 党的光辉照我心
> ……

肖冬摇头晃脑地唱歌，牛劲的目光始终盯着。一曲终了，牛劲问："小伙子，你为什么要唱这首歌？"

肖冬脱口而出："这首歌是我二叔平日最喜欢唱的，耳濡目染，我也喜欢上了。"

"我有没有被打动？"

肖冬摸了摸脑壳，说："连长，你被打动了。"

"哪儿看出？"

"我唱歌时，偷偷地瞄了你一眼，发现你眼里有亮晶晶的东西在闪烁。"

牛劲笑了笑，手重重地拍了一下肖冬的肩膀，走了。

没过多久，肖冬接到了入伍通知书，据武装部传来的消息，因为兵源非常充足，武装部把肖冬淘汰下来，但接兵连连长牛劲据理力争，硬是把他从淘汰的名单里拉出。

肖冬当兵的前一天夜晚，二叔找他促膝谈心，二叔说："兔崽子，你到部队后，做事干活要多动脑筋，这样在部队才有立足之地！"

新兵连集训，肖冬时常同手同脚，新兵连班长多次替他纠正，但他走队列时，一不留神，又开始同手同脚，尤其令人气愤的是肖冬同手同脚，居然走得有滋有味面无愧色。

"肖冬，你又同手同脚了。"班长喝道。

走在队列中的肖冬脸一红，整个人便乱了阵脚，胡乱挥舞手臂，脚像锄头猛往地上扎，远远看去就像一个小丑。

班长气得脸色发青，开始训肖冬，骂他是个大饭桶。在新兵连，肖冬的饭量谁也比不上，午餐能吃十个以上馒头。每天中午开饭，当肖冬看到白白的馒头，便记起父亲掏心窝子的话：到部队后，吃喝拉撒全由部队管，你要敞开肚皮，狠狠地吃！

肖冬一边啃着馒头，一边想父亲的话说得真有道理，于是，脸上便有了微笑，有了微笑心情就好，心情好食欲就增加。现在班长批评他是大饭桶，肖冬嘴上不吭声，心里却有小九九，你班长骂归骂，我今天午饭还要吃十个馒头，不然怎么对得起父亲呀？可当班长骂他是只笨手笨脚的大狗熊时，肖冬眼里的泪水"哗"地一下流了下来，把眼泪一甩，呜咽道："班长，我觉得走队列跟小媳妇学走路似的，我身上有的是力气，啥粗活、脏活，我都愿意干。"

肖冬既然这样说，班长决定惩罚一下，说："肖冬，你去把食堂边的那条臭水沟扫一扫。"

大伙都知道，那条臭水沟堵满饭菜，由于下水道不通，污水淤积在水沟里。风一吹，臭气便四处飘散，大伙路过时，都要捂上鼻子。班长话音刚落，肖冬便拿起锄头、铲子、扫把风风火火地来到臭水沟边，一边挥汗如雨地干活，一边念起那首朗朗上口的诗："锄禾日当午/汗滴禾下土/谁知盘中餐/粒粒皆辛苦。"

没过多久，下水道疏通了，肖冬一口气就把臭水沟里的污水扫进下水道，待到中午开饭时，食堂边水沟如同瓦缸盆倒胡桃——一干二净。

那天中午，肖冬把原先吃十二个馒头的纪录提高到十三个。他啃着馒头，嘴里不时夸张地发出吧唧吧唧的响声，肖冬在用这种声音向其他新兵发出一个信号：我肖冬虽然队列走得不怎样，但我不怕脏，不怕臭，会掏阻塞的下水道，你会吗？

新兵连集训结束后，按常规要进行一次会操，会完操，支队领导要对新兵进行一次思想动员，接着要派新兵代表上台表决心。在新兵连带兵的牛劲从新兵里挑来挑去，最终还是挑中能说会道的肖冬。

自从疏通下水道后，肖冬的自我感觉一直不错，口齿变得特别流利，在各种抛头露面的场合，时常让胖乎乎的左手在空中画出一道美丽的彩虹，而后，开始侃侃而谈，主要都是颂扬新兵连火热的生活。发言结束，他总要夸张地张开双臂，声情并茂地加上一句："革命战士是块砖，哪里需要哪里搬。"

新兵连里有些战士对肖冬的这种做法嗤之以鼻，认为他是个马屁精，专拍领导的马屁，当这些风言风语传进肖冬的耳朵时，他并不生气，背着双手，踱着悠悠的步子，摆出一副宰相肚里能撑船的架势说："别人怎么说，我并不在乎，反正我在军营里找到幸福的感觉了。"

肖冬说罢，脸上漾出幸福灿烂的微笑。

上台表决心前，牛劲把肖冬写的决心书改了好几遍。肖冬拿着决心书在牛劲的面前声情并茂地朗读了一遍，牛劲觉得肖冬朗读得不错。

那天会操结束后,肖冬急匆匆地上台发言。站在台正中,肖冬望了一眼台下的领导和战友,腿便开始微微发抖,他把手伸进军裤的口袋,却发现自己写好的发言稿不翼而飞,肖冬的额头上顿时冒出细细密密的冷汗,但肖冬毕竟是肖冬,短暂的慌乱之后,恢复了镇静的他亮出招牌动作:让胖乎乎的左手在空中画出一道美丽的弧线,而后大嘴一张,开始自由发挥:"我觉得新兵连的生活就好比黄连蘸蜜——苦一口,甜一口。"

台下新兵"哄"的一声笑了起来。

台上的肖冬听到笑声,更得意了:"新兵连军训太苦了,记得刚开始军训的那一天,我因为动作不规范,把脚扭了,新兵连带兵领导牛劲见了,帮我揉肿起来的脚,揉脚的时候,发现我的脚上长满了冻疮,便给我打了一桶热热的洗脚水,当领导的手轻轻地揉我那痒痒的冻疮时,我觉得脚底有一股暖流缓缓地涌上心头,眼里的泪水便冒了出来,轻轻地啜了一口流进嘴角的泪水,哇噻,你们知道我发现了什么?"

肖冬忽然停了,用睁大的眼睛去问台下新兵答案,见大伙答不上来,又接着说:"我发现泪水是甜的,这一刻,我真切地感受到了什么叫幸福!"

肖冬完全陷入了自己所营造的氛围里,他的眼圈发红,左手化掌为拳,牢牢地将拳头贴在胸脯上:"在新兵连,带兵的领导和班长待我比爹妈还亲,让我真真切切地感受到军营的温暖,尽管军训很苦,但我们的心却暖洋洋的,总之,我们在新兵连的生活可以用一句话来形容:肚脐眼儿插钥匙——开心。"

肖冬在台上即兴发挥时,台下牛劲的脸始终绷得紧紧的,不知道肖冬葫芦里卖的啥药,搁着讲话稿不念,却要在这里瞎侃。

他心虚的目光偷偷地瞥了瞥坐在身边的吴支队长，发现吴支队长的气色特别好。肖冬发言结束，吴支队长带头鼓掌，并转过头问牛劲："这位新兵叫什么名字？"

"肖冬。"

"口才不错。"吴支队长说，"支队机关缺一个公务员，今天，我就把他带到支队机关去。"

牛劲心里暗暗叫苦，原来，牛劲早已把肖冬列入自己带回守桥中队的新兵名单，压根就没想到吴支队长会挖他的墙脚。

"怎么，你不太乐意？"吴支队长歪着头瞧了瞧牛劲。

牛劲笑了笑，没说行，也没说不行。

吴支队长见状，便明白了牛劲的意思："我不过和你开个玩笑，你就把他带回守桥中队吧。"

新兵连集训结束后，肖冬和其他二十多个新兵分配到支队一大队守桥中队。守桥中队是支队所有中队中条件最差的，而且最偏僻。当其他新兵听说分配到守桥中队时，许多人开始哭鼻子，唯独肖冬心里偷着乐。别看肖冬平日傻头傻脑，一脸憨相，其实人家心里精得很，不是有一句话叫大智若愚吗？肖冬觉得自己就是个大智若愚的人，前几天，他从一位老乡那里知道，守桥中队因为条件艰苦，每年转士官的名额比其他中队多一个。从穷沟沟里走出来的兵，肖冬在部队当然有自己的目标，他最远大的志向是成为一名军官，退一步，当一名士官也是不错的选择。若能在守桥中队转士官的概率肯定要比其他中队大，看到曙光的肖冬便兴冲冲地跑去找牛劲，自告奋勇要到最艰苦的守桥中队去。牛劲听了，脸上露出了一丝微笑，尽管微笑转瞬即逝，但还是被肖冬结结实实地捕捉到了。

"你为什么想去守桥中队，实话告诉你，守桥中队可是支队最苦的中队。"牛劲斜了肖冬一眼。

"我是山里人，苦不怕。另外……"肖冬嬉皮笑脸地靠近牛劲，"中队长，您把我从山沟沟里带到军营的那天起，我就把您当作自己的亲人，在新兵连训练的时候，听说您是守桥中队的指导员，我就王八吃秤锤——铁下心要跟着您混，将来肯定会有出息。"

"肖冬，你这是坐飞机讲哲学——高谈阔论，可我们这里是部队，不是江湖，江湖可以混，在部队不能混，要实实在在地干，懂吗?!"

"指导员，我说错话了。"肖冬一副哭丧相。

看到肖冬的这副模样，牛劲笑了笑："知错能改，还是一个好兵。"

肖冬破涕为笑，又亮出了招牌动作——让胖乎乎的左手在空中画出一道美丽的弧线："指导员的目光就是犀利，一下子就发现我思想里存在着江湖习气，以后的日子，我要痛改不良习气，在部队，我这么个新兵蛋子好比碟子里栽牡丹——根底浅。以后的日子，要像指导员那样实实在在地干。我真心地企盼指导员能给力，把我带到守桥中队，如果指导员一定要问原因，那我就把珍藏在心底的秘密和盘托出：我觉得指导员身上有着很多的闪光点，从你身上可以学到很多书本上学不到的东西。"

听了肖冬恭维的话，牛劲的心里像灌了一罐的蜜，表面却摆出一副冷漠的模样："肖冬，我发现你年纪轻轻就爱作秀，还学会了套近乎，实话对你说，我并不喜欢你这种作风，那天，你搁着讲话稿不念，在台上胡说八道,吴支队长气得差点把我的头给拧下来。"

"指导员，你可不要忽悠我，那天我发言结束的时候，吴支队长还冲着我笑呢，他肯定对我的即兴演讲很高兴。"

牛劲想笑，最后还是没笑出来。他在心里嘀咕道：别看肖冬傻头傻脑，其实是个人精儿。

新兵分配名单出来，肖冬如愿以偿地分到了守桥中队，令肖冬感到惊讶的是和他的床铺紧挨着的好友陈秋也分到了守桥中队，据同室的战友说，陈秋也是自己向牛劲提出要去守桥中队。

"听说守桥中队很苦。"肖冬在陈秋的面前装出一副愁眉苦脸的模样儿。

"别胡说八道，守桥中队很美！那里有火车、大桥、青山、绿水，可是神仙都向往的地方呀。"陈秋嬉皮笑脸。

陈秋这么一说，肖冬脸上装出的愁容也就烟消云散了，他笑眯眯地说："看来我们是两把号吹成了一个调——想（响）到一块儿去了。"

"肖冬，你如果把我当作朋友，就告诉我为什么爱去守桥中队。"

肖冬老牛吃草——吞吞吐吐了半天，却没有兜出底儿。

"肖冬，你怎么和我玩起了捉迷藏？"

"你先说说为什么爱去守桥中队？"肖冬反问道。

"好吧，我就告诉你，因为我要在守桥中队寻梦。"

"好吧，那我也告诉你，我要在守桥中队圆梦。"肖冬笑得满脸都是牙齿。

新兵分配结束后，一辆大卡车把分到守桥中队的兵送往中队所在地。坐在开往守桥中队的车上，肖冬充满蔑视地用眼角扫了扫因为不想分到守桥中队而断断续续哭泣的新兵战友,觉得他们有点儿俗不可耐,肖冬实在琢磨不透他们怎么不懂得好男儿志在四方的道理,他开始迎风吟唱最拿手的那首《唱支山歌给党听》:

唱支山歌给党听
我把党来比母亲
……

肖冬觉得用这首歌形容他此时的心情再贴切不过。在部队,是党给肖冬猪肉和馒头吃,肖冬吃了党给的猪肉和馒头,就得唱支山歌感谢党,肖冬极力想把歌唱好,但他天生五音不全,加上闽北口音太重,歌唱得实在不能让人恭维,新兵听着他的歌声,断断续续的哭声变成断断续续的笑声。

肖冬就这样唱着歌,心情不错地踏进了守桥中队。

今天,他又心情不错地听着中队指导员牛劲讲关于桥的故事,他觉得牛指导员故事不仅讲得好,而且人也长得慈祥可亲。不像新兵连集训时的那个班长,每天都是板着一副肃杀的冷面孔,好像八辈子前欠了他一笔债……

肖冬就这样呆呆地愣在那儿想心事,以至牛劲指导员离开了大桥哨所都缓不过神,当人高马大满脸青春痘的新兵吴夏轻轻地踢了一脚肖冬的屁股,他才缓过神儿。

"你在想什么心事?"吴夏歪着头问道。

肖冬一脸的傻笑。

"我知道他在想啥。"一脸微笑的林晓春迎面走来,他的上衣口袋里插着两把亮光闪闪的钢笔,让人觉得他的肚子里装着不少墨水。

"想家里的漂亮美眉呗。"陈秋接过林晓春的话茬。

陈秋的话让肖冬羞得满脸通红。肖冬有一张家乡同学王晓琳的相片，在新兵连时，每天晚上熄灯号吹过之后，肖冬都要把头缩进被子，偷偷地从内衣口袋里摸出王晓琳的相片，而后打开手电筒，悄悄地瞧上一眼。一天，当他故技重演时，被子突然被人掀开，睡在隔壁铺，一脸坏笑的陈秋把头探了进来，肖冬的脸霎时涨得通红。

"你不要告诉班长。"肖冬低声央求道。

陈秋一脸高深莫测地笑。

"你答应了。"肖冬轻轻地摇了摇陈秋的手臂。

陈秋打了个哈欠，头缩了回去。

陈秋虽然没把这事告诉班长，却时常拿这件事寻肖冬开心。让肖冬心里不太痛快，又不好发作。

那天中午吃饭的时候，肖冬把自己碗里的两块红烧肉夹到陈秋碗里，见陈秋吃下红烧肉，便说："陈秋，在新兵连，我俩的床铺挨在一块儿，志同道合到了守桥中队后，我俩睡上、下铺。应该算是同甘共苦的战友了吧？！"

陈秋点了点头。

"陈秋，你知道战友的意思吗？"

"不就是一个战壕里的兄弟？！"

"那你可不能卖了我。"

陈秋嘴里的半块红烧肉还没来得及吞下，整个脸变得像红烧肉一样红润，鸡啄米似的点了点头："放心吧，我会做把锁儿锁上自己的嘴。"

二、军人的血液

傍晚,牛劲到哨所查完哨,便在这座连接大江南北的大桥上慢悠悠地来回走动。大桥傍晚的风光幽静恬适,斜阳余晖返照在大桥上,给大桥抹上了一层鲜艳的色彩。桥下潺潺流淌的江水,在牛劲听来,像一曲很抒情且又能让人张开想象翅膀的音乐,牛劲是个充满遐想的男人,喜欢让自己的思绪随着音乐的节奏在蓝天白云间自由地翱翔。

牛劲出生在江南一个经济还算发达的小镇,父亲名叫牛春丁,在小镇供销社工作。牛春丁1948年入伍,参加过解放战争和抗美援朝。枪林弹雨、刀枪火海的场面都经历过,可牛春丁当了几年兵、在战场上也立过功,到战争结束,退伍的时候却还是个大头兵,这让小镇的人颇感意外和失望。更让人费解的是牛春丁退役回家后,并不安分守己,而是经常坐上火车跑到黑龙江的一个偏僻山村去,镇里人问他去干什么,他总是掷地有声地甩下一句话:寻找爱情去哟!在小镇里,有许多妙龄女子仰慕英俊潇洒、浑身上下透出一股军人气质的牛春丁,但牛春丁一个都看不上，却要到远方寻找爱情，让镇里人颇感费解，镇里的人都认为牛春丁的对象一定美若天仙，把他的魂勾走了，但事实却让镇里所有的人跌破眼镜，牛春丁千辛万苦从黑龙江娶回来的媳妇名叫吴东丽，是个比他大三岁，长相很老气的大姑娘。镇里的人百思不得其解，但看到牛春丁整天笑眯眯，完全沉醉在爱情蜜罐里的样子，镇里人总算明白了什么叫萝卜青菜，各有所爱。

牛春丁和吴东丽结婚十多年，一直没有生儿育女，这让镇里人更觉得牛春丁瞎了眼，他们弄不清楚究竟是牛春丁这只大公鸡不会雄起，还是吴东丽那只老母鸡不会下蛋。对于别人的闲言碎语，牛春丁并不在乎，他与吴东丽夫妻恩爱，情投意合。正当镇里人都认为牛春丁无后的时候，牛春丁与吴东丽的爱情结晶——牛劲，在一个春暖花开的季节呱呱落地。牛劲出生那天，牛春丁整个人抖了起来，站在高高的山坡上，粗着嗓子牛哄哄地对镇里人说："中国人民用八年时间打赢了抗日战争，我用十年时间终于培育出了优良品种！"

有了孩子之后，牛春丁显得豪情万丈，经常穿着佩戴军功章的旧军装，在大街上大摇大摆，见有人注视他胸前的军功章，便停下步子，在大伙面前绘声绘色地讲述他在战场上如何英勇杀敌，牛春丁讲故事时口若悬河神采飞扬，听故事的人却打起了哈欠，为了不扫牛春丁的兴，他们硬着头皮听，冷不丁会冒出一句："你在战场上这么勇猛善战，为啥提不了干呀？"一句话便把牛春丁给噎住了，好在牛春丁的脑筋还算转得快，用略带自嘲的口吻说："红花需要绿叶衬，我就是绿叶呗！"

镇里的人不爱听牛春丁的故事，牛春丁就转移目标，对独生儿子牛劲大讲自己在部队的经历。牛劲刚开始还挺喜欢听父亲讲故事,可听多了,便腻了,每当父亲老调重弹,口沫四溅的时候,牛劲便蹙起眉头,捂上耳朵,摆出一副苦不堪言的模样儿。

牛春丁见儿子不愿意听,大声喝道:"兔崽子,你想造反不成?老子的这些故事,你不听也得听!"

牛春丁一心想把儿子培养成一名军人,想用这种方式使儿子潜移默化地向往部队生活,但牛劲却没有领会父亲的良苦用心,产生逆反心理的他讨厌当兵。

牛劲念高中的时候,有一回,当父亲再次津津乐道自己在部队的经历时,长得人高马大的牛劲站起身,冷冷地问:"爸爸,既然你一直夸部队好,为什么不在部队一直待着?"

"傻孩子,部队的兵就像田里的庄稼,过几年就要换一茬,哪能一直待呀。"

"那在部队干,有啥意思?还不如在家卖红薯呢。"

牛春丁听了儿子的话,气得浑身发抖,给了儿子一个响亮的巴掌,这巴掌拍在牛劲的脸上,却痛在牛春丁的心里。那天晚上,他的痔疮老毛病复发了。拉了一摊血便后,牛春丁的脑子似乎开窍了许多,第二天一大早,他把牛劲拉到跟前,语重心长地说:"孩子,你长大了,有自己的思想,未来的路怎么走,你有自己的自由,我就不强求了。"

既然父亲不强求牛劲去当兵,牛劲便把心思放在学业上,牛劲在市重点中学念高中,在班上成绩中不溜秋。而且很贪玩,看到同学们打篮球,手就开始发烫,看到同学们在踢足球,脚就痒。而且他还特别喜欢看体育比赛的现场直播,无论是足球、篮球、排球,他都爱看。每当有转播体育比赛的晚上,他就魂不守舍,晚自习还没结束,便偷偷溜出校园,到街边小店一边吃着羊肉串,一边有滋有味地看着比赛。

高中的课程很紧张,由于牛劲没有把所有心思都放在学习上,成绩一直上不去。高考成绩公布后,牛劲差大专分数线10多分,按说他的成绩已经达到中专分数线,可他偏偏眼高手低,没报中专,结果成了一名失意的落榜生。

那段时间,牛劲的日子过得狼狈不堪,怕亲戚、朋友、同学问他的高考成绩。于是,他把自己关在家里,平日极少出门。偶尔一两次出门,就像白色恐怖时期的地下工作者,蹑手蹑脚地走路,看见熟人便夺路而逃。

牛劲的心情不好,牛春丁的心情却好得很,早已为牛劲谋划好了出路——当兵。

牛春丁之所以选择让牛劲去当兵,当然有道理,俗话说:"知子莫如父。"牛春丁可以摆出让牛劲去当兵的理由:牛劲的身体素质很好,文化基础也不错,到部队只要加把劲就能考上军校,成为一名军官。让儿子圆他当年未圆的梦,这是牛春丁今生最美也最让他心潮澎湃的梦。当然,牛春丁也有担忧之处,牛劲和他一样,都是直性子的人,做事风风火火,嘴里藏不住话,这样的人在部队或许会吃亏。

当牛春丁把自己的想法告诉牛劲时,牛劲又开始反抗了:"爸爸,你不是说让我自己选择道路吗,只要你让我复读一年,我肯定能考上名牌大学。"

"我不是说不让你复读,但当兵也是一条很好的出路,既报效祖国,又可以考军校,有什么不好?"

那天,父子二人在当兵还是不当兵的问题上发生了激烈的争吵,吵到最后,牛春丁黑着脸问:"牛劲,你是不是我的孩子?"

"是。"牛劲点点头。

"兔崽子,你的身上流淌着军人的血液,懂吗?"牛春丁的话震耳欲聋。

倔强的牛劲终于低下了头。

新兵体检的那一天,不愿当兵的牛劲想在视力检查过程中做文章,让自己原本很好的视力达不到当兵的标准。

在视力检查的过程中,当医生的木棍指向开口向右的"E"时,牛劲的手故意指向相反方向。这一瞬,不知从哪里冒出一股热气,"腾"的一声从脚底涌向头顶,顿时牛劲脸红心跳,全身发烫,他嘟囔道:难道是我身上流淌的军人血液在作怪?

当医生再次举起木棍进行视力检查时,牛劲再也不敢乱指了,老老实实地朝正确的方向挥了挥手……

牛劲顺利地通过了体检,穿上了绿得流油的橄榄绿。

新兵起运的那天,牛劲的父母到火车站为儿子送行。站在队列中的牛劲长得白白胖胖,鼻子高高地挺起,有棱有角的嘴唇,像两道战场上固若金汤的堡垒,再着了合身的橄榄绿,站在队列中挺胸收腹,目视前方,十足的军人味。

"你瞧我们的儿子长得多帅气。"牛劲的母亲发出"啧啧"的赞叹声。

"那还用说呗。"牛春丁两手叉腰,牛气冲天地说,"我们的儿子身上流淌着军人的血液,他肯定会成为一名出色的军人!"

父亲的话,牛劲听得真切,他掉过头深情地瞥了一眼父亲,见儿子掉过头,牛春丁的情感闸门瞬间打开,粗着嗓门唱起了《唱支山哥给党听》:

唱支山歌给党听
我把党来比母亲
……

　　牛劲原先也听父亲唱过这歌，觉得父亲这首歌唱得不仅难听，而且还跑调，但今天，他却从父亲的歌声中听出了新内涵，心里一种说不出的感动与激情像温水般蔓延开来。这时火车的笛声响起，其他战士都和送别的亲人挥手道别，一副儿女情长的模样，唯独牛劲高高仰着头，合着父亲的音调哼着《唱支山哥给党听》，雄赳赳气昂昂地向火车走去。

　　牛劲就这样唱着歌儿，昂着头来到了部队。新兵连集训时，笨手笨脚的牛劲很快便引起班长的注意，每次走队列，他的动作总是比别人慢半拍。而且走队列时，他的目光不是正视前方，而是低着头似乎在寻觅什么东西。

　　"牛劲，队列不好好走，闷着头在想什么心事？"班长大声吼道。

　　"我没有想心事。"牛劲涨红了脸。

　　"那你为啥老低着头？"

　　"我低头是在看我迈的步子为何老跟不上大伙。"

　　牛劲的话音刚落，队列里立即炸起一阵笑声。班长也忍俊不禁，用手捏了捏牛劲嫩嫩的腮帮，说："你真是个大活宝！"

　　憨头憨脑的牛劲给单调乏味且异常艰苦的新兵连集训增添了许多的笑料，由于队列动作不规范，经常在队列训练结束后，被班长留下来开"小灶"，为了纠正他的动作，班长还在他的脚上绑上木板，绑着木板的牛劲走起队列来，就像动画片里的阿童木。其他新兵便在他身旁围成一团，其中有那么一两个调皮蛋在调侃："牛劲是个大蠢驴！"

牛劲假装没听到，仍然有滋有味地走着队列。

调皮蛋见牛劲没有反应，便扯着嗓门喊："牛劲是个大蠢驴！"

牛劲显然被激怒了，高高地仰起头，用"会当凌绝顶，一览众山小"的眼光睃了一眼喊话的调皮蛋，用一半是自豪，一半是嘲讽的口吻说："蠢驴会拉磨，你会吗？"

牛劲的话让调皮蛋不知怎么回答。

在新兵连，一脸憨相的牛劲牢记毛主席老人家说的一句话："人不犯我，我不犯人。人若犯我，我必犯人。"对于嘲讽他的人，都要予以反击。牛劲嘲讽人的话，刚开始听起来还以为夸人，细细品味方知被他的软刀子狠狠刺中。那些被他软刀子刺伤的新兵便联合起来与牛劲唱对台戏。牛劲也因此成为班上最不合群的新兵。

在新兵连，牛劲得罪了几个新兵，说起来也算不了什么大事。可后来，他居然把炊事班的老兵也给得罪了，问题就严重了。

那天，炊事班的几个老兵，把新兵召集在一块儿，要他们对食堂的伙食提点意见和建议，每年炊事班都有叫新兵提意见的惯例。许多爱拍马屁的新兵这时候都站了起来，他们说，食堂的伙食实在是办得太好了，吃得他们满嘴流油乐不思蜀。

那天，牛劲本来不准备发言，但实在听不下这些溜须拍马的话，于是，他站起身子，说："既然你们要我们提意见，那我就说几句，我觉得新兵连的伙食不是搞得太好，而是搞得太差。"

牛劲正准备继续说下去，屁股被坐在身后的一个炊事班的老兵狠狠踢了一脚，身子顿时从木凳上滑落了下来，牛劲马上从地上爬起来，狠狠地瞪了一眼那位老兵，那位老兵被牛劲的目光瞪得脸红心跳。

"你们不让我说，我偏要说。"犟劲上蹿的牛劲纵然用三头牛也拉不回，"我们平日伙食中，常常连肉的影子都没见到，即使有肉，也是那些大肥肉。而且平日炒出来的菜不是太咸就是太淡，吃得真不是滋味。"

牛劲的话如同醋坛里泡枣核——尖酸，炊事班所有的老兵都青了脸。

那天，牛劲对炊事班进行炮轰在新兵连里引起了震动。据说炊事班的那几个老兵那天晚上都被领导叫去狠狠训了一顿。

第二天，食堂的伙食大有改善。每个战士都吃上了香喷喷的红烧肉，而且菜的味道特别可口。

当每个新兵吃完饭走出食堂时，站在门中的老兵便迎上前去与新兵握手，并摆出一副笑容可掬的模样，当他们见到牛劲时，笑容便僵在脸上，牛劲觉得他们的样子实在好笑，他从身上摸出一张面巾纸，抹了抹油腻腻的嘴，打了一个无比响亮的饱嗝，而后背着手扬长而去。

牛劲的这副表情把那几个老兵气得够呛，他们找到牛劲所在班的班长，要他灭灭牛劲的嚣张气焰。班长和那几位老兵是同年兵，平日关系相当不错，他答应替炊事班的老兵出口气。

牛劲的队列动作本身就不规范，所以班长要找他的茬实在是太容易了。牛劲每做错一个队列动作，班长总要把他从队列中揪出来狠狠教训一顿。受了委屈的牛劲明明知道是炊事班的那几个老兵捣的鬼，也只好忍气吞声。

在新兵连，牛劲队列走得不怎么样，被子也叠得一团糟。

其他新兵为了叠好被子动了很多的脑筋，星期日不仅不晒被子，还要在被子的表面洒上一层水，以便叠时使被子能出现墙角样的棱角。有的新兵，为了迎接第二天的内务检查，头天晚上便把被子叠好，棱角边沿处喷上温水，再用一块木板把被子夹出笔直的线条，而后和衣在床上寒冷一夜。牛劲可不是这种性格的兵，他星期日肯定要把被子拿出去晒晒太阳，以去除霉味。即使通知第二天要进行内务检查，牛劲也要把叠得还算方正的被子打开，美美地睡上一觉。

第二天的内务检查，其他新兵的被子叠得方方正正，牛劲的被子却叠得松松垮垮。内务检查完毕后，牛劲总要挨班长的骂，班长一边骂，一边把牛劲的被子重新打开，叠成如同砖块样棱角分明，叠完之后，班长问："现在，你看清叠被子的整个过程了吗？"

"看清了！"牛劲响亮地回答。

可第二天牛劲的被子依然叠得棱角不清，气得班长骂牛劲是个无可救药的大傻瓜。

新兵的生活严谨而艰苦，充满笑料。新兵为了讨得班长的表扬，可谓"八仙过海，各显神通"。班长回到宿舍，总有新兵笑容可掬地把凳子搬到班长的屁股下，班长的作训服一脱下来，便被新兵抢去洗。班长每天起床，就会发现他的牙刷上挤着牙膏，更搞笑的是有一回，新兵张三替班长的牙刷挤牙膏时，被新兵王五看到了，王五想你张三会拍马屁，我也会拍，于是待张三走开后，他也上前往班长的牙刷上又挤了一点牙膏，王五的举动又被李六看到了……结果班长的牙刷上挤满了牙膏，那把牙刷远远看去就像一根又白又粗的冰棒。

在新兵连，牛劲对战友溜须拍马的举动嗤之以鼻，拍班长马屁的事，他绝对不干，训练的空余时间，那些新兵抢拿锄头、水桶到营房外打扫卫生，干好事。牛劲却不这样做，他拿一本文学名著，坐在床沿上慢慢地啃。

你若就此判断牛劲是个兵油子，或者说他一无是处，那就是看扁了牛劲。新兵连若出黑板报，班长都要给牛劲赔上笑脸，说上几句奉承的话。平日受够了窝囊气的牛劲终于有了扬眉吐气的机会，他三下五除二就出完了黑板报，牛劲的粉笔字写得非常漂亮，黑板报的内容也与新兵连集训联系得非常紧密且很有新意。牛劲的身体素质相当棒，新兵连进行的一次扔手榴弹练习，让他出尽了风头。

那天，各班班长把手下兵都集中到训练场上，教练员在耐心细致地讲解扔手榴弹要领后，每个新兵都上前扔一回手榴弹，尽管许多战士按教练员讲解的动作要领，龇牙咧嘴地投掷手榴弹，但扔出的手榴弹仍达不到及格线。

轮到牛劲上场，他拿起手榴弹，随手把手榴弹往前方一扔，手榴弹在空中划出一道美丽的弧线后，轻飘飘地落在及格线前方二十余米处。

那是牛劲最扬眉吐气的日子，他昂着头，笑逐颜开，一对小虎牙在阳光下熠熠生辉。

牛劲不鸣则已，一鸣惊人，手榴弹练习之后，无论老兵和新兵都对他刮目相看。

转眼间，新兵连三个月时间就过去了，新兵连结束的前一天，按常规要进行会操，会操前，牛劲所在班的班长再三交代手下兵，支队领导来看会操，领导说什么，你们就跟着答什么。比方说，领导说："同志们好！"你们就答："首长好！"领导说："同志们辛苦了！"你们就答："领导辛苦了！"

那天会操开始前，支队参谋长没有坐在主席台上，而是在新兵队列中穿梭，当他看到白白胖胖的牛劲，便走上前去，笑眯眯地说："这位新兵胖。"

牛劲见领导问话，慌忙立正，挺起胸脯大声回答："这位领导胖。"

牛劲的话音刚落，原先肃静的队列"哄"的一声笑了起来。气得班长在牛劲的屁股狠狠拧了一下，牛劲一脸的不服气，冲着班长嘟囔道："你不是说领导说什么，我们就跟着答什么吗？再说领导长得也确实胖呀。"

由于在新兵连制造了太多令人啼笑皆非的故事，牛劲的名声盖过了任何一名新兵。新兵连训练结束后，每个班长都不愿把牛劲带到自己所在的部队。牛劲清晰地记得当时分兵的情景——当所有的新兵都被各班班长兴高采烈地带走后，偌大的操场上只剩下牛劲一人孤孤单单地站着。这时的牛劲心态真是糟透了，鼻子一酸，眼泪就挂了出来。

忽然间，牛劲的屁股被人轻轻地踢了一脚，慌忙掉过头，一张黝黑消瘦的面孔呈现在他的面前。

"刘一斤班长，你是不是要把我带到你所在的中队？"牛劲像见到救命稻草一样，紧紧地拽住刘一斤的手。

刘一斤并没有回答牛劲的问题，他紧抿着嘴，慢慢悠悠地在牛劲的身边转了一圈。刘一斤的目光刺在牛劲身上，牛劲觉得热血澎湃又惶恐不安。

在新兵连，牛劲很早就听说过刘一斤的大名。刘一斤矮矮小小精精瘦瘦的样子，他的皮肤粗糙，脸黝黑黝黑，嘴巴特别大。

在所有的班长中，刘一斤饭量是最大的，刘一斤一顿能吃三大碗的饭，吃饭的时候，他那一张一合的大嘴就像上满发条的钟，一刻不停地运动着。刘一斤的饭量惊人，却没有一个班长敢笑他是饭桶。之所以如此，那是因为刘一斤的军事素质把所有的班长都镇住了，他的擒敌术出手又狠又准，班长中没有一个是他的对手。刘一斤跑起步来，像一阵风，把其他的战友远远甩在身后。刘一斤还有个绝活儿，在单杠上做练习，能一口气做80个大回环，而且动作轻松自然，如飞燕绕梁、行云流水，看得一个个新兵眼花缭乱大叫过瘾。

在新兵连，刘一斤是所有班长中管手下兵最严的。他带的新兵比其他班早出操，晚收操。而且对队列的动作要求特别严格。以至于他手下的兵给他起了个"日本鬼子"的绰号。由"日本鬼子"带的那个班在这次新兵连会操中，无可争议地拿走了第一名的称号，让人不得不对刘一斤刮目相看。

"牛劲，你知道我在什么中队吗？"刘一斤冷不丁冒出一句话。

牛劲摇了摇头。

"告诉你吧，我在守桥中队，平日守卫着一座连接大江南北的大桥。"

牛劲的两眼忽然亮了起来，在他看来桥总是和流水舟楫、渔歌号子，以及岸边的草屋、牧童、短笛紧紧相连，他的眼前拓印出一幅古老凄美、宁静闲适的田园风光。

"刘班长，我喜欢到守桥中队，你一定要带我去。"牛劲紧紧地握住刘一斤的手。

刘一斤的脸上透出淡淡的微笑，拍拍牛劲的肩膀说："好，快把你的行李背上，跟我到守桥中队去。"

刘一斤所在的守桥中队，这次只有一个新兵的名额。按说刘一斤应该从自己所带的班上选一个身体素质好的兵带走。但刘一斤却撇下他们，选中在新兵连臭名远扬的牛劲。刘一斤的这一出人意料的举动，让其他班长摸不着底。牛劲清晰地记得当他把行李装上开往守桥中队的汽车时，那几位班长还拽着刘一斤的手，要他兜出底儿。刘一斤磨不过他们，终天掏出了心里话："牛劲这个兵有棱有角，敢说真话。我喜欢！"

"他会给你捅娄子的！"

"我不怕，我相信自己的眼力，牛劲在部队肯定会有出息，没准儿将来会成为一名将军！"

刘一斤的话随着一阵轻风飘进牛劲的耳膜，他打了个愣怔，眼里滚出两行热泪。

三、青春肩并肩

清晨，云层像一只白嫩柔软的手，那手濡湿得像从溪水中刚刚拿出，向周围任意一挥，变成了绵绵细雨，湿了房子，湿了田野，也湿了中队菜地边正长出嫩嫩叶子的桃树。

肖冬一大早便起了床，快捷地洗漱完毕后，便提着猪食走向猪圈。

作为一名新兵，肖冬是怀着雄心壮志来到守桥中队的，可指导员牛劲居然叫他去养猪，这是他压根儿没想到的事。以至牛劲叫他到后勤班养猪时，肖冬一脸哭丧的模样。

牛劲问："肖冬，你不乐意养猪？"

肖冬蹙起眉头："指导员，你对我是知根知底的，我的文字功底不错，口才也可以……"

"那依你之见，在中队安排你干什么工作最合适？"

"当文书。"

"不可能。"

"为什么？"

"实话告诉你,这批新兵中有人的文化程度比你高。"

"谁?"

"林晓春。"

肖冬顿时蔫了,但他还是不死心,笑眯眯地靠近牛劲:"指导员,我是你接来的兵,这次到守桥中队,我也是冲着你来的,在我眼里,你就是我最最亲爱的最最尊敬的大哥。现在,我求大哥高抬贵手,给我换一个岗位。"

牛劲瞪起眼睛:"肖冬,你这话好比剥皮的猪头——太露骨了吧,我现在严肃地警告你,不要老跟我套近乎。我问你,你不是经常说自己是块砖,哪里需要就往哪里搬吗?现在后勤班刚好缺一个养猪的战士,你这块砖头就得搬到后勤班去。"

"可我总觉得到后勤班养猪,好比用高射炮打蚊子——大材小用了。"

"哼,没到部队几天,就开始跟我摆谱谈条件了。"牛劲瞪起双眼,"想当初,我去接兵的时候,你不是说自己在家里养过猪,是养猪能手吗?在部队,谁敢说养猪没出息,养好猪,战士们就能多吃猪肉,猪肉吃多了,战斗力就强了,所以说猪就是战斗力,战斗力就是猪!"

肖冬原先在家里养过猪,懂得一些养猪的门道,但说是养猪能手,那纯粹是为了当兵在牛劲面前扯淡。岂料,牛劲却把这话听进去了,现在,肖冬是哑巴吃黄连——有苦说不出,临时抱佛脚的他赶紧找来几本如何养猪的书籍看。肖冬的脑子还算活络,在家养猪的经验外加书本上的知识,使他很快便找到了中队养的猪干干瘦瘦的症结。中队的猪光吃战士剩下的米饭,而光吃米饭是不容易长膘的,倘若除了米饭,再给它吃一些地瓜或者蔬菜,那猪长膘的速度就会加快。

当中队饲养员的那段时间,肖冬脑子有了根弦,每天吃完饭,都要到中队厨房把吃剩下的菜装进塑料袋,有时,还会叮嘱司务长买菜时多买点地瓜。

在猪圈边,肖冬把塑料袋里装着的蔬菜和剩饭剩菜搅在一块儿,当猪看到水桶里的剩饭剩菜时,便开始嗷嗷乱叫,待肖冬把水桶放进猪圈,猪便一哄而上。听着从猪嘴里发出吧唧吧唧的响声,肖冬觉得很开心,吹了一声尖厉的口哨,这口哨声穿过猪圈,回荡在山谷里。

喂完猪,肖冬沿着猪圈往山谷上走,大约走了百余步,中队的菜地便赫然展现在肖冬的面前,晨雾轻柔地网在菜地上,肖冬只觉得菜地边有人在影影绰绰地晃动,他轻轻地抚摸着菜地边那棵桃树嫩嫩的叶子,那虔诚的模样儿就像是在触摸一位初生的婴儿。肖冬走近一看,原来是指导员牛劲。

"报告。"肖冬在牛劲身边夸张地做了个立正的动作。

牛劲愣怔了一下,看到肖冬笔直地站在身后,就用沾满水珠的手拍了拍肖冬的肩膀,而后笑呵呵地离开。

肖冬觉得牛指导员拍他肩膀的分量很重,心里便特别滋润,他直愣地站在那儿,直到中队起床号响起时,才缓过神儿,急忙朝操场跑去。

早操跑步对于吴夏来说,那是最爽的一件事,人高马大一身肌肉的他站在队列的最前方开始领跑。吴夏的头仰得很高,步伐轻盈矫健,跑得兴奋时,犹如脱缰的野马向前狂奔,把后面的战士远远甩开,每次出现这种情况,吴夏都会挨牛劲一顿臭骂,牛劲嘴里骂，心里却乐滋滋的。在他眼里，吴夏是中队的一个宝，这位身体素质特棒的小伙子是二排排长吴斤斤从新兵连挖回来的。新兵连集训时，吴夏是吴斤斤手下的兵，刚开始，吴斤斤就吸引了吴斤斤的目光，吴夏之所以引起吴斤斤的注意，倒不是因为他有很棒的身体素质，而是他那桀骜不驯心高气傲的性格，在新兵连，他跟战友们聊天时，嘴里时常蹦出网络时髦词。"思想有多远，你就给我滚多远。""路漫漫其修远兮，吾将上下而求人。""烧香的不一定是人，也可能是熊猫。""我不是随便的人，我随便起来不是人。""别跟我谈钱，多伤感情啊；别跟我谈感情，多伤钱哪。""理想很丰满，现实很骨感。""不要迷恋哥，哥只是个传说。"说这些网络时髦词，他都要表演很酷很时尚的模特造型动作，逗得大伙哈哈大笑。

吴夏张扬的个性还表现在训练场上，新兵集训时，每次吴斤斤纠正吴夏不规范的队列动作，吴夏都显得极不高兴；而当其他新兵做错队列动作时，他便笑容满面，嘴里还会幸灾乐祸地冒出一句："菜鸟。"为此，他没有少挨吴斤斤的骂，但训过之后，吴夏仍时常旧病复发，以至于同班的新兵都说吴夏像刺猬，一不小心，就会被他刺痛。按说，吴斤斤不该把这样的"刺头兵"带到守桥中队，然而一个偶然的机会，却使吴斤斤对吴夏刮目相看。

那天，新兵连集训结束，当吴斤斤欲带兵回宿舍时，操场上忽然飞来一个篮球，球刚好落到吴夏的脚下，球反弹起来的一瞬间就被吴夏抓住，动作之敏捷令人吃惊，他有点紧张地摆弄着球，一只白皙的手五指分开，贴在球上沿，另一只手托着球，小心翼翼地晃了晃球，而后调整好投篮的姿势，球在空中划出一道优美的弧线后，轻飘飘地落进了篮圈，把篮网抽打得像女人尖叫一样唰唰作响。

"运气还可以。"正在打篮球的一位黑脸老兵说。

"是技术。"吴夏脱口而出。

黑脸老兵斜了一眼吴夏,而后又把篮球向他扔来,吴夏在空中稳稳地把篮球接住,并迅速把篮球抛出,球又平平稳稳地落进篮圈,引来一阵喝彩声。

黑脸老兵服气了,朝吴夏招招手:"你也来打篮球吗?"

吴夏搔搔头,用乞求的眼光望了望吴斤斤,吴斤斤非常干脆地给他做了个上的手势。于是,吴夏便生龙活虎地和几个老兵一块儿打篮球,他单手投、双手投、手不过肩向上抛投、忽而定点投、忽而转身投、忽而跳投、忽而作好预备姿势投。吴夏用各种动作、各种方式把球不断地投进篮筐。当他完成一个近乎完美的扣篮动作时,吴斤斤叫住了他,当吴夏气喘吁吁地跑到吴斤斤身边时,吴斤斤给他下了命令:"在新兵连,以后你不能再碰篮球了,到守桥中队后,自然有你发挥特长的余地。"

吴斤斤这么做当然有他的道理。这年头,身体素质好、会打篮球的新兵,带兵排长抢着要,吴夏的这手绝活儿若被其他排长瞧见了,肯定要来抢,吴斤斤可不愿肥水流进外人田,更何况牛劲指导员还有个死命令:一定要把素质好的兵带回守桥中队。

吴夏到守桥中队后,确实给中队带来了新气象,守桥中队新组建的篮球队在他的率领下,在大队组织的篮球比赛中勇夺冠军。那次比赛,吴夏大出风头,娴熟的技术外加坦克一样的身材,使他在篮球场上出入如无人之境。守桥中队得了冠军,牛劲高兴得嘴巴都笑歪了,而让牛劲高兴的远不止这些。前些年,守桥中队在大队举办的五公里越野比赛中一直当乌龟,这成了牛劲的一块心病，他想找个速度快的兵把中队晨跑速度带起来，吴夏无疑是最佳人选，他的步伐矫健飘逸，更绝的是他似乎还有表演的天赋，跑步时非常夸张地甩动双臂，似乎在向其他战士显耀自己是个跑步天才，他的动作总会挑逗起许多血气方刚的战士，他们开始猛追吴夏，于是整个中队早操跑步的速度就给带动了起来。望着一个个战士风驰电掣般从眼前跑过，牛劲心里乐开了花，他坚信守桥中队五公里越野当乌龟的日子已经熬到头了。

对于吴夏的突然加速，最开心的莫过于陈秋了，吴夏一加速，他的速度也立即加快，陈秋的身材削瘦，1型3号的军装穿在身上，风一吹，军装里面似乎可以装个人，每当战友笑他瘦时，陈秋总是把头一仰，甩出一段顺口溜："瘦是瘦，筋骨肉；排（骨）是排（骨），好身材；胸部平平，武艺超群；两腿细细，身怀绝技。"逗得大伙哈哈大笑。

陈秋来自江西的一个偏僻山村，父亲是个理发师，由于家乡人烟稀少，陈秋的父亲时常挑着"剃头担"走南闯北替人理发，陈秋的父亲身体不好，"剃头担"压得他直不起腰，陈秋初中还没念完，就替父亲挑"剃头担"，陈秋的父亲手艺很好，父亲每次理发，陈秋都在旁边静静地看，陈秋的书虽然念得不好，手却很巧。不久，他就拿起了剃刀，且大有青出于蓝而胜于蓝之势，尤其陈秋理的小平头更是令人叫绝。

陈秋到守桥班后，无疑替中队官兵解决了形象问题，以往中队官兵理发，常跑到街上找理发店小妹剃头，头发理得不清不楚不说，更要命的是战士找小妹理发，会出些乱子，去年，有一个兵找小妹理发次数多了，两人眉来眼去，后来这位战士差点和小妹孔雀东南飞，幸亏被班长及时发现，才没酿成大祸，事情发生之后，中队便想方设法找个会理发的兵，恰好陈秋分到守桥中队，陈秋平日不爱说话，在中队最能表现语言的是那把剃头刀，只要他拿起剪刀和剃刀，天上就像刮起一阵秋风，一溜烟的工夫，身边便撒满了落叶，战士充满朝气棱角分明的头便浮出水面。

陈秋的到来，令牛劲高兴的远不止这些，陈秋在家乡曾拜师学过烹饪技术，炒得一手好菜，尤其是他做锅边糊的技术在中队绝对一流。有了这样的手艺，陈秋自然成了中队食堂掌勺的士官班长刘勤的得力助手。

不过，对于吴夏加速，并不是所有的战士都喜欢。林晓春那豆芽菜似的身材可经不起折腾，吴夏一加速，林晓春的两腿便开始发抖，只好望着一个个战士从身边超过，跑在队伍最后的林晓春气喘如牛，装在军装口袋里的钢笔也随着身子上蹿下跳，笔与笔之间相撞所发出的叮当声与林晓春滞重的脚步，成了早操跑步中最不和谐的声调。

不过，林晓春虽然跑步跑在最后，战友们却不敢小觑他，林晓春肚里可是装着墨水的，记得他刚来守桥中队时，面对一列奔驰而来的列车，禁不住一声长吟：

这么晚了
还要去什么地方呢
美丽的火车
孤独的火车
凄苦是你汽笛的声音
令人想起许多事情
为什么我不该挥舞手帕呢
乘客多少都与我有亲

去吧
但愿你一路平安
桥都坚固
隧道都光明

  这首 80 年代流行的《火车》诗句被林晓春念得抑扬顿挫愁肠百结。此时，牛劲正好站在林晓春的身后，他微微一笑，两眼便眯成了一条缝。牛劲这么高兴当然有道理，中队文书去年退伍，中队一直没有文书的合适人选。现在牛劲的目光盯上了林晓春，林晓春也没有辜负牛劲的期待，他在文书岗位上干得有声有色，而且还写些新闻报道往报社投，尽管不见稿子变成铅字，但他的这种精神已经让牛劲刮目相看了。

四、拯救爱情的灵丹妙药

一个细雨纷飞的日子。

牛劲坐在办公室里，两眼怔怔地望着窗外牛毛样的细雨，此刻，他的心情也像窗外细雨一样杂乱无序。

今天早晨，中队收到中队长王晓兵升任三大队副大队长的调令。在守桥中队，王晓兵和牛劲相处得很好，守桥中队在他们的带领下，工作开展得有声有色，去年，中队被支队评为先进中队，支队给了中队一个荣立三等功的名额。那时王晓兵刚好和新婚娇妻红河蜜月旅游，牛劲在支委会上执意要把这个名额让给王晓兵，其他干部有不同看法，他们说："牛指导员，你在指导员岗位上足足蹲了四年，工作累死累活，为啥一到评功评奖就得靠边站？"

牛劲笑了笑："谁叫我姓牛呢，要知道牛只懂耕耘，不问收获。再说王晓兵工作也确实干得比我出色，这个三等功理应归他。"

见牛劲执意要把这个三等功名额让给王晓兵，其他干部也顺水推舟。

王晓兵回到部队后，才知道自己荣立三等功，这个三等功给了他好运。同年,王晓兵又被评为支队优秀带兵干部,在正连的位置上,他只待了两年半,就破格提拔为支队副营级股长。而牛劲在正连的位置干了四年多,仍原地踏步,心里多少有点酸楚的感觉。

门轻轻地被推开,一脸喜气的王晓兵悄然而至,见牛劲一副闷闷不乐的模样儿,急忙把笑脸收敛,换出一副惆怅的面孔,轻轻地叹了口气,而后走上前,毕恭毕敬地递给牛劲一根烟,并替他点上火。

"牛指导员,明天我就要走马上任了。"

"祝贺你。"牛劲酸酸地笑了笑,"以后到了领导岗位,可得多多关照我们中队呀。"

"牛指导员,这次职务升迁,对我来说,好比翻过一堵比我高出许多的墙。要翻过墙,一定要有人给我垫背,而你就是给我垫背的好兄弟呀,将来,我到了新岗位,如果有什么好事,一定不会忘了兄弟。"

牛劲觉得这话很温暖。

"牛指导员,我就要离开中队了,有句话不知该说还是不该说?"

"你就敞开肚皮说吧。"

"我觉得你能力和素质都很强,但有个致命的弱点。"王晓兵的话戛然而止,看到牛劲一副洗耳恭听的模样儿,便继续说道,"那就是没有管住自己的嘴巴。"

牛劲的脸顿时红到了耳根。在整个支队,牛劲讲故事、说笑话的本领都是一流,大伙说他有把死驴说成活马的本领,对此王晓兵深有体会。

王晓兵原先是支队机关的组织干事，后来调到偏僻的守桥中队，自从来到这个远离都市的中队后，爱情就亮起了红灯。本来他和在市银行工作的恋人红河商定国庆结婚，由于王晓兵调到远离都市的山区工作，婚期被推迟，红河对王晓兵的态度也骤然降温，那年冬天，她到中队来看王晓兵，那冷若冰霜的表情使王晓兵意识到他们之间的爱情已处在危险边缘。

红河到达的那天晚上，牛劲准备了丰盛的饭菜，邀请王晓兵和红河入席，本来红河不准备吃这顿饭，但拗不过牛劲的盛情邀请。席间，牛劲的眼转转王晓兵，又闪闪红河，许是看出些什么，他长长地叹了口气，说："俗话说'铁打的营盘，流水的兵'，当军人真累，今天在这里工作，没准儿明日一张调令下来，你就不得不卷起铺盖到另一个单位报到，你想转业，因工作需要走不成，过些年，你不想转业，因工作需要，领导要你走，尽管一肚子的怨气，但不得不走。这就是部队，我们都是流水的兵，别看我们平日嘻嘻哈哈，一副男子汉志在四方的模样儿，其实内心深处愁肠百结、牢骚满腹。我的肚里装着很多军人的故事，酸、甜、苦、辣都有，不知你们喜欢听什么样的故事？"

红河的心情不好，就说："你就给我们说个又酸又苦的故事吧。"

牛劲眨眨眼："我的肚里还真装着这么个故事，那是一个令我感动一生的故事。这个故事得从我当兵时说起，我当兵刚好就在守桥中队，那时的守桥中队只有一个老排长、一个班长和六个新兵，各方面条件比现在差多了，我们住的还是60年代修建的铁路工棚。离铁路只有几米远。夜里，每隔20分钟就有一趟列车通过，这震耳欲聋的汽笛声和轰鸣的车轮撞击声，使得我这个新兵蛋夜夜难以入睡。为此，我一度曾产生当逃兵的想法，但我的这种想法没过多久就消失了，原因之一就是我们中队老排长刘炳堂、班长刘一斤对我们这些新兵无微不至的关怀。我之所以称刘炳堂是老排长，是因为他在排职位置上整整干了六年还没提拔，那时，我在连队当文书，刘排长和刘一斤经常找我们拉家常，刘排长还教我们许多克服失眠的土办法，比方说睡觉前将耳朵用棉花塞起来，或者在睡觉前做一百下仰卧起坐，还有数数法……实在不行就吃两片安定。久而久之，我们便练出了特别本领，无论环境多么嘈杂，照睡不误。甚至达到了10分钟入睡的高水平。

"在守桥中队，每逢过节，刘炳堂白天和我们一块儿有说有笑地包饺子，晚上，便把自己关在宿舍里，一遍又一遍地播放《说句心里话》这首歌，我们当时都很困惑。后来，刘一斤告诉我们，这些年因为中队只有刘炳堂一个干部，工作繁忙无法休假，每逢过节，他都特别想家，尤其想念新婚不久的妻子……

"我当兵的第二年冬天，刘排长向领导提出转业，领导以工作需要为由退回他的转业申请报告。为此刘排长大病一场，事后大家了解到刘排长之所以提出转业，是因为妻子怀孕，刘排长的妻子是他老家的乡村教师，平日教书任务重，繁重的农活和照顾刘排长年迈的双亲这两副担子也压在她的肩膀上。刘排长心疼爱妻，想转业回家替妻子分忧，却不能如愿，愿望虽没实现，但刘排长仍兢兢业业地工作。那时我们中队通信很不发达，中队只有一部与支队工作联系的内线电话，不能打长途。妻子怀孕期间，刘排长每星期天都要骑自行车赶往当地邮局给妻子打电话，每次打完电话，刘排长脸上总是挂着红月亮兴冲冲赶回中队，但有一次例外，那天刘排长给妻子打完电话，竟忘了骑自行车，哭着跑回中队。原来他远在天边的家里柴火用完了，刚怀孕不久的妻子独自上山捡柴，不小心从山上滚下来，撞到一棵大树上流产了。"

牛劲停顿了一下，硬是把哽咽声吞下。"过了一个月，刘排长的妻子来部队探亲，来营之前，并没有告诉自己的丈夫，她想来个突然袭击，把所有悲伤、失望、愤怒倾泻到丈夫身上，但到了部队，看到部队的条件这么艰苦，她的委屈和失望化成了眼泪。丈夫和战士之间的浓浓亲情，使她那残留着伤痛的脸上漾出了笑意……

"临别那天早晨，我们这些战士自发地在刘排长宿舍门口排成长列，待刘排长送妻子走出家门口时，我们一起热烈鼓掌，班长刘一斤代表我们送给刘排长妻子一个用红布包着的礼物，刘排长妻子小心翼翼地打开红布，红布里包着一个可爱的泥娃娃，看到泥娃娃，刘排长的妻子鼻子一酸，滚滚泪水就像长江水一样奔涌而出，她深情地说：'明年，我要为老公再怀上孩子，孩子出生后，我带上孩子来看你们！'"

牛劲说着，眼里有亮晶晶的东西在闪烁，红河眼里也涌满了泪水。

见自己的故事打动了红河，牛劲又开始趁热打铁："红河，你要理解军人，王晓兵是我的搭档，他的军事素质特别好，人长得又英俊潇洒，他和你男才女貌，天生的一对，地造的一双。虽然你们一个在都市，一个在山区，距离遥远，但有了距离，才真正考验爱情的含金量，我坚信你们的爱情一定会开花结果！"

牛劲的一席肺腑之言就像灵丹妙药，神奇般地把王晓兵和红河之间原本拉远的距离重新拉近，不久，王晓兵和红河便领了结婚证。

牛劲讲故事、说笑话的绝活儿传到支队,每次他到支队去开会,机关干事见到,总要拉住他的手,逼他说些笑话逗大伙乐,而牛劲也总能说些令大伙捧腹不禁的笑话和顺口溜,逗得大伙哈哈大笑。大伙尊称他为支队的"活宝",牛劲走到哪儿,哪儿就有笑声。不过,真正让牛劲名声大震,是参加一个战友婚宴时的即兴表演,那天牛劲酒喝七分醉,不知哪位支队干事说,久闻牛劲毛笔字功底深,今日能否给新郎、新娘写副对联,让大伙开开眼界。牛劲当场应允,拿起毛笔,龙飞凤舞地写下:

恭喜恭喜 两人睡在一起
祝贺祝贺 两人变成三个
横批:一炮打响

大伙见了这副对联,笑得前俯后仰。牛劲的对联很快就传遍了整个支队,支队领导听到这副对联的内容时,也禁不住哈哈大笑,但笑过之后即蹙起眉头,这副对联带有那么点儿"黄"味,这虽然只是件鸡毛蒜皮的事情,但防患于未然也不是件坏事,于是,支队领导在年终工作总结会上,在表扬了先进单位后,话锋一转说,某些干部比如牛劲,平日爱开些不太健康的玩笑……

领导批评牛劲后,便形成惯性思维,逢总结要拿少数干部做反面典型时,总喜欢拉上牛劲垫背。

不过,说牛劲是因为爱说笑话而影响自己的前程,这多少有点儿夸大其词。牛劲从正排到正连用了四年时间,这个速度在基层既不算快,也不算慢。刚当上指导员的那一年,牛劲遇到了一件对他前途极有影响的倒霉事——他手下有个老兵把中队严禁下江游泳的通知置诸脑后，擅自下江游泳，结果被水淹死。

中队亡人事故震动了整个总队，为此，总队还专门下发了一份文件，严禁干部战士下江游泳。文件里还专门点了守桥中队游泳亡人这起严重事故。

发生了这么大的事故，中队长和指导员这两个中队的主官肯定有一个要当替罪羊挨处分，当时与牛劲搭档的中队长名叫赵忠和，赵忠和在中队长这个位置上已经干了四年，现在正是提级的紧要关头。赵忠和的妻子在老家，是农村户口。赵忠和如果提了副营就意味着妻子可以随军，农村户口将变成城市户口，而且还可以结束两地分居的日子。

牛劲理解赵忠和的难处，他给支队领导写了非常深刻的检讨书，并把全部责任都揽到自己身上，为此，挨了个严重警告处分，而赵忠和什么处分也没有。年底，他如愿以偿升任副大队长。

赵忠和在离开守桥中队的前一天晚上，炒了几盘菜，请牛劲到宿舍吃饭。

牛劲刚入座，赵忠和就拿起酒杯，自个儿连罚三杯白酒。三杯酒入肚，赵忠和的脸透彻地红了下来，紧紧地攥住牛劲的手，感喟道："兄弟，在守桥中队，我最对不起的人是你，出了那一档的事儿，按说板子应该打在我俩身上，可你却一个人扛着，我的心里难受呀。"

赵忠和说罢，站起身子朝牛劲深深地鞠了个躬。

牛劲急忙说："话不能这么说，我是中队的指导员，由于平日思想工作没做好，才会出现这起亡人事故，我心里有愧。"

"真正有愧的应该是我呀。在中队，论资历我比你老得多，对于你这个新提拔不久的指导员，应该做好传、帮、带，可我没有做到。当中队发生这么起亡人事故后，我因为私心作祟，成了一只缩头乌龟，你说我还是个人吗？"赵忠和眼眶里的泪水"扑簌簌"地流了下来。

"赵副大队长，今天是你升迁的大喜日子，不要老说些丧气的话。"牛劲举起酒杯，"来，为你的升迁干一杯。"

若干年后，牛劲才蓦然发觉当初自己喝下的这杯酒是苦的，背上严重警告黑锅的牛劲在指导员的位置上待满三年时间后，也到了提职的年限，却被卡住了。领导不提牛劲的职当然有道理，你牛劲是挨过处分的人，有时还爱开一些不太健康的玩笑。

牛劲得知自己的职务要原地踏步时，心里也难过了一阵子，但这种难过与当时发生战士因擅自下江游泳被水淹死时的难过相比，真是天壤之别。牛劲清晰地记得当战士们把那位老兵的尸体从江里捞上来时，老泪纵横心如刀割的他把冰冷僵硬的尸体紧紧地揽在怀里，并给已经冰冷的尸体做口对口人工呼吸，每做一次人工呼吸，他都声嘶力竭痛心疾首地呼喊一次老兵的名字，此情此景，让围观的百姓动容，让身边的战士落泪。

发生亡人事故的那段时间，牛劲一直在痛苦和自责的旋涡里徘徊，眼前时常晃动着那位老兵的音容笑靥。对于牛劲来说，今年没有提拔，明年还有机会，梦想仍在继续，可失去生命的那位老兵却只能在九泉之下做梦了。每每想起那位花样年华便匆匆而去的老兵，牛劲的衣襟总会被泪水打湿。

五、与猪一块儿散步的兵

天刚蒙蒙亮,肖冬一骨碌便起了床,径直奔向中队的猪圈,去喂养那几头肥头大耳的猪。肖冬走在通往猪圈的路上,听着解放鞋撞击地面发出的清脆响声,这声音听起来格外悦耳,肖冬的心里便溢满了自豪与幸福,这一刻,他觉得自己就像指导员牛劲,平日指导员指挥着战士,现在他也指挥着那几头肥头大耳的猪,尤其让他兴奋的是最近增添了几头洋猪——美国的杜洛克、英国的约克夏等外国纯种猪。

前些日子,当地市政府双拥办给守桥中队送来了几头洋猪,这些"洋贵族"非常难侍候,喂养上的高要求不说,最麻烦的是这些猪每天还要散步三次。这可难住了中队领导,而肖冬心里却偷着乐,自告奋勇向牛劲提出由他来养这几头洋猪。

牛劲考虑许久后,摆出一副语重心长的模样儿说:"市双拥办把这么珍贵的洋猪送给我们,你一定要把这些猪养好。记住,只能养好,不能养坏,只能喂多,不能喂少,这是政治任务!"

肖冬听到"政治任务"四个字,如同冷天吞了热汤圆——身上暖烘烘，心上甜滋滋。他想起了在一本书上看到的这么一段话：当兵就好比开车，开车要握紧方向盘，当兵讲政治就好比有了方向盘。开起车来，那可是条条道路通罗马哟。

"肖冬，你怎么一脸的傻笑？"牛劲问道。

肖冬这时才从幸福中醒转过来，"啪"的一声立正，嘴里响亮亮地说："保证完成上级交给的任务！"

牛劲笑了："看来我没看走眼，让你去养猪，你就有了施展才能的地方。"

放屁！让我干文书，我肯定比林晓春干得还好。肖冬心里虽然在骂，脸上却装出笑容："你是伯乐，我是千里马。"

"我说肖冬，你这人有个坏毛病，那就是经不起夸，一夸你，就分不清东西南北了。"

喜滋滋地接受任务后，肖冬在原先的猪圈边又砌了个新的猪圈，拌着土和泥，砌完圈，肖冬把猪圈扫得干干净净，怕土墙脏，肖冬又拿来几个纸盒，拆开、钉在土墙壁上，又在地上铺了干净的垫草。

吴夏见了，逗道："喂，我说肖冬，那几头洋猪和你究竟是什么关系呀？"

"它们是我养的猪呀。"肖冬的手摸着洋猪的身体，一寸一寸细细地摸。洋猪被肖冬摸痒了，发出"嗷嗷"的叫声，肖冬听了，也努着嘴"嗷嗷"地叫。

"瞧你和洋猪的亲热劲，我还以为它是你爹呢。"吴夏朝肖冬做了个鬼脸。

"放屁。"肖冬板下脸儿，一字一顿地说，"一定要养好市双拥办送给我们中队的这几头洋猪，这是指导员交给我的政治任务，你懂吗？！"

　　肖冬对那几头洋猪可谓费尽心血，可那几头洋猪却不领情，夜幕降临后，那猪在新猪圈里嗷嗷乱叫，到底是外国的洋猪，叫起来声音又大又哀怨，也许它们这一刻还想不通自己的身世，怎么一下子便跌落到这么个山沟沟的地方。

　　听着洋猪凄凄楚楚的声音，肖冬顿时心慌意乱，在猪圈外像只热锅上的蚂蚁，来回漫无目的地走动，洋猪的哀号声越来越大，肖冬急了，便走进猪圈，摸猪的身，摸猪的脸，边摸边低声嘟囔道："你们是不是想家了，说句心里话，我刚来当兵时，也和你们一样特别想家，晚上睡觉的时候，也常常偷偷地躲在被窝里流泪，可过了一段时间，我便习惯了部队的生活。这叫入乡随俗，你们过一段时间后，也会习惯这里的生活。"

　　洋猪似乎听懂了肖冬的话，它们不再喊叫了，其中一只洋猪还伸出舌头亲昵地舔了舔肖冬的手。

　　自从接受养洋猪的任务后，肖冬早上就不需要再出早操了，每天喂完那几头洋猪后，便带着那几头洋猪到菜地边的山坡上散步去了。

　　那是一个春天的清晨，肖冬带着洋猪散步，那天，肖冬心情特别好，背着手，像将军一样踱着步子往山坡上走，在中队，肖冬脏活累活抢着干，领导叫他往东，就往东；领导叫他往西，就往西。以至于吴夏经常嘲笑他冬瓜样的脑壳里没有一点自己的思想，老是被人牵着鼻子走。面对吴夏的冷嘲热讽，肖冬并不生气，牢牢地记住二叔对他说的一句话：在部队要想混出名堂来，就得把自己当成一头只懂耕耘、不问收获的牛。

　　现在，肖冬正按二叔当兵前替他设计的方案，一步一个脚印地向士官这个目标迈进。平日，肖冬在中队如果没活干，心里便闷得慌，一有活干两眼就冒光，尤其中队领导在场干得更欢，他干着活儿，嘴里嘟囔着："革命同志是块砖，哪里需要哪里搬。"

踩着松软带着露珠的草坪，听着空中昆虫美妙的音乐，肖冬感到神清气爽，步子迈得越发踌躇满志趾高气扬。身后那几头肥头大耳的洋猪效仿能力很强，也学着肖冬的模样悠哉悠哉地走着将军步。

在山坡上没走多远，肖冬忽然停下，原来前方有一位姑娘正坐在草坪上，身边有一群羊正在悠闲自在地吃草。

"阿妹这么早就出来牧羊呀。"肖冬朝姑娘挤了挤笑脸，目光很随意地瞟了姑娘一眼。这看似轻飘飘的一眼却蕴藏内功，毕竟肖冬已经不是不知情为何物的懵懂青年，这些日子，肖冬天天关在军营训练，在他眼前晃动的是清一色军人，今天能见到一位姑娘，肖冬觉得自己如同沙漠中的迷路人见到了绿洲，温馨与感动便随着目光轻轻地网在姑娘的身上，姑娘小眼睛、小嘴巴、长头发，与肖冬的高中同学王晓琳的长相颇为相似。

姑娘掉过头，瞧了一眼肖冬。

肖冬发现姑娘脸上网着一层淡淡的愁云。

"姑娘为啥不开心呀？"肖冬问。

姑娘并不回答肖冬的提问，把话题绕了个弯。"兵哥哥，你怎么跟猪一块儿散步呀？"

"这洋猪是市双拥办送的，很娇贵，每天我要不陪它们散步，它们就会耍脾气，冲我嗷嗷乱叫，好像我八辈子都欠了它们的债。"肖冬边说，边亲昵地伸出手在洋猪的身上抚摸着。

"看得出，你很疼洋猪。"

"那还用说，它们是我的心头肉呀。"

说话间，早操的号声响了，肖冬站在半山坡上俯视营房，晨雾中军营的轮廓影影绰绰，操场上绿色方阵就像一条飘带在操场上来回移动，再往远处看，军营完全笼罩在青山绿水之中，桥下江水潺潺流淌，四面青山郁郁葱葱。肖冬的心境顿时开阔了许多，嘴里悠然冒出："采菊东篱下，悠然见南山。"

早操结束时，肖冬带着洋猪也散完了步，当他往山谷下走时，出完操的牛指导员正气喘吁吁地往山坡上走，肖冬知道牛指导员又去看中队菜地边的那棵桃树了，自从王晓兵中队长调走后，肖冬发现牛指导员消瘦了许多，他仍然像往日一样，每天早晨都要去瞧瞧那棵桃树。来时，牛指导员的脸时常阴云笼罩，为桃树浇水施肥后，再抚摸一下桃树的枝干，牛指导员的脸立刻阴转晴。肖冬不明白牛指导员的情绪为何会有如此大的反差。肖冬听说牛指导员在家乡处了一个很漂亮的对象，肖冬推测这棵桃树的种或许是牛指导员家乡对象送的，牛指导员把它种在中队，看到它就像看到自己的恋人。

现在，这棵桃树在牛劲的精心照料下，犹如一位丰满的少妇，身上结满了含苞待放的花蕾，牛劲微微颤抖的手轻轻地触摸着花蕾，心绪顿时变得湿润且伤感，轻轻一拧，便会抖落遍地的露水。

牛劲离开中队菜地时，一列奔驰而来的火车跃入视野。这是一列运货物的火车，沉甸甸的物品使火车开得缓慢且艰难。

"呜——"火车发出一声长鸣。

牛劲打了个激灵，"啪"的一声立正，毕恭毕敬地站在原地，深邃的目光望着火车。

牛劲庄重肃穆的模样让肖冬颇为不解，他走上前轻声问道：

"指导员,火车有什么好瞧的?"

牛劲不语,两眼仍定定地望着火车。

肖冬讨了个没趣,走开了。

当长长的火车从牛劲视野里消失后,牛劲像从梦中醒转过来,抬起头,望了望蓝蓝的天空,嘴里幽幽冒出:"火车是一本书,一本必须用心去读的书。"

牛劲的话语刚落,一个熟悉的身影便从火车消失的方向飘出。

牛劲在守桥中队当兵的第二年冬天,一个令人非常沮丧的消息传到了中队——老排长刘炳堂的妻子再次流产。

听到这个消息,中队的战士们抱成一团"呜——呜"地痛哭。

那年冬天,刘炳堂没有写转业报告,但领导考虑到他的实际困难,决定让他转业。按说这算个非常好的消息,但刘炳堂喜悦一阵子后,脸上又网上一层阴霾。

在刘炳堂即将离开守桥中队的前一天夜晚,牛劲刚好站上半夜的哨,换哨后,当他回营房时,看到刘炳堂穿着整齐的军装,扎着腰带,独自一人站在从哨所回营房的路上,目光向铁路的方向眺望。

牛劲走近刘炳堂排长,轻声问道:"排长,半夜了,站这儿干啥?"

刘炳堂两眼定定地望着铁路,一声不吭。

"排长,半夜了,站这儿干啥?"牛劲提高了嗓门。

刘炳堂缓过神。

"等——火——车!"刘炳堂嘴里吐出的每一字都拖得很长,就像一列慢火车从铁轨上缓缓驶过。

在守桥中队待的时间久了,牛劲对每列经过中队的火车时间倒背如流。根据牛劲推算，刘排长要等上半小时，才会有火车通过。

"排长，火车还要等一会儿才经过这里，你还是先回去睡觉吧。"

"我知道，你先回去休息吧。"刘炳堂的目光仍然没从铁轨上移开。

牛劲见刘排长没有回去的意思，便站在他的身边。

"时间不早了，你快回去休息吧。"刘排长朝牛劲挥了挥手。

牛劲仍站在原地不动。

"我的话你怎么不听？"

"排长，你明天就要离开部队了，我想多陪陪你。"牛劲眼里涌动着泪水。

刘排长的身子微微一颤，转过头，轻轻地拍了一下牛劲的肩膀："牛劲，大伙都说你的肚子里装着许多故事，今天，能不能讲一个让我感动兴奋的故事。"

在守桥中队，牛劲讲故事的水平绝对超一流，他的笑话故事常把大伙逗得哈哈大笑，但刘排长却从来没被牛劲的笑话逗笑过。他说牛劲讲的笑话故事太假，经不起推敲。在牛劲的记忆里，能让刘排长兴奋起来的事情实在太少，而让他悲伤和痛苦的事情却太多。牛劲记得最让刘排长兴奋的一件事：有一位总队领导到支队视察后，顺路拐到守桥中队看看。因为事先没有通知，所以领导到守桥中队后，手忙脚乱的刘排长才把战士集中在一块儿夹道欢迎。

那时的刘排长脸上洋溢着幸福的微笑，不知是因为太兴奋还是太紧张，当刘排长喊口令："立正"时，原本底气十足的声音居然打起了颤，那声音听起来就像一位溺水者发出恐慌的叫喊，幸亏领导平易近人，拍了拍刘炳堂的肩膀，说："刘排长，你再叫一次口令吧。"

刘炳堂不好意思地朝领导笑了笑，腿开始不由自主地打起了抖。

"刘排长，为啥这么紧张？"

"不知道……为什么，反正……我一见……领导，就兴奋得……分不清东西南北了。"刘炳堂吞吞吐吐。

"那你如果见上毛主席，不是要晕倒在地吗？！"领导拍了拍刘炳堂的肩膀，风趣地说。

这件事使刘炳堂成了中队战士的笑柄。

"牛劲，今天你一定要给我讲个让我兴奋起来的故事！"刘排长又拍了拍牛劲的肩膀。

牛劲搔搔头，脑子里忽然有了灵感，娓娓道出这么个故事：

那是一个春天的早晨，随着一声响彻山谷的笛声，一列湖蓝色的火车从远处飞驰而来。火车在守桥中队哨所边停了下来，接着从火车上走下几位穿着橄榄绿军装的将军，他们都是武警总部的领导，此次专门来看望守桥中队的官兵，将军走下火车后，立即与中队的官兵一一握手，并赠送一面："做党和人民的忠诚卫士"的锦旗。紧接着火车上又走下一批总政歌舞团的著名歌唱家，他们为守桥中队的战士唱了许多首战士爱听的歌，唱完歌，歌唱家又与战士们翩翩起舞。随车的新闻记者从车窗伸出相机，连连闪着镁光。当总部领导和歌唱家离开时，总部那位年纪最大警衔最高的领导有力地挥动了一下手臂，嗓音洪亮地说："同志们辛苦了！我代表人民感谢您们！！"

领导富有穿透力的话语随着一阵春风润进战士们的心田，战士们拼命鼓掌，泪水夺眶而出。

牛劲编的这么个稀奇古怪漏洞百出的故事居然把刘排长感动了，此时，那列期盼已久的火车奔驰而来，刘排长像小孩一样兴奋地跳了起来，手舞足蹈地向火车奔去，似乎牛劲讲的那一幕即将发生。过了许久，他才从这场美梦中醒转过来，晃晃悠悠地举起颤抖的右手，向火车远去的方向庄严地行了一个军礼，泪水扑簌簌地落下。

今天，牛劲思索自己当时编的这么个蹩脚的故事为什么会深深地打动刘排长，要得出这个结论似乎有点困难，但如果把当时背景考虑进去，问题似乎就比较好解释。那时的武警部队规模很小，机制也不够健全。像守桥中队只配备一个排级干部，且多年以来都得不到提拔。中队又处在非常偏僻的峡谷间，前不靠村，后不着店，营房设施非常简陋。由于交通不便，战士们一年看不到一场电影。而且饮用的水是营房边江河里的水，由于上游常有农民放养牲畜，水质污染严重超标，战士饮用后经常发生脱发、拉肚子等现象。守桥中队刚组建那几年，除了一位总队领导顺路看望过战士，再也没有其他领导来过，逢年过节，中队显得特别冷清，以至有的战士发起牢骚，说守桥中队是古代春风不度的玉门关……

火车从眼前彻底消失后，牛劲的回忆也戛然而止。他在半山腰上伸伸脚，踢踢腿，活动开筋骨后，他在桃树边，背着手悠闲地迈着八字步，这时候，牛劲的心情最舒畅，思绪完全由他支配，平日中队琐碎的事情暂且可以统统抛在脑后，牛劲是个喜欢幻想的人，时常把自己想象为大队的教导员，甚至某些日子，还把自己想象成支队的政委,当幻想破灭,回到现实之后,他一点都不沮丧,甚至会焕发出进取向上的昂扬斗志。今天,背着手的牛劲忽然有了比往日更大胆的想象,把自己想象成一名指挥千军万马的将军,一边踱步,一边低头做沉思状,一脸的深邃,那模样与电影里那些运筹帷幄决胜于千里之外的将军极其相似。

梦总有破灭的时候,牛劲的梦是在他像领导一样高高地仰着头,有力地挥动手臂瞬间破灭的,那一刻,他看到肩膀上一毛三的警衔。

梦虽然破碎了,牛劲的好心情还在延续,用充满情感的目光一寸一寸轻轻地抚摸中队的全景,那崭新的营房大楼矗立在郁郁葱葱的树林里,营房周围的设施非常齐全。绿草茵茵的训练场、嵌着铝合金的墙报、崭新的器械等设备一应俱全。现在的总队领导和当地政府领导常到中队送温暖,这种送温暖与往日停留在表面的关心有非常大的不同,那就是讲实效、办实事。

三年前,市领导到守桥中队视察,听说守桥中队战士经常因为饮用不洁的水拉肚子,领导坐不住了,他们从中队取了饮用水样本,当天就风风火火地赶回市政府,经过化验,氟含量超标,水质严重污染,当化验结果出来后,市领导责令有关单位一定要解决好战士的饮水问题,经过有关单位的共同努力,终于把水引到了守桥中队,战士们欢呼雀跃地说:"我们终于可以喝上自来水了。"

让中队干部、战士激动的事情远不止一件,前一段时间,有一位总队领导到守桥中队视察,发现战士训练回来,把被汗水湿透,沾着泥巴的作训服叠成方块置于被子前,问其原因,战士道出了苦衷:为追求统一,多年来一直这样办。那位心细的领导还看到战士们湿漉漉的洗脸毛巾天天都叠成"豆腐块"放在脸盆里，天热时常常变味发霉。

总队领导发现这些问题后，铁青着脸对牛劲和新任中队长吴成化说："现在部队正大力提倡以兵为本，你们怎么还搞些花里胡哨八路军糊弄八路军的事儿，马上改正过来。"

牛劲虽然挨了批，心里却温暖。事实上，总队领导发现的这些问题，牛劲和中队长吴成化早都发现了，但他们却不敢改，原因很简单，支队的其他中队也都存在着同样的问题，你先改了就好比出头的鸟，领导万一不满意给你一枪，那真叫冤。现在既然总队领导责令他们一定要把不合理的地方全部改正。那他们就大胆阔斧地进行了多项改革：战士脏的作训服不必叠成方块置于被子前；以往，战士们枕头里塞的是夏常服、作训服，如今换成了软软的棉枕芯；以往，毛巾叠成"豆腐块"放在脸盆里，如今全部抖开搭在盆架或盆沿上；以往，床铺下不准放拖鞋，战士们每晚洗完脚穿上的往往是刚脱下的胶鞋，如今洗完脚后就能穿拖鞋了。这虽然都是些鸡毛蒜皮的小事，却实实在在地温暖了战士的心，战士上了靶场呱呱叫，进了饭堂哈哈笑的情景使牛劲感到部队的工作很有奔头。牛劲觉得如果把现在战士所处的环境与他刚来守桥中队时所处的环境相比，那就像一部彩色电影与黑白电影之比。如果用一句更简短的话来形容，那就是：鸟枪换炮了！

六、讲个笑话逗你笑

陈秋最想分在战斗班,但事与愿违,指导员硬是把他分在炊事班,为此,他曾哭着鼻子找牛劲要个说法。牛劲狡黠地眨眨眼:"你有理发的手艺,并且还学过烹饪技术,让你去后勤班,发挥你的特长,应该高兴才对,怎么哭起了鼻子?"

"指导员,人家都说当兵不到战斗班,这兵就白当了。"

"别听他们胡说八道,三百六十行,行行出状元,我希望你能在后勤班干出一番事业,过把状元的瘾。"

指导员的话让陈秋破涕为笑,他就这样心情不错地来到后勤班。

陈秋一到后勤班,长得精瘦精瘦的二期士官班长刘勤便给他来了个"下马威"。

刘勤说:"陈秋,听说你在家里学过烹饪手艺,能不能给我们露一手?"

陈秋顿时羞红了脸:"学是学了点儿,但只是半桶水,哪敢在师傅面前卖弄。"

"既然不愿意露一手,那我也不勉强你。"刘勤说着,慢悠悠地踱到炊事班做饭的大铁锅边,"这样吧,你用铲子把铁锅里的水清理到下水道。"

陈秋拿起铲子,也许是太紧张的缘故,当他欲把水清理到下水道时,却被水溅了一身。

刘勤笑了笑:"看来你连半桶水都没有。"

刘勤说着,拿起铲子,非常轻松地用铲子把水掀出锅外流进下水道。他一边做着示范动作,一边说:"做饭是一门艺术,叫厨艺,连刷锅洗碗也是一门艺术。这就像跳舞,得懂得音乐的节奏感。"

刘勤在铁锅边一边干着活儿,一边"嘭嚓嚓、嘭嚓嚓"跳起了舞。

陈秋刚来炊事班时,尽管脏活累活抢着干,还会炒几盘可口的菜,但刘勤还是看陈秋不顺眼,时常鸡蛋里挑骨头找碴。陈秋每次被刘勤批评,心里总是很委屈,但他天生一副好脾气,不与刘勤顶撞。在炊事班待了一段时间后,陈秋发现炊事班做的馒头黏糊糊的,便仔细观察做馒头的整个过程,很快便找到了原因,原来,炊事班的发面缸有点小,每天发面时,总有一部分酵面溢出缸外,所以在蒸馒头时碱粉把握不住,陈秋把发现的问题向刘勤做了汇报,刘勤经过观察,觉得陈秋说得有道理,他让炊事班的战士以后在发面时分成两部分,一多半面粉放在缸里,一少半面粉放在盆里,并根据面粉的多少科学配碱,经过这么一改,炊事班做出的馒头又白又香。

这件事后,刘勤在后勤班每个星期召开的班务会上表扬了陈秋,他说陈秋的心特别细,脾气又好,其他战士应该向他学习。

从那天起，刘勤怎么看都觉得陈秋特别顺眼，他把自己的手艺毫无保留地教给陈秋，心灵手巧的陈秋很快就成了刘勤的得力助手。与刘勤相处久了，陈秋了解到刘勤当兵前曾接受过专业厨师的培训，有二级厨师证，是一家酒店的大堂经理。

"刘班长，你为什么放弃那么好的条件来当兵？"陈秋忍不住问道。

"我也不清楚脑子里哪根弦出了毛病，从小我就爱当兵，当部队到我老家接兵时，我心里就发痒，于是，就去报了名，没过多久，就穿上了这身橄榄绿。"

"那你有没有觉得后悔？"

"说心里话，有时候想想还真有那么点儿后悔，想当初，我在地方是两手插口袋，可到了部队却变成两手端锅盖了。当满两年兵，我要退伍，领导因为我是一个技术兵，有意留我转士官，我当时虽说有回家赚大钱的想法，可在领导面前却怎么也说不出口。"刘勤搔搔头，一副懊恼的样子，"现在想来这步棋或许走错了，炊事班这活儿真不是人干的。"

刚开始，陈秋对刘勤班长的话半信半疑，可在炊事班干久了，深深地体会到做一个后勤班炊事员的难处。中队的战士都喜欢过节，炊事员却最怕。平日一顿饭只做四个菜，可过节了就要翻倍，而且过节的时候，那些想家的新兵心态很不稳定，如果菜做得不可口，炊事员很可能成为新兵的出气筒，所以，逢年过节，炊事员使尽十八般武艺，尽量把饭菜做得可口，待战友们吃完饭，抹抹嘴巴离开后，炊事员才开始吃饭，这时的他们早被油熏得没了胃口。

不过，在炊事班陈秋也有乐的时候，他的拿手好戏锅边糊是中队官兵最喜欢吃的一道菜。尤其是肖冬每次吃锅边糊,总是微闭双眼,嘴里不断发出吧唧吧唧的响声,一副飘飘欲仙的模样。

吃完锅边糊,肖冬用胳膊碰了碰林晓春:"诗人,你能不能用一句最简短的句子来形容一下锅边糊?"

"锅边糊的最大特点就是好吃!"

"亏你还是个诗人,话讲得这么俗。"

"喂,肖冬,我能用最简短的句子来形容锅边糊。"吴夏做了个鬼脸,"吃了锅边糊——尿多。"

吴夏的话引来了哄堂大笑。

"看来你的水平更低,我来告诉你们。"肖冬晃了晃脑袋,"锅边糊就是战斗力。"

"喂,看不出来你的肚子里还装点墨水,居然能想出这么深刻的句子。"吴夏瞪大双眼,"告诉我,你是如何把锅边糊变成战斗力的?"

"每天我吃完锅边糊,两眼就发亮,养猪劲儿足,跑步像阵风,唱起歌儿更嘹亮,如果现在让我上战场,我可以一人生擒两个美国兵。"肖冬边说,边摆出一副老鹰抓小鸡的架势。

"你真是牛皮哄哄,自从你养猪后,我看你跑起步来就像猪一样,头往前拱,屁股往后蹶。"吴夏一脸的坏笑。

吴夏的话又引来了一阵笑声。在厨房里忙碌的陈秋听到战友的赞叹,心里乐开了花,学着刘勤的模样在铁锅边,"嘭嚓嚓、嘭嚓嚓"跳起了欢快的舞蹈。

与中队食堂紧挨在一块儿的是中队的理发室,理发室的条件很简陋,一张椅子、一面镜子、一套理发工具。陈秋每天在食堂忙碌完之后,总要打开理发室的门,看是否有战士来理发。

那是一个阳光明媚的日子，陈秋打开理发室的门，林晓春笑容满面地走了进来，怀里揣着刚刚写好的一篇反映中队好人好事的新闻稿件。陈秋见林晓春走进理发室，便笑眯眯地迎上前去，一边帮林晓春修修头发边幅，一边和他聊天。

"到报社送稿去呀？"

"噢。"

"有把握见报吗？"

"吃不准。"

林晓春说吃不准那可是一句大实话。林晓春念高中时，就迷上了文学创作，曾有几篇豆腐块样的文章在校刊上发表。

穿上橄榄绿后，林晓春更是豪情万丈，立志要成为中队响当当的报道员。为此，他写秃了三把钢笔头，稿件却没有一篇变成铅字。林晓春觉得既失落又茫然，而牛劲同样感到失望，林晓春寄到报社的每篇稿件，他都要把关，有的文章他反复润色后，才寄到报社。可每篇稿子寄出去后都如泥牛入海，牛劲觉得纳闷，他问了其他中队的指导员，人家给他点破迷津：报道员写了不错的稿子要投给当地的报刊，报道员最好自己去送稿。俗话说："一回生，二回熟"，报道员与编辑之间关系融洽后，稿件就容易上。另外，逢年过节如若请编辑到营区走一走，到部队体验一下军营生活，给他们讲讲军营火热的生活，再请他们与战士一道吃上一顿可口的饭菜，编辑对部队的情感便会加深，稿件就更好上。牛劲取到真经后，指示林晓春以后新闻稿件写成，经他审核把关后，就派中队的那辆破吉普车送往附近报社。

说话间，林晓春那略显凌乱的头发被陈秋刨成了灰里透亮、白里透青、毫光四射的光头，透出军人的精气神儿，林晓春对着镜子笑了笑。林晓春每次去报社送稿前，都要到中队理发室找陈秋刨一个滑溜溜的光头，陈秋替他刨完透着军人气息的光头后，林晓春的感觉不错，送稿见到编辑，心里便有了底气。

走出理发室，林晓春上了吴夏开的中队那辆破吉普车，直奔报社。在中队，吴夏是个很全面的兵，不仅跑步快，当兵前还开过出租车，到部队又去总队参加过驾驶员培训，地方和部队驾驶执照都有。路上，吴夏总是找话题和林晓春侃大山。

"林晓春，看你人长得挺精神的，怎么跑起步像只乌龟？"

林晓春的脸涨得通红，嘴一撇，振振有词道："俗话说'尺有所短，寸有所长'，你跑步虽快，写的字却像蚂蚁爬。"

"喂，告诉你，我的字不是蚂蚁爬，而是甲骨文，你不会欣赏。"吴夏一本正经。林晓春顿时笑得前俯后仰。

说话间，报社不知不觉就到了。

下了车，吴夏把林晓春拖到一角，塞过一包中华牌香烟。吴夏的家位于改革开放的前沿阵地，父母做生意，家庭经济比较宽裕，每个月都有钱寄到部队给吴夏零花。吴夏每次接到汇款单，总要在其他战士面前摆阔，要么请战友到中队小食店嘬一顿，要么买点饮料分给大伙喝。按说吴夏在中队战士中应该很有人缘，但这家伙却因管不住自己的嘴坏了好事，不断地吹嘘自己的父母如何有钱，他十七岁那年就出来开出租车闯天下，花花世界各种场面都见过等，吴夏吹得天花乱坠，战友们听得心烦。再加上平日爱讽刺人，许多战友因此疏远了他。

与吴夏相比，林晓春的家境贫寒了许多，林晓春的母亲身患风湿性关节炎，每年看病都要花掉不少的钱，林晓春是个孝子，每个月都要从微薄的津贴费里挤出一点寄回家。

见林晓春推脱,吴夏板下脸儿:"你这个木鱼脑袋,见了编辑,递上一支烟,拘束感不是没有了吗?"

林晓春红着脸:"那钱……"

吴夏笑:"等你大作上了报纸,拿到稿酬后,请我喝可乐。"

到报社送稿后,林晓春回到中队时,总要绕个弯去看肖冬。

林晓春一脸灿烂地来到猪圈时,肖冬总说:祝你成功!

林晓春一脸阴霾地走到猪圈时,肖冬总要拿起扫把扫猪粪,一边扫,一边说:"我扫的猪粪堆积起来肯定像座小山,有付出总会有收获,你看我养的猪不是又长膘了吗?"

林晓春觉得肖冬的话寓意深刻,脸马上阴转晴,又去写他的报道。

当肖冬第九十九次祝林晓春成功后,林晓春的两篇小散文在《解放军报》副刊发表。此时,中队菜地边的桃树正迎着轻柔的春风开放,一枝枝的桃花,明丽鲜妍,灿若云霞,宛如镶在绿满天涯的画屏里。

这些日子,牛劲的情绪格外好,和往常一样,每天早晨都要去看看盛开的桃花,轻轻地抚摸着花瓣,嘴里不时发出"啧啧"的赞叹声。中队的战士对指导员的举动困惑不解,他们窃窃私语:莫非牛劲想媳妇想过了头,犯上了桃花痴?

今天,牛劲的心情更好了,一大早就把中队战士召集在一块儿,清了清嗓子,开始绘声绘色地念着林晓春发表在《解放军报》上的两篇小散文。

都市哨兵

黝黑的脸，威严的戎装，鹰隼似的眼睛。寂静的哨位，定格着你刚健的身姿。

哨位，没有情人的絮语，也没有家庭的欢乐，只有寂静。

然而，哨兵却感到寂静中浸润着幸福。

哨兵，你用钢浇铸的身躯，构筑都市一道美丽的风景，晨曦中、暮霭里、烈日下、暴雨中，你挺着威严的身躯，用睿智和勇气，护卫着人民的安宁。

哨兵，你是都市长青的橄榄树，飘扬的国旗下，你那抖落日月星辰的双肩化成青翠的绿叶，遮掩着祥和宁静的都市。

军歌

晨光如水，音乐般静静流淌，嘹亮的军歌唤醒沉睡的生灵。

军歌如火，岁月如歌。

军歌是战士血液澎湃的声音；是战士铿锵有力的心跳；是战友浓浓乡情的抒发；是军营火热生活的写照。

天地之间日升日落，总有春风来去自如。悠扬激奋的军歌，海水那样悠长，山岳那样高远。

军歌是山的青翠，海的蔚蓝。军歌是战士心中的画。

牛劲念完之后，轻轻地放下报纸，问："大家对林晓春的这两篇小散文有什么看法？"

吴夏第一个站起来,手在空中比画:"林晓春手上的笔就像我手上的方向盘,方向盘甩向哪边,车就开向哪边。林晓春现在写稿入门了,怎么写都有路子。"

吴夏的话音刚落,陈秋接过话茬:"林晓春手上的笔像我手中的剪刀,他手中的素材就像头发。我剪刀一挥,各种各样的发型便出来了,林晓春大笔一挥,素材就像鱼儿有了水。"

牛劲笑了笑,目光扫了扫礼堂里的战士,看到肖冬憋红了脸,那模样就像一位便秘的病人,使出浑身的力气欲把淤积在体内的屎拉出,见此情景,牛劲叫了声:"肖冬!"

肖冬弹簧似的从座位上跳了起来,还没等牛劲问话,嘴就像机关枪一样扫射:"林晓春的文章就像我们中队猪圈里的猪粪!"

大伙不知肖冬的葫芦里究竟卖的什么药,目光齐刷刷地注视到肖冬身上。

肖冬要的就是这个效果,笑眯眯地双手叉着腰,用不急不慢不温不火的口吻道:"我问你们,猪如果不拉猪粪,它会长膘吗?林晓春的文章如果没有像猪一样拉了九十九次猪粪,怎么会变成黄金?"

肖冬的话引来满堂喝彩,牛劲也捧腹大笑,一边笑,一边指着肖冬说:"肖冬,你这兔崽子肚里花花肠子真不少呀。"

七、老兵的追忆

春天的早晨，牛劲起得格外早。

穿上军装，扎上腰带，牛劲的身影便扎进营房边那条弯弯曲曲的小径。抬头望去，满眼都是铺天盖地的绿，或如涌涛，或如屏障，或如凝云，或如烟岚，虽有浓淡深浅，却都郁郁葱葱，即使天上飘着的几朵彩云，也都印染上一层薄薄的绿色。小径两旁的树林里群鸟啁啾，鸟儿那婉转的歌喉里噙着一叠杏花放苞的音韵；那清丽圆润的歌声，唱出了一个明丽的早晨。置身在如此悠扬动听的音韵里，牛劲感到生活充满了诗意。

十三年前，新兵蛋牛劲跟在刘一斤的屁股后面，沿着这条弯弯曲曲的小径走向守桥中队，那时的牛劲对桥充满了质朴的向往和热爱。恍惚中，他觉得有一位牧童骑在宽宽的牛背上，口含吱吱呀呀的柳笛，颤颤悠悠从远处走过来；有一位披蓑着笠的归隐诗人在桥下清且浅的江水里濯足，洗去躬耕的汗尘与劳累，洗出一腔旷达的胸臆。

"喂，你愣在那儿干啥？"

刘一斤的话把牛劲从梦幻中拖了出来,他跟上了刘一斤的步子。可没走几步,牛劲又停下步子发愣。

刘一斤见状,干脆也不走了,坐在突兀的山石上,点上一根烟。

既然班长停下来了,牛劲就可以有充裕的时间来欣赏周围的风景。他首先望了望那座连接大江南北的大桥,觉得这座铁路大桥与自己梦幻中的桥有一定的距离,牛劲梦幻中的桥是一副瘦骨伶仃的模样。那窄窄的桥板,临水兀立,幽独而自怜;那雕龙绘凤的栏杆,小巧玲珑,缀满了露水。而眼前的这座桥有高大的石礅跨梁,桥面非常宽阔。从桥面往下看,江水就像一条绿色的飘带缓缓地向前流淌。

眼前的风景虽然没有牛劲想象的那样富有诗意,但还是让他心醉神迷。

一列火车从远处奔驰而来。

"轰隆——轰隆"的响声震得牛劲的耳膜嗡嗡地叫,急忙捂上耳朵,待火车走远了,才把手放下。

此时,刘一斤已经抽完了烟,问:"新兵蛋,欣赏完风景了吗?"

"欣赏完了!"

"什么感觉?"

"很美!"

刘一斤笑了笑,又问:"新兵蛋,刚才火车开过,为啥捂上耳朵?"

"因为噪音太大。"

"噪音很大?"刘一斤蹙起眉头,"我怎么一点都没感觉,只觉得是哪个家伙放了一声响屁。"

在守桥中队待的时间久了,牛劲总算明白自己刚来中队,说周围的景色很美,刘一斤为什么会发笑。事实上,每个刚到守桥中队的兵都会说这里的风景就像仙境,可年轻的战士并不是不食人间烟火的神仙,再美的风景只要重复一千遍,就会像一杯喝淡的茶水,变得索然无味。"白天兵看兵,晚上数星星"的日子让战士们真切地体会到了什么叫寂寞。至于刘一斤说火车的轰鸣声在他听来如同放一个响屁,那是比较夸张的说法,但在守桥中队待久了,战士们对涛声依旧的火车轰鸣声早已习以为常了。

阳光和煦地照耀在这条弯弯曲曲的小径上,牛劲的目光向远方望了望。远处的村庄,在尚未退尽的薄雾缭绕下,几缕淡淡的炊烟打着旋儿上升,飘逸的炊烟,给绿色的世界抹上了鲜亮的一笔,使整个画面变得灵秀生动起来。

牛劲的目光从远处收回,落到了那座连接大江南北的大桥上,眼眸里流淌出的情感就像桥下潺潺流淌的河水,充满了柔情。

作为一个南方人,牛劲从小就喜欢桥,但从喜欢变成爱,并对桥的内涵有深刻感悟,是在一个淅淅沥沥的日子。

那天晌午换岗后,牛劲走下岗哨时,看到一位拄着拐杖,满头银发的老人立在桥头,老人的眼睛平静地环顾四周。

细细的雨丝把老人的身影刻成了一尊雕塑。

走近老人,首先映入牛劲眼帘的是老人拄着拐杖的手,那是一双被岁月的牙齿啃得干瘦的手:灰黄的皮肤,像是陈年的黄纸,上边满是水渍一般的斑点。一根根青筋突起在皮肤上。使皮肤与指骨间有条缝隙。牛劲的目光顺着老人的手往上移,老人那张饱经沧桑的脸跃入视野。

"老人家,您从哪儿来?"牛劲轻声问。

老人掉过头望了望牛劲，像调皮的孩子朝牛劲眨巴了一下眼睛，说："不要问我从哪里来，我的故乡在远方。"

冷不丁被老人幽了一默，牛劲的心情顿时舒畅了起来，跟老人聊起了天。

老人问："小伙子，今年多大岁数了？"

"十九。"

"当了几年兵了？"

"两年。"

"想家吗？"

"想！"

老人饶有兴致地问了许多问题，牛劲都一一做了回答，牛劲觉得这位老人特别和蔼可亲，举手投足透出一股与众不同的风范。牛劲从老人那带有浓重的东北口音推断可能是个南下的老干部。他试探性地问道："老人家，你在哪儿工作？"

"原先在省公安厅工作，现在已经告老还乡了。"老人家朗朗地笑道。

"老前辈，你到这里来干啥？"

牛劲的问话使老人原本轻松的表情凝重起来，他慢慢地坐到桥头边的一块岩石上，陷入沉思。

"老前辈，你到这里来干啥？"牛劲又轻轻地问了一句。

老人望了望大桥，若有所思："寻梦。"

"寻梦，寻什么梦？"牛劲睁大好奇的眼睛。

老人长长地吁了口气，道出了一个悲壮凄楚的故事——

老人名叫黄其明，1947年参加中国人民解放军，跟随部队南征北战。解放后，黄其明任某团二排排长，后来他所在的团改编为公安部队,他任公安部队某中队队长,当时的公安部队就是今天武警部队的前身,解放初期的公安部队主要任务是剿匪和清除国民党特务。那时沿海地区土匪猖獗,国民党特务特别多,公安部队的任务非常艰巨。黄其明带领的公安中队官兵一旦发现匪踪,便穷追不放,用机智战胜狡猾,用坚忍制服顽固不化的土匪和特务。有个公安部队追捕的惯匪逃到深山里,睡觉前点燃一炷香攥在手里,睡一两个钟头被香火灼醒就转移,惯匪从不在一个山洞里藏过长时间,即便这样,也没有逃脱被抓捕的命运。

还有一次,他们为了缉拿一名匪首,千里追踪,往往早晨还在江河边,夜里已经披星戴月追到百里外的高山上,这样苦战了三个月,匪首终于被他们抓住。

在黄其明所在的公安中队中,有一位年纪最小的公安战士名叫林二双,才十七岁,林二双是个孤儿,举目无亲的他为了吃饱饭当兵,林二双的身子特别消瘦,风一吹似乎就会被刮走,在中队,大伙都把他当作小孩子,重活累活不让他干,危险任务不交给他。搞得林二双很不高兴,经常找黄其明发牢骚,说他早就是大人了,啥活儿不能干呢?!

事实上,林二双也懂得大伙之所以这样做是心疼他,但他不领这份情,好强又特别能吃苦的他总希望做出一两件惊天动地的事。以后的日子,林二双还真干出了一两件让人刮目相看的事情。

由于公安部队担任剿匪任务,经常翻山越岭,体力消耗很大,饭量也大,当时按计划每人每月粮食只有30斤,大伙都吃不饱,中队长黄其明看在眼里,急在心里,多次和地方粮食部门联系,虽然增拨了一些粮食,但离温饱还有距离,他便发动大伙想主意,一天夜里,他和中队战士经过一座山时,听到山上有崖蛙叫,林二双的眸子忽然闪亮了起来，兴奋地对黄其明说："我们去捉崖蛙吃。"

黄其明皱起眉头："崖蛙不好捉。"

林二双笑着说："我小的时候抓过崖蛙，有经验，你们在这里歇会儿，我带几个战友去抓。"

说罢，他就招呼几个战友，打着手电，一块儿去抓崖蛙，没过多久，就抓了两大桶的崖蛙兴冲冲地回来了。

晚上，中队人员在山里点着了篝火，崖蛙成了他们锅里的美味佳肴。那天，林二双显得特别兴奋，他一会儿和这个战友坐在一块儿，过一会儿屁股又挪到另一个战友身边。当听到战友嘴里发出吧唧吧唧响声时，他的嘴里似乎塞进了一块化不开的蜜糖，夜晚，林二双睡得很香，脸上定格着幸福的微笑。

以后的日子，林二双经常领战士去抓崖蛙，部队经过田野时，林二双就下田抓泥鳅、鳝鱼。林二双手脚非常灵活，每次下田都有收获，以至每次林二双卷起裤脚儿，准备下田时，都有一两个馋猫流出口水。林二双的这手绝活儿，北方来的人怎么也学不会。林二双就教北方战友用锄头挖泥鳅的土办法，后来，北方兵便经常利用剿匪空隙下田挖泥鳅，他们虽然在灵巧方面远不及林二双这些南方兵，但身上有的是力气，每次挖泥鳅都很有收获。

说林二双特别能吃苦，一点也不夸张，记得有一次挖工事，时值天寒地冻季节，由于土硬石坚，一镐下去，虎口都震得发痛，林二双那天干得格外卖力，手背上布满了小裂口，仍然不歇手，干完活，林二双的镐柄上沾满热乎乎的鲜血。中队几位年长的干部看到镐柄，心疼得掉了泪。

十七岁是个洒满阳光的年龄，可林二双却早早地失去了父母,林二双的父母死在土匪手里,所以,他对土匪充满了刻骨的仇恨,每次剿匪,小小年纪的他都冲锋在前。

十七岁是个充满幻想的年龄,林二双闲着的时候,爱折纸飞机,并将折好的纸飞机小心翼翼地藏在内衣口袋,当翻山越岭经过山顶时,林二双慢悠悠地从身上摸出纸飞机,然后张开手臂,迎着徐徐的山风放飞,纸飞机在空中飘荡,林二双的目光像一根拴在纸飞机上细细的线,纸飞机飞到哪里,林二双的目光就跟到哪里。

十七岁是个感情丰富的年龄,记得有一次,当翻过一座高高的山峰时,林二双忽然停在山顶,踮起脚跟眺望远方。

黄其明问:"你在看什么?"

林二双的手往前方指了指,说:"前方不远处就是我的家乡!"

黄其明知道这儿离林二双的家乡有十万八千里,但他实在不愿让林二双对家乡质朴的向往和热爱的梦想破灭,便敷衍道:"对,前面不远处就是你的故乡。"

林二双感情的闸门猛地打开,梗起脖子粗着嗓子喊:

"爸爸——"

"妈妈——"

林二双把所有的感情都融进这一声声啼血的呼唤,这缀满悲伤和泪水的声音在山谷间回荡着,中队的战友都被这声音震得流下眼泪。

老人停顿下来,眼里噙满了泪水。

牛劲鼻子酸酸的,林二双的命运走向深深地牵动着他的心,他轻声问道:"老人家,林二双后来怎么样?"

老人的目光投向离守桥中队不远的一座陡峭山上,这座山陡崖像乌云压顶,阴森森,寒凛凛的。山径崎岖曲折,高低起伏,若隐若现，犹如一条回环曲折的飘带。

牛劲也望了望那座山，心弦顿时绷紧。来守桥中队当兵的时候，牛劲听人说前方的那座山解放初期是土匪驻扎的地方。

黄其明继续叙述——

解放初期，离守桥中队不远处那座陡峭的山峰上盘踞着一帮土匪，匪首叫作黄权，原先是国民党军队的一名营长，国民党军队被解放军击溃后，窜到这儿的那座山峰上，重整残部，组织成立"中国人民自由军"，并自封司令，他在附近地区大肆网罗散兵游勇、地痞流氓等，并积极发展地下军组织，建立情报据点，设法窃取解放军机密。黄权的匪军还与国民党的特务机关保持着千丝万缕的联系。

黄权是个心狠手辣的土匪头目，残害了不少的革命群众，上级命令黄其明带领公安中队官兵前去剿匪，一定要把血债累累的黄权捉拿归案。

接到命令后，黄其明所在的公安中队进行精心准备和周密安排。原本这条江的江面上有座木桥，可后来被黄权的匪军炸掉。要进攻黄权的匪军，得渡船过江，才能进攻匪军，考虑到大晴天进攻黄权的匪军目标太大，狡猾的黄权肯定会带着手下土匪逃之夭夭。经过反复研究，决定雨天向黄权的匪巢发起进攻，一举歼灭黄权的匪军。

那是一个风雨交加的日子，公安中队的官兵悄悄地上了木船，木船向对岸划去，那时正好涨水，滚滚的波浪不时夹杂着豆大的雨点咆哮而来，简易而狭小的木船，忽而被推上浪尖，忽而被卷入波浪之中。

在木船上，林二双紧紧地靠在黄其明身边，一个巨浪迎面扑来，他和林二双都打了个趔趄。

"队长，江上若有座桥，我们的行动就方便多了。"

黄其明点点头。

"队长，你看到过火车吗？"林二双冷不丁冒出一句。

"傻孩子，问这么多干啥？"

"我在想，将来如果有一天，这条江面上修起一座桥，桥上有火车通过，那情景多壮观呀。"林二双虽然冻得直打哆嗦，但憧憬的目光仍坚韧地投向远方。

"好，那我就告诉你火车的样子吧。"黄其明大声说，"火车就像我们中队的全体战友手拉手的模样，现在我们这列'火车'要开进黄权的老巢，歼灭匪帮。"

黄其明的话使大家斗志昂扬。过江下了木船后，公安中队官兵以迅雷不及掩耳的速度向黄权老巢发起进攻，黄权和他手下的土匪做梦也没想到公安中队官兵会在暴雨天发起进攻。他们仓促应战。

一场短兵相接的战斗在山上打响。刺鼻的血腥味和焦烟味在山峰弥漫。黄其明手下有两个战友前后牺牲，这更激起战士们对土匪的仇恨，他们朝土匪阵地发起猛攻，土匪们渐渐抵挡不住我们的进攻，开始后退。黄权见状不妙，带领土匪逃窜，林二双见黄权逃窜，急忙追上前去，他一边追赶，一边射击，连续击毙了黄权身边的几位亲信，正当他大步流星地追击黄权时，狗急跳墙的黄权射出了罪恶的子弹，击中了林二双的胸脯，林二双像一朵凋谢的百合花，轻飘飘地倒下。战友们被彻底激怒了，一梭梭愤怒的子弹一齐射向血债累累的匪首黄权，黄权顿时被打得千疮百孔。

战斗结束了。当黄其明抱起血淋淋的林二双时，他朝黄其明艰难地笑了笑,而后鼓起全身的气力,望了望远方汹涌澎湃的江水。

"队长,将来这江面上真会建起桥吗?"林二双细弱的声音听起来如同从另一个世界飘来。

黄其明点点头。

"那桥上会有火车?"

黄其明又点点头。

"队长,倘若我牺牲了,将来你能否替九泉下的我来看看火车?"

黄其明哭着再次点了点头。

林二双朝黄其明伸出颤抖的小拇指,当黄其明的小拇指和他的小拇指勾在一块儿时,林二双的眸子蓦地闪亮了一下,脸上漾出幸福的微笑……

老人黄其明停止了叙述,像小孩一样"呜——呜"哭出了声。

牛劲眼里的泪水也奔涌而出。

在与老人黄其明的交谈中,牛劲了解到剿匪斗争结束后,黄其明仍待在公安部队里,后来公安部队进行整编,黄其明转业回了东北老家,从东北老家到守桥中队,老人要坐两天两夜的火车。但老人回去后,每过若干年都要独自一人跑到这里,替林二双看看解放后新建的那座桥与桥上奔驰而过的火车。如果不来,内心会惶恐不安。

老人带着无限的伤感走了。

牛劲永远也不会忘记老人离开时,缓缓回眸,深情的目光就像一台缓缓移动的摄影机,似乎要把这里的一草一木,山山水水,火车与桥全部都录下来。

驮着淡淡的伤感,牛劲回到了中队营房。

七、老兵的追忆

老人对火车和大桥的真挚情感深深地感动了牛劲,从老人离开的那天起,牛劲对火车与大桥的内涵有了更深感悟,觉得火车与大桥是一本很厚很厚的书,只能用心细细地读,慢慢地品,才能一点一点地领悟。

八、水壶里的秘密

夜色四合。

四周墨黑苍凉的森林静悄悄。在森林中间地带晃动着几十个着橄榄绿军装的影子。如果从高空往下俯视,会觉得他们像一棵棵会走路的小树,给阴暗、隐蔽和诡谲的森林带来了动感和美。

每年,守桥中队都要进行野外生存训练。在牛劲看来,中队官兵确实很有必要进行这么次训练,现在的战士基本上都是家里的独苗,父母的心肝宝贝。他们中即使有些是从农村来,也很少上山砍过柴,更别说露宿山上。让他们去野外生存训练,既开阔了他们的视野,也会使他们学会在艰苦的条件下生存,可谓一举两得。

每次进行野外生存训练,总有一两个兵特别兴奋。这回野外生存训练可把中队才子林晓春乐坏了,林晓春虽然家在农村,但他是家里的独苗。从念书的那天起,家里就没让他干过重活,更别说上山砍过柴。林晓春"两耳不闻窗外事,一心只读圣贤书"地从小学念到了高中。林晓春原先书念得相当好,可上高中时,迷上武侠小说后,成绩一落千丈。那时候的林晓春老是把自己想象成救穷苦百姓于水火的武林高手。待高考成绩公布后,名落孙山的林晓春才从武侠小说所营造的天马行空不食人间烟火梦幻中醒转过来,带着淡淡的伤感和失落,成了一名橄榄绿战士。

昨天晚上,当牛劲通知林晓春准备参加野外生存训练后,他高兴异常,在床上辗转难眠,直到下半夜才勉强入睡。与战友们来到森林的中间地带后,满脸喜悦的他一刻也闲不下来,一会儿和这个战友说几句笑话,一会儿又挪到另一个战友身边讲上几句悄悄话,看到吴夏一个人坐在角落,林晓春便凑上前去。

"喂,在想什么心事呀?"林晓春在吴夏的身边坐了下来。

吴夏从地上拔起一株草,用草轻轻地拍打了一下林晓春的脸:"林晓春,你怎么像个三岁小孩,一次野外生存训练就把你搞得神魂颠倒?"

林晓春笑了笑:"我有一种预感,这次野外生存训练,一不留神又会玩出一篇高质量的新闻报道。"

"我说你这个耍笔杆子的,挑灯笼找素材,那是人干的活儿吗?"

林晓春一脸的虔诚:"每个人心里都有一片绿洲。"

"你就不要给我绕弯路了,我问你,你在部队拼命写,究竟为了什么?"

"拿破仑说'不想当将军的士兵,不是好士兵',我在部队拼命写,当然也是有想法的。"

"我说你可不要癞蛤蟆想吃天鹅肉,凭你的军事素质,考军校难道有戏?"

"你可不要把人看扁了,我现在军事素质离军校的要求确实有距离,但现在离考学还有一段时间,只要我肯练,军事素质会提高……"

"这么说,你当兵的目的就是为了考学?"

"对!"林晓春点点头,"不瞒你说,从我当兵的第一天开始,我就咬定这个目标。今年倘若没考上军校,还要争取当上士官,明年再考,一直考到超龄为止,我就不信考不上。"

"真酸,跟范进中举似的,到你真的考上军校,没准脑子里哪根弦出了毛病。"

"你可不要再损我了。难道你到部队来,一点想法都没有?"

"当然有想法了,一腔热血报效祖国呗。"吴夏一脸的逍遥。

"你不要在我面前摆谱,我知道你来当兵也是有想法的。"林晓春蹲下身子,把吴夏的军裤拉了起来,吴夏膝盖处一道显眼的疤痕顿时露出,吴夏的脸顿时红了下来。

吴夏当兵前,在地方开出租车时,一天夜里,两个小年轻人上了车,当吴夏把他们运到目的地后,两位年轻人却不下车,说:"大哥,我们最近手头紧张,能不能借点钱花?"

坐出租车不给钱也就算了,却反过来向司机要钱。吴夏怎么也咽不下这口气,血气方刚的他和那两位年轻人争执了起来,紧接着拳脚相加。那时的吴夏很嫩,根本就不是那两个年轻人的对手,三拳两脚就被那两个年轻人打趴在地,腿上挨了一刀,身上的钱全部都被抢了……

自从经历了这么一件事后,吴夏不开出租车,选择去当兵。到守桥中队后,吴夏每次练擒敌术都格外卖力,中队的战士都怕与他对练擒敌术,因为每次对练,他都把对方想象成有深仇大恨的敌人,出手又狠又准,常把对手摔得鼻青脸肿,叫苦不迭。

吴夏与林晓春调侃的时候,牛指导员走了过来,身上背着一个老式军用水壶。

今天早晨,牛劲带领战士们到野外进行生存训练,战士们惊奇地发现牛劲身上背着一个破旧的军用水壶,这个军用水壶油漆都快掉光了。不知是有意还是无意,牛劲行军时,手臂总是有意无意地碰到这个水壶,每次碰撞,水壶总会发出一阵类似老人咳嗽的声音,引来战士的一阵窃笑。

"喂,你俩在说什么悄悄话呀?"牛劲慢条斯理地打开老式军用水壶,悠然啜一口开水后,两眼微闭,嘴里夸张地发出吧唧吧唧的声音,林晓春在牛劲身边当文书,对牛劲的脾气摸得很透,一看他这副架势,就知道又要讲故事,便顺水推舟:"牛指导员,你就给我们讲讲这个水壶的故事吧。"

"算给你说对了,这个水壶还真装着一个故事。"牛劲把手中的水壶高高举起,使劲地摆了摆,战士们的目光迅速被水壶吸引,他们在牛劲的周围围成一圈,牛劲坐在圈子的中间,打开水壶,有滋有味地啜了一口后,打开了话匣——

1948年,我父亲十八岁,参加了中国人民解放军,当时,每个战士都发一个军用水壶,这个军用水壶就跟着我父亲南征北战。

全国解放后,又爆发了抗美援朝的战争。父亲作为志愿兵中的一员雄赳赳、气昂昂开赴朝鲜,到了朝鲜不久,我父亲所在连队参加与美军的激战,战斗在一处高地打响。敌人在飞机和火炮的掩护下,以两倍于我军的兵力,向高地发起猛攻,经过两天三夜的激烈战斗,连队战士伤亡严重,最后仅剩下我父亲和十多个战友,他们被迫放弃地面阵地,退守坑道。

连日来,敌人不分昼夜向坑道发起进攻,用火焰喷射器向坑道口喷射烈火，坑道里的空气仿佛也在燃烧，气温一下子上升了许多，由于战友们的顽强抵抗，坑道是守住了，但坑道里滴水无存。战士们连小便都喝光了，干裂的嘴唇流着鲜血……

十多个战士中，数我父亲伤势最轻——只在背部被划破一道伤口，他早已按捺不住内心的焦虑，操着浓重的家乡口音对连长说："连长，与其在这里渴死，还不如让我去找水。"

连长点点头，紧紧握了一下父亲的手，说："拜托了！"

父亲身上背着十多个水壶爬出坑道，缓缓地匍匐前进。大炮在身边轰隆，照明弹在山峦上空飘荡，父亲毫不畏惧，继续向前爬行，在一个黑漆漆的山洞边，父亲停下步子，把耳朵贴在岩壁上。

"叮咚、叮咚"这声音从远处轰隆炮声的间隙里传入父亲耳朵，父亲顿时振奋起来，走进山洞。

"叮咚、叮咚"，清泉从岩壁的缝隙里流出来，滴入一个缸子般大小的水潭，发出美妙声音。父亲高兴极了，一个水壶接着一个水壶装满水。而后，又缓缓地爬回阵地，战士们喝了水，精神倍增，打退了敌人一次次进攻。

战斗结束后，幸存的战友们都哭了。对于他们来说，这军用水壶好比救军稻草，他们约定：今生今世要好好保存这军用水壶！

牛劲的故事讲得有声有色，大伙听得入迷，都说：这水壶确实是个宝呀！

故事讲完，牛劲看到有的战士开始打起了哈欠，便叫大家打开包裹，准备休息。

按常规，在战士休息的不远处必须设个岗，战士们踊跃要求站第一班岗，岂料牛劲却选择林晓春站第一班岗，下半夜接岗的则是牛劲本人。

牛劲的方案刚一公布，吴夏便跳出来挑刺："指导员，你让林晓春站第一班岗，就不怕他那豆芽菜一样的身子被风刮走？"

牛劲板下脸儿："吴夏，你不要老当刺头，你知道什么叫军令如山吗？！"

吴夏不吭声了。其他战士见状，都乖乖地钻进帐篷。

待战士走后，牛劲咕嘟咕嘟把水壶里的水全部喝完，而后也钻进帐篷……

深夜，林晓春精神抖擞地站岗，今天牛劲让他站第一班岗，林晓春的心情特别激动，腰挺得格外直。

寂静笼罩着森林，这种寂静得难以形容的庄严气氛，没有亲身经历过的人很难想象，尤其在这个时候，朦胧的月光在森林和山峦周围投下奇形怪状的影子，给森林增添了一层神秘色彩。林晓春所处的位置比森林其他地方更适合观赏风景的全貌。他全神贯注地注视着周围的风吹草动，希望寂静的森林里能出现某种意外情况，好让他这个哨兵有一次大显身手的机会。

远处，忽然传来了一声颤抖的鸟鸣声，林晓春的心顿时提到嗓子眼，屏住呼吸紧张地注视前方，握枪的手开始微微发抖。

在守桥中队，林晓春素以胆小闻名，中队每次训练后倒，林晓春的腿肚子就开始发抖，随着士官班长鲁云一声令下，其他战士齐刷刷地后倒，唯独林晓春只是向后仰了仰头；练前扑时，其他战士练得虎虎生风，身子扑向地面会发出惊涛拍岸般的响声。怕受伤的林晓春却自作聪明，把前扑改成向前趴，两腿顺势一蹲，像一只癞蛤蟆一样趴在地上。训练跳木马时，其他战士都是面带微笑轻松跳过。轮到林晓春，他使劲地拍了拍胸脯，嘴里念念有词，而后开始助跑，但跑到木马面前时，却突然来个紧急刹车，似乎前方横着刀山火海。

"重练一次!"士官班长鲁云大声吼道。

林晓春又重新练了几次,可每次不管他下多大的决心,到了木马边都刹住了车。那木马就像一个站着不动的耍猴人,而林晓春则像一只不知疲倦的猴子,从木马到起跑点来回地转圈圈。周围看热闹的战友一个个笑得直不起腰,尤其是吴夏一边笑,一边喊:"林晓春,你真是个扶不起的阿斗。"

士官班长鲁云让吴夏做个示范表演,吴夏只助跑两三步就轻松地跃过了木马,吴夏的动作飘逸,且在空中还有个回头望月的动作。

这动作显然有讽刺林晓春的意味,林晓春被激怒了,有力地助跑,这回到木马边时,咬紧牙关奋力向木马跃去,可在要跃过木马的那一瞬,他就像打足了气的轮胎,突然泄了气,双手一软,整个屁股便稳稳当当地坐在了木马上。

林晓春军事素质如此差,以至于被中队官兵取笑为过端午的龙头——光耍嘴。这可把恨铁不成钢的牛劲气坏了,但光懂得生气解决不了问题,牛劲经过琢磨,觉得还是林晓春胆小怕事的心理在作祟。于是,牛劲便想了个办法,让林晓春训练的时候不跳木马,改跳板凳,并慢慢把板凳加高。每加高一点,牛劲总要给林晓春鼓气。当牛劲看到林晓春可以跳过与木马相差无几的板凳时,猛地拍了一下林晓春的屁股,大吼一声:"上!"

此时的林晓春就像一匹关在马槽里压抑太久的赛马,向着木马飞奔而去,双手轻轻一点木马,整个人就像赛马飞过障碍物那样,非常轻松飘逸地越过了木马。当林晓春稳稳地落下时,就像在奥运会比赛获得跳马冠军的体操运动员一样兴奋地振臂呐喊,而后，向牛劲的怀里扎去，像个小孩子在牛劲的怀里哭了起来。

那一次的成功给了林晓春极大的勇气和信心，以后的训练，林晓春也敢做前扑和后倒动作了，虽然动作还不够规范，但毕竟前进了一大步。

对于林晓春的进步，牛劲看在眼里，喜上眉梢。这次野外生存训练，他把林晓春带上，并让他晚上站哨，就是要练练林晓春的胆量。

远处的鸟鸣声停住了，林晓春的心弦却绷得紧紧的，当他的肩膀被人轻轻地拍了一下时，林晓春像猎犬一样敏捷地转过头，只见牛劲正笑眯眯地站在身边，林晓春长长舒了口气，看了一下手表，牛劲接班时间分秒不差。

"指导员，你怎么会这么准时醒来？"林晓春一脸的惊讶。

牛劲一脸的深沉："我是被这个水壶折腾醒的。"

林晓春搔了搔头，越发觉得困惑。

牛劲笑了笑，把林晓春拉到身边，轻声地说："记得我当兵时，父亲把这个旧军用水壶给我，他说你带上这个旧军用水壶，就带着我军的优良传统。在部队，我把它带在身边，它成为我进步的动力，后来，我成为中队指导员，因为夜间要查哨，我买了个闹钟，并把闹钟调到我要起床的时间响，可因为睡得很沉，闹钟的响声没把我吵醒，却把在隔壁间睡觉的中队干部和战士吵醒，搞得他们都没睡好觉。为此，我深为苦恼，后来我想了一个笨办法，查哨前两小时，给水壶装上满满的开水，喝上这些开水，我每天深夜查哨前二十分钟都会被尿憋醒，今天野外生存训练，我又把它派上用场。"

林晓春的眼前一亮，那神情恍如在黑暗的森林里夜行迷路时，猛然发现了闪光的路标。

九、火车里的哲学

肖冬这些日子一直在生闷气。

两天前，中队进行实弹考核，肖冬非常丢人地抱了个鸭蛋。那天，肖冬射出的第一发子弹便跑了靶，肖冬一下子便慌了手脚，手开始发抖，站在肖冬右侧的陈秋叫肖冬要镇静，肖冬定了定神，手不抖了，方寸却早已大乱，他使劲地扣动扳机，那一刻，他手中的手枪就像平日在田间劳作时，握在手上的锄头向下运动。见肖冬的靶子下方尘土飞扬，站在肖冬左侧的吴夏咧嘴一笑："肖冬，你的子弹全钻进老鼠洞了。"

吴夏这么一说，肖冬觉得脸挂不住了，眼里便有了泪水，有了泪水心情就不好。那天午餐，肖冬只吃了一个馒头就再也咽不下去。更让肖冬感到失望的是这次野外生存训练，牛指导员居然没让他参加。这下肖冬慌了，琢磨这次牛劲不让他参加野外生存训练，肯定与自己这次实弹考核吃鸭蛋有关。

为了验证自己的这种想法，肖冬厚着脸皮找到牛劲，要求参加野外生存训练。岂料肖冬话刚开口，牛劲就板下脸儿："你去野外生存训练，那几头猪怎么办？"

牛劲这么一说，梗在肖冬心头的大石头落地了，脸上仍装出一副委屈的模样："指导员，你总不能老把我和猪拴在一块儿吧？！"

牛劲狡黠一笑："我就是要把你和猪绑在一块儿，猪养得好，你的功劳就大大的有！另外，你也可以利用这个时间间隙，跟没参加野外生存训练的陈秋学学射击的绝活儿。"

由于大部分中队官兵都去参加野外生存训练，中队的营房顿时寂静了下来，白天不要出操，夜间不要唱革命歌曲，肖冬觉得应该把这几天过得滋润点儿，他偷偷地到军营外，花了30块钱买了一双已经过时的皮鞋，并给这双皮鞋上了油，穿上这双油光发亮的皮鞋，肖冬觉得神清气爽，从中队到猪圈那段路上，肖冬的步子有点儿飘，反复回味牛劲到野外生存训练前对他讲的那句话，顺着牛劲这句话的杆杆往上爬，肖冬觉得只要自己养好猪，将来就有希望能当上一期士官，闲着的时候也可以像后勤班士官班长刘勤一样，穿上大头皮鞋在新兵蛋面前抖抖威风。刘勤的那双大头皮鞋对肖冬很有诱惑力，正是因为挡不住诱惑，肖冬偷偷地上街买了那双皮鞋。当了一年多时间的兵，肖冬觉得自己看出了部队的许多道道，比方说官与兵最大的差异不在军装，而在鞋子，肖冬在农村时穿沾满泥土的草鞋，到了部队穿解放鞋，要把解放鞋换成皮鞋，还得一步一个台阶地向上迈。

给猪喂完食，肖冬带着那几头洋猪走出了猪圈，肖冬哼着家乡小调，可以听见脚下的皮鞋撞击地面发出的声响，这声音在空荡的山坡显得格外清晰，肖冬的心情也格外舒畅，他大声训斥走在前头的那几头肥头大耳的洋猪，洋猪被他训得服服帖帖，它们迈着蹒跚的步子跟着肖冬往前走。

山坡上轻轻的风一吹，芳草地上便溢出一股淡淡的清香，当清香弥漫肖冬的心间，肖冬觉得自己身上的毛孔和芳草衔接在一起，感觉特别的舒适和爽快，开始在山坡上走正步，他的脚掌每一次落地，都会溅起一缕细细的烟尘。走着走着，肖冬的身上便开始冒汗。这时候，肖冬的感觉特别好，觉得自己已经从懵懂少年成长为一名真正的军人。

在山坡上，肖冬又遇见了那位姑娘，她身边围着一群吃着青草"咩咩"乱叫的羊，令肖冬感到困惑的是姑娘和先前一样，脸上网着一层化不开的愁云。

每次见面，肖冬都朝姑娘点点头，姑娘也朝肖冬点点头。

今日见面，忍不住好奇心的肖冬问："姑娘，请问芳名？"

"我叫刘岚岚。"

"多大年纪？"

"十九岁。"

"看到你，我觉得很开心，你就像芳草地上盛开的一朵鲜花。"

"你可不要恭维我了，我长得丑死了，小眼睛、小嘴巴……"

"话可不能这么说，小眼睛有小眼睛的好处，古代不是有句成语叫'眉目传情'吗？要想眉目传情，大眼睛肯定不行，而小眼睛能把情凝聚在一小点上，并发出脉脉电波；大嘴巴讲起话来跟机关枪扫射似的，而樱桃小嘴讲起话来咬文嚼字，颇有大家闺秀的味道。"

肖冬讲起话来，就像铁锅炒豆子，噼里啪啦，刘岚岚听了，禁不住笑出声来。

"姑娘，能告诉我为啥不开心吗？"肖冬轻声问道。

刘岚岚低头不语。

"姑娘，能告诉我为啥不开心吗？"肖冬又轻声问了一句。

刘岚岚叹了口气："按我平日的学习成绩，去年高考，考上大学应该没有问题，可因为压力太大，临场发挥失常，意外落榜了……"

"高考落榜，还可以补习一年，争取来年考上呀。"

"我们家家境贫寒，到校复读要花很多的钱，父母经过商议，决定不让我复读，他们要我在家里牧羊……"刘岚岚眼里的泪水一闪一闪地淌过面颊。

肖冬的心咯噔了一下。

此时，远处传来了火车的汽笛声。

肖冬抬起头，望了望奔驰而过的火车，脑子里便有了思路，只见他大头一晃，两片厚厚的嘴唇轻轻一碰，便撞出富有哲学的火花："我觉得人的一生就像一列奔驰的火车。一个人在向心中目标挺进时，总会遇到挫折和失败，就好比一列火车在向终点驶去过程中，总有许多停靠的站，这些停靠的站并不会成为火车奔向终点的绊脚石。同样的道理，挫折和失败并不能摧毁我们对人生目标的美好追求。"

"那你说我应该怎么办？"

"像我一样，做一列幸福的火车。"肖冬意味深长。

"做一列幸福的火车？"刘岚岚搔搔头，一脸的雾水。

"在军营里，我把自己当作一列幸福的火车，无论遇到什么挫折，都幸福着我的幸福，快乐着我的快乐，相信军营一定会圆我的梦想。同样的道理，你也应该有这样的感觉。在这个世上，哪个父母亲不疼爱自己的孩子，你的父母因为家境困难，没送你复读，你不能怨天尤人、自暴自弃，更不能放弃对目标的追求，应该自己想办法，比方说，父母叫你牧羊，你可以在牧羊的时候，拿着高中课本复习，一边牧羊，一边读书，那不是比坐在教室里更有诗意？晚上回家后，再加班加点念书，我相信只要肯下功夫，你的学业一定不会差。"

刘岚岚若有所悟。

见刘岚岚有点被说动，肖冬又趁热打铁："还是鲁迅老人家目光犀利，他说'其实地上本没有路，走的人多了也就变成了路'，路都是靠自己走出来的，你要对自己明年高考充满必胜的信心。"

"谢谢兵哥哥的教诲。"止住哭泣的刘岚岚朝肖冬深深地鞠了个躬，愁云密布的脸上露出阳光。

从山坡散步回来，肖冬觉得自己就像一位满腹经纶的大哲学家，任何难啃的骨头都能迎刃而解，这么一想，身上便暖洋洋的，醉人的春风轻拂脸庞，肖冬有了一丝的倦意，他靠在树上，微微闭上双眼，就在肖冬打盹儿的时候，眼前飘出一缕秀美的长发，紧接着王晓琳那张清纯照人的面孔便从肖冬脑海里栩栩如生地勾勒出来，她埋着头，咬着辫梢，慢慢地，她抬起头，那双清明乌黑的小眼睛像一缕阳光射进了肖冬的心扉。

肖冬当兵的想法萌发于一个夏日的晌午。

那天，暴烈的毒日头一炸一炸地甩出一束束白光，在田地劳作的肖冬有节奏地挥舞着手中的镰刀，身后倒着一大片的庄稼。忽然，他闻到了一种淡淡的香水味，肖冬顿时变得心烦意乱，停止了劳作，抬起头，只见一个打扮时髦的姑娘迎面飘来，姑娘名叫王晓琳，王晓琳和肖冬生活在一个村，两人又是高中时的同班同学，王晓琳留着一条长长的辫子，上课时，有意无意地甩动着长长的辫子，那一晃一晃的辫子把坐在身后的肖冬眼睛晃花了，开始暗恋上了王晓琳，肖冬虽然能说会道，但在王晓琳面前，却是半天放不出一个屁，之所以会出现这种情况，用肖冬的话说，那是情到深处，无声胜有声。但落花有意，流水无情，王晓琳并没把肖冬当回事，两人高中毕业后，并没有爱情故事发生，肖冬甚至连王晓琳的手都没牵过。

王晓琳高中没念完便辍学了，她像鸟一样在南方各大都市里轻盈地飞来飞去，最后停泊在了深圳一家中外合资的大企业里，干的是三班倒的活儿，虽然工作辛苦了点儿，但收入相当可观。这次她回家探亲，不巧碰上了肖冬。

看到蓬头垢面的肖冬在田里辛勤地劳作，王晓琳小眼一瞪："肖冬哥的脑子怎么不开窍，还在这穷乡僻壤里憋着，得像鸟儿一样飞出这片四角的天空呀。"

肖冬蹙起眉头问："怎么个飞法？"

"当兵去。"

"当兵？当兵有啥意思？"肖冬蹙起眉头。

"当兵怎么没意思，吃穿无忧，既可以锻炼人，又可以考军校，这样的日子不是过得比现在滋润？"

听了王晓琳的一席话，肖冬只觉得有一缕焦烘烘的热从背脊散向全身，似乎每一个细胞都在燃烧着，把手中的镰刀一扔，大声说："对，我要当兵去！"

肖冬当兵起运的那天，王晓琳刚好从深圳回家探亲，听说肖冬当兵，专程到火车站送别。在火车站，王晓琳送给肖冬一张彩照，并和他握了一下手，肖冬上火车时，王晓琳朝他挥挥手，小嘴微微一咧，脸上便溢满深情灿烂的微笑。

肖冬到部队后，好几天都舍不得洗手，到了夜里，拿出手来闻一闻，只觉得有一股暗香飘过，王晓琳的形象便栩栩如生地从肖冬的指缝间勾勒出来……

一阵凉风袭来，肖冬打了个战，睡意顿时消失了，耳畔响起吴夏的嘲笑声：肖冬，你的子弹都钻老鼠洞了！

这刺耳的嘲笑声不断在肖冬的耳边回荡，肖冬的脸变得潮红，从身上摸出一串钥匙，把它挂在远处一棵树的枝干上，而后，又从身上拔出一把木制手枪，把钥匙当作靶子，"三点一线"地瞄起靶来，靶子、准心、眼睛三点一线，对其他战士也许很简单，但对肖冬来说，实在不是件容易的事，他有常眨眼睛的坏毛病，这会儿，他刚瞄准好，可眼睛一眨，又失去了准心。当他重新举起枪，靶子却被陈秋的身子遮住。

"你别阻碍我瞄准。"肖冬举着木制手枪，眯着眼说。

陈秋的身子闪到一边。"我看你射击的姿势不错，怎么会老脱靶？"

"我也很纳闷，子弹为什么老和我唱对台戏。"肖冬一脸的沮丧。

"我认为你最主要的毛病是射击时心态不好，第一发子弹一脱靶，整个人就发慌．"

"对，我就是有这个毛病，怎么克服？"

"我教你一个办法，你根本不要去理会子弹有无脱靶，专心致志地射出五发子弹，任务就算完成了。"

"这些大道理我都懂，可第一发子弹一旦脱靶，我怎么也无法做到心平气和。"

"我还有一招，每次射击，你的位置都不在我旁边吗？如果你的第一发子弹脱靶，就咳嗽一声，我往你的靶子上补一枪。"

九、火车里的哲学

陈秋是中队的神枪手，每次射击成绩都是优秀。如果他往肖冬靶上射一发子弹，成绩还可以是良好。陈秋这么一说，肖冬阴云密布的脸上绽出了笑容："我们拉勾，不许反悔。"

肖冬的小拇指和陈秋的小拇指勾在了一块。

两人靠着树坐下。

"陈秋，听说后勤班要选个副班长，到时我投你一票。"

"喂，你可不要想歪了，我今天找你，不是来拉选票。"

接下来一段时间，陈秋帮肖冬分析肖冬射击跑靶的原因，陈秋说："肖冬，你有没有发现部队有种现象，那就是女兵的枪法比男兵准，那是什么原因？我认为是女兵扣动枪扳机所用的力量比男兵小，扣动扳机力量越小，枪的震动就越小，越容易击中目标。而你在农村老家，平日常拿锄头，到了部队，总感觉握手枪就像握锄头，扣动扳机使狠劲，这样，你射出的子弹只好去钻老鼠洞了。"

陈秋这么一说，肖冬恍然大悟："真给你说到点子上了，我确实有这个毛病。"

陈秋说："你还有个毛病，那就是爱眨眼睛。我建议你以后射击时，缩短瞄准时间，举枪便射，或许你能找到射击的感觉。"

肖冬频频地点头。

十、悟出来的掌兵之道

在守桥中队待的时间长了,牛劲觉得用"麻雀虽小,五脏皆全"形容中队的工作再恰当不过。中队的架子就像一只麻雀,兵则是麻雀的五脏,五脏中的哪一个环节出了毛病,都影响麻雀的健康。中队的工作一环扣一环。用好手下的兵,让他们在部队发挥专长是指导员工作的重点,也是难点。在指导员的位置上摸爬滚打久了,牛劲越发感到当个碌碌无为的指导员容易,当个好指导员实在太难了。

过去,总队或者支队的工作组到守桥中队来蹲点,总喜欢问牛劲一个问题:你能叫出中队所有战士的名字吗?牛劲觉得这些平日在机关办公室玩墨水的人问的问题实在好笑。中队每个战士的名字,牛劲早已烂熟于心,甚至他们个头有多高,穿几号的军装,穿几码的军鞋,家里有几个人,经济状态如何,牛劲都一清二楚。但光知道这些表象,并不一定就是一个称职的指导员。在牛劲看来,一个好的指导员就应该像火眼金睛的孙悟空一样洞察秋毫。

十三年前，牛劲刚当兵时，守桥中队只配备刘炳堂一个干部，那时，刘炳堂做政治思想工作方法非常简单，那就是"灌"。他给战士上政治课时，拿着政治书本原原本本面无表情地念，坐在下面听课的战士正襟危坐，一个个表情严肃得似乎听完报告就要上前线打仗似的。刘炳堂念完其中的一篇，就算完成了任务。随着时代的发展，再用这种简单的方法难以应付民主意识很强的战士。现在的兵，比牛劲当兵时复杂得多，懂得转着弯玩脑袋，嘴里还会不时地蹦出时髦的网络词儿，当官的稍不小心，就会叫他们绕进去。牛劲非常清晰地记得有一回给战士上政治课，当他照本宣科地念一篇很长的政治理论性文章时，教室里传来拉风箱似的呼噜声，这声音简直要把牛劲的声音压下去，牛劲气得七窍冒烟，抬起头一瞧，发现坐在角落的吴夏闭着双眼，歪着的头靠在墙壁上，并有节奏地打着呼噜，一线极浓的口水沿着嘴角流出都浑然不觉。

怒气冲天的牛劲走到吴夏身边，扬起手，准备给吴夏一个响亮的耳光。此时，吴夏忽然醒转过来，像弹簧一样从位子上蹦起，嘴里像背语录似的冒出："部队条例条令有规定，不能打骂体罚战士！"

现在，部队三令五申严禁打骂体罚新兵，吴夏这时紧急搬出的救兵非常管用，牛劲扬起的手在空中画出一道美丽的弧线后，最终棉花般落在吴夏的肩上。

"为什么打呼噜？"牛劲大声呵斥。

"指导员，你要我讲真话，还是讲假话？"吴夏反将牛劲一军。

"当然讲真话。"

"好吧,既然指导员肚里能撑船,那我就吐槽,觉得你念的文章好比白水煮黄瓜——淡而无味。"

吴夏的话音刚落,教室里便响起了炸耳的笑声,牛劲气得两眼冒烟。那如同灭火器一样的目光扫了一下教室,顿时扑灭了如同火苗星子般冒出的笑声。

"吴夏,你马上写一份检讨书,晚上交到我手里。"牛劲乱了方寸,叫吴夏去写检讨书,其实是在给自己找台阶下。

经历了这么一件难堪的事情后,牛劲明白了掌兵之道,在于悟。悟字怎么写,五个嘴,一颗心。悟是动与静的长相厮守,悟是表与里的耳鬓厮磨,只有了解战士的内心世界,才能做好思想工作。牛劲开始想方设法把原本枯燥乏味的政治课上出味道。他开始改变上政治课的方式。针对战士在军事训练、个人进步、婚姻恋爱和家庭涉法等方面经常遇到的难题,牛劲搞了场别开生面的答战士问。

那天,首先向牛劲提出问题的是林晓春,事实上,林晓春所提的问题是牛劲上课之前写给他的。牛劲之所以这样做,当然有他的想法。现在的战士谁也不知道会问些什么问题,万一答不上来,可丢面子了,不如先让林晓春问一个自己最擅长回答的问题。所以当林晓春一提出问题,牛劲就口若悬河、滔滔不绝。完美地回答完林晓春所提的问题,牛劲略有点儿紧张的心顿时平静了下来。面对其他战士的提问,他妙语连珠,其中有一位一年度兵问道:"牛指导员,我觉得部队的军事训练太辛苦了,每天一到训练场,心里便很烦,你说该怎么办?"

牛劲笑眯眯地说:"我先给你讲个小故事,从前有一个老财主,愁眉苦脸的他背着金银财宝到处寻找快乐,可走过千山万水，却寻不到快乐。于是，他沮丧地坐在山道旁，这时，一个农夫背着一大捆柴草从山上走下来，财主问：'我是个令人羡慕的富翁，请问为何没有快乐？'农夫放下沉甸甸的柴草，舒心地揩了揩汗水说：'快乐很简单，放下就是快乐！'财主顿时开悟：是啊，自己背着沉重的财宝既怕人偷，又怕人抢，整天提心吊胆，快乐从何而来？于是，他放下财宝，用它去救济当地的穷人，从此，富人不再受惊吓，反而因帮助穷人，受到了穷人的感激和爱戴而变得快乐。"

牛劲的话音刚落，吴夏就接过话茬："我知道指导员要表达的意思：快乐其实很简单，训练就是快乐！"

吴夏边说，边做了个"V"的手势。

牛劲笑了笑："吴夏说得不错，训练很苦，但苦中有乐，作为一个军人，如果军事素质不过硬，不就白当两年兵了？要想把自己练成一块钢，就得把军事训练当成一项快乐的事业来干！"

牛劲的回答引来满堂喝彩。

那堂政治课上得非常成功，课上完了，战士们给予牛劲经久不息的掌声。其中以吴夏的掌声最为热烈，他一边鼓掌，一边激动地嚷："哇噻，我们的指导员太有才了，我好佩服他哟！"

掌声使牛劲有了底气，以后的政治课，牛劲都结合中队的实际，进行精心的准备，课堂上，他引古论今侃侃而谈，台下听课的战士们听得津津有味。为了丰富教育的方式，他还围绕教育的内容，让战士展开正反答辩、即兴演讲、自由发言等形式。每堂政治学习课，都被牛劲做成一盘可口的大菜。

俗话说："一个好汉三个帮。"要带好手下兵，光靠牛劲的嘴皮子显然不够，还得有一些特长兵的帮衬，中队的各项工作才能起色。令牛劲感到欣慰的是他手下有林晓春、陈秋、吴夏、肖冬这样的特长兵。

吴夏的自我感觉良好，曾扬扬得意地说，在守桥中队，他是白鹤，其他战士则是鸡群。因为管不住嘴，吴夏没少挨牛劲的骂。但骂归骂，牛劲心里还是很喜欢这个个性鲜明、身体素质特别棒的兵，牛劲曾做过这样的假设：假若吴夏不在他上政治课时给他难堪，没准儿，他现在上政治课还是像过去一样墨守成规按部就班。吴夏虽然爱讽刺人，但心肠软，是个典型的"刀子嘴，豆腐心"的男儿，哪个战士家父母生病或者遇到什么困难，他都愿意倾其所有慷慨解囊。

陈秋有理发和烹饪的手艺，是后勤班士官班长刘勤的好帮手，平日，陈秋虚心向刘勤班长学习烹调技术，陈秋的嘴特别甜，左一声班长师傅，右一声师傅班长，把刘勤叫得心花怒放。他把自己所有的手艺都传给了陈秋。心灵手巧的陈秋原先就有烹饪的底子，经刘勤这么一点拨，烹饪技术大有长进，几种家常菜，如茄子、小白菜、长豆、花菜、豆腐都能做出十多种色香不同的花样。在如何改善中队伙食方面，刘勤和陈秋动了不少脑筋，尽量做到每餐干与稀、面食与大米、荤与素有机搭配，食谱每天不重样，周三加小菜、周六小改善，节假日大改善，战士生日煮一碗太平面、送一小盒蛋糕。陈秋的工作干得有声有色，牛劲看在眼里，喜上眉梢。令牛劲略感遗憾的是陈秋文化素质偏低，字写得歪歪扭扭。与陈秋接触过程中，牛劲还发现一个非常有趣的现象：陈秋与朝夕相处的战友在一块儿时，口齿伶俐能说善辩，但在中队领导面前却支支吾吾，半天放不出一个屁。

肖冬能言善辩，擅长养猪，别人不愿干的脏活累活，他却拿着黄连当箫吹——苦中取乐。这一点牛劲颇为赏识。但肖冬小农意识较重，中队战士曾这样形容他，说每次吃饭的时候，当热气腾腾的馒头端上来后，肖冬便"看一、望二、想三"，紧接着便亮出"眼疾、手快、喉咙宽"的绝活儿狼吞虎咽。牛劲觉得这比喻有那么点儿夸张，但肖冬爱占小便宜却是不争的事实，只要中队领导在场，肖冬干什么活都格外卖力，动作格外夸张，表情特别丰富。

有一回，上级单位给守桥中队运来了几张新书桌，新书桌运来后，士官班长鲁云指令陈秋、肖冬、吴夏去把新书桌搬到中队读书室，新书桌并不重，陈秋、肖冬、吴夏扛起书桌健步如飞地上楼梯。这时牛劲刚好从楼梯上走下来，肖冬见到指导员，便故意放慢了步子，装出一副步履蹒跚的模样，嘴里不断地喘着粗气，肖冬肚子里有几头蛔虫，牛劲再清楚不过了，他这是拿着琵琶照相——摆样子，想博得领导的欢心，让领导瞧瞧他工作是如何的卖力。

说句心里话，牛劲并不太喜欢看不出缺点的兵，他曾做过这样的假设，倘若手下都是一些没有缺点的兵，那他这个指导员就要喝西北风去了，只有优缺点并存的兵存在，他的工作才显得重要。中队的各项活动才充满生机。

如果要问牛劲，你究竟最喜欢哪个兵？他会朝你神秘一笑，而后正儿八经地说，手心手背都是肉，中队所有的兵，我都喜欢。

这是一句美丽的谎言！

牛劲从什么时候开始编织美丽的谎言？这得追溯到王晓兵离开守桥中队时，他与牛劲之间那次推心置腹的谈话，尤其是在王晓兵临走时甩下的那句"人往高处走，水往低处流"的话，更令牛劲刻骨铭心。

那段时间,牛劲的内心深处充满了痛苦和迷惘,王晓兵走后的那天夜晚,他彻夜未眠,并连夜写好了转业报告。

第二天早晨,牛劲坐上吴夏开的那辆破吉普车,火急火燎地奔向支队机关,他觉得自己就像一个受了莫大委屈的孩子,有千言万语要对马政委诉说。可到了马政委办公室门口,牛劲忽然挪不开步子。办公室里传来马政委朗朗的笑声,让牛劲的心扑腾扑腾地跳个不停。他在马政委门外,左手扬起,做出敲门的姿势,却没有勇气敲门。

几经踌躇,牛劲最终选择离开。

坐在通向守桥中队的吉普车上,牛劲轻松愉快的心情与来时截然相反。事实上,牛劲在支队机关只待了几分钟的时间,说得更贴切一点,他只是听到马政委朗朗的笑声就回去了,牛劲不明白是不是因为马政委朗朗的笑声,使他产生"给点阳光就灿烂"的错觉,抑或是其他什么原因。反正牛劲捉摸不透自己的心态为何像四月的天那样变化无常。

吉普车快要到达中队营房时,牛劲叫吴夏打开吉普车上的播放机。

吉普车里响起了柔美且略带点伤感的歌声——

  其实不想走
  其实我想留
  留下来陪你每一个春秋
  ……

事实上,牛劲确实有最喜欢的兵,那就是林晓春。林晓春是中队的文书，指导员肚里的蛔虫，更重要的是林晓春会耍笔杆子，最近一段时间在当地报刊上发表不少反映中队建设的新闻报道。望着这些铅字，牛劲心里乐开了花。这次野外生存训练，牛劲给战士讲那个老式军用水壶的经历，而后让林晓春值第一班岗，接岗过程中，牛劲告诉林晓春带这个水壶的真实意图，这个过程都是牛劲精心安排的。牛劲这一招真可谓一箭双雕，明的是让林晓春练练胆子，暗地里却有让林晓春为他写篇新闻报道的想法。林晓春也没有辜负指导员的期望，回到中队，林晓春把牛劲讲的故事串在一起，迅速写了一篇很有深度的报道，这篇取名为《传家宝》的报道在当地报刊的显要位置刊登出来后，在支队引起了不小的轰动。

今天早晨，吴支队长专门打电话给牛劲，说要瞧瞧他的那个老式军用水壶。

牛劲说："那都是我信口胡编的故事，领导不要把这篇报道当回事。"

吴支队长说："牛劲，最近怎么变谦虚了，你越这么说，我越把那个军用水壶当回事，明天，你叫通信员把那个水壶送到支队。后天支队要开常委会，我要把你那个老式军用水壶亮在桌子上，让每个常委都仔细地瞧瞧。"

吴支队长说完，把电话搁下了。从电话那头传来"咚"的一声脆响，牛劲觉得声音格外动听，久久舍不得放下电话。

那天，牛劲心情格外舒畅，来到中队理发室，陈秋见到指导员乐呵呵的模样，就问："指导员，有什么喜事？"

牛劲笑而不语，拖过一张椅子悠然坐下，笑眯眯地看着镜中的陈秋为他修剪头发。一转眼，牛劲有棱有角的小平头就理好了，理完发，牛劲闭上眼让陈秋刮胡子，刮之前，陈秋先用热热的毛巾把牛劲鼻子以下、下巴颏以上的地方焐上，热气加水汽的毛巾罩在嘴上、鼻子上，特别舒服，牛劲有一种昏昏欲睡的感觉，焐得差不多了，陈秋再打上肥皂沫用刀子轻轻地刮，陈秋刮得轻松自如，牛劲感到痒中透爽，整个面部有一种微风拂面的快感，气脉贯通和精血涌动之际，陈秋忽然收刀，牛劲打了个响亮的喷嚏，尽吐五脏六腑浊气后，顿觉两眼发亮，神清气爽，这时的牛劲觉得找陈秋理发就是在快乐地享受生活！

理完发，牛劲拖过一张木椅让陈秋坐下。

"陈秋，你在部队待一年多了，有没有什么想法呀？"

陈秋的手在膝盖上搓来搓去。

"不用怕，大胆地说出来！"

陈秋支支吾吾了半天，最后涨红脸说："指导员，我希望能成为一名士官。"

牛劲笑了笑，拍了拍陈秋的肩膀，意味深长地说："那要好好干！"

走出理发室，牛劲径直来到中队的菜地，此时，肖冬正拿着粪瓢在菜地上进行漂亮的"流水线作业"，他一边浇粪，一边唱道：

> 唱支山歌给党听
> 我把党来比母亲
> 母亲只生了我的身
> 党的光辉照我心
> ……

在中队，牛劲经常听到肖冬唱这首歌，对于肖冬唱的这首歌，牛劲太熟悉了，小时候，父亲牛春丁带他去走街串巷时，经常哼着这首歌，耳濡目染，牛劲也爱上了这首歌，并哼着这首歌来到部队。现在，他用心听着肖冬的歌声，发现肖冬刚开始唱这首歌时五音不全，而且经常跑调，在部队待的时间长了，不知是吃了太多的馒头，还是对党有了浓浓的情感，肖冬的这首歌唱得极富表情。今天，牛劲听着肖冬具有穿透力的歌声，觉得歌声就像香醉四溢的陈年老酒直灌心扉。

肖冬唱着歌，心情不错地把瓢里的粪水均匀地浇完菜后，才蓦然发现指导员正站在身后。

"歌唱得不错呗。"牛劲笑了笑。

"领导见笑了。"肖冬红着脸搔搔头。

"不要谦虚了，要知道过分谦虚就意味着骄傲。"牛劲重重地拍了拍肖冬的肩膀。

肖冬来部队前，二叔曾告诉肖冬，过去他当兵时，领导常拍他的肩膀，领导刚开始拍他肩膀时，分量很轻，感觉就和搔痒一样，后来领导拍肩膀一次比一次重，最后一次他的肩膀都被领导拍疼了。为此，还贴上了风湿膏，可没过几天，他就提干了，肖冬记住二叔的话，以至于牛劲每次拍他的肩膀，肖冬都要掂量一下指导员拍肩膀的分量，他感觉牛劲这次拍肩膀的分量最重，就像沉甸甸的担子压下来。顿时，肖冬热血涌向脑壳，挺直腰杆，粗着嗓子说："感谢领导栽培，我今后要加倍努力，决不辜负领导的期望！"

牛劲颇为得意地笑了笑，背着手向前走，在那棵桃树边，停下步子。此时，这棵桃树上的桃花已被一个个细嫩的桃子所取代。牛劲的手轻轻地抚摸着桃树，嘴里喃喃自语道："快到收获季节了！"

离开菜地，牛劲悠闲地来到篮球场，此时，吴夏正与几位战士光着膀子在篮球场上拼杀。当吴夏以一连串漂亮的动作完成一次扣篮时，牛劲站在场边鼓掌，吴夏见指导员站在场边，便把篮球抛了过来，牛劲稳稳地接住篮球，他把篮球拍了几下后，投向篮筐，篮球划出一道美丽的弧线，稳稳地落进篮筐，引来战士们的一片喝彩声。吴夏感到很纳闷，指导员原先投篮技术非常臭，今日怎么变得百步穿杨了？看来其中有很大的运气成分，于是，吴夏又扔过一个篮球，这回牛劲又稳稳地把篮球投进篮筐，牛劲也不明白今天手感为什么这么好，拍了拍沾满灰尘的手，牛皮哄哄地说："今天，我就是要让你们感受一下什么叫姜是老的辣！"

十一、不问收获的老黄牛

当守桥中队进行第二次实弹考核时,肖冬已经不再像上次那样惊慌失措了,他从容地把子弹装上弹夹,而后朝站在他右侧的陈秋微微一笑,陈秋也朝他点点头,陈秋的意思非常明确,肖冬的第一发子弹若跑靶,他肯定会替他补上一枪。

肖冬吃下这颗定心丸后,变得心平气和,举枪便射,结果第一发子弹就击中九环,第一发子弹就打出这么好的成绩,让肖冬信心大增,他以非常快的速度射出其他四发子弹,虽然他射出的子弹没有击中十环,但发发都在八九环处转悠,射完子弹,肖冬悠然搁下手枪,背着手乜斜了一眼站在左侧的吴夏,此时,吴夏的额头正冒汗,举枪的手微微发抖,吴夏的身体素质虽然很好,但射击成绩并不出色,每次射击考核,成绩都在及格边缘徘徊,上回笑肖冬其实是五十步笑百步。而今天肖冬的成绩出奇地好,这使吴夏方寸大乱,以至前四发子弹只有一发中靶。

"吴夏,现在老鼠跑到你的靶下做洞了。"肖冬以其人之道还治其人之身。

肖冬这么一说，吴夏憋足了劲，欲把最后一发子弹射中十环，吴夏越想射好最后一发子弹，心里就越发慌，手也颤抖得越厉害。

"砰！"一声脆响，吴夏终于射出最后一发子弹。

肖冬全神贯注地注视吴夏手中的枪，看到枪像往下落的锄头，他笑了，再往远处看，只见吴夏的靶下尘土飞扬，肖冬禁不住大笑道："哇，我看到一只好大的老鼠钻进老鼠洞。"

肖冬的话引来了一阵笑声，那些平日常受吴夏嘲讽的兵张大嘴巴，让笑声最大程度地发泄出来。这笑声使平日自命不凡的吴夏低下高傲的头。

此时的肖冬就像老妈儿坐飞机——抖起来了，背着手，昂起头，迎着灿烂的阳光大踏步地离开靶场，径直走向猪圈，带洋猪散步去了。

在草坪边，肖冬瞧见刘岚岚正专心致志地抱着一本厚厚的高中课本在啃。肖冬欣喜地发现原先笼罩在刘岚岚脸上的阴云逝去了，心里就像灌了一罐蜜水。他不打算打扰刘岚岚念书，可那头该死的洋猪居然一头拱到刘岚岚脚后跟上，刘岚岚吓得尖叫一声，抬起头，看到憨态可掬的肖冬正踱着步子走来。

"兵哥哥，你是不是又要对我进行一番教诲？"刘岚岚笑眯眯地问。

"没什么要说的。"肖冬摆了摆手，"我觉得你只要一直努力下去，考上大学的目标就离你越来越近了。"

"兵哥哥，你的目标是什么呀？"

"我的目标是成为一名警官。"肖冬牛气冲天。

"那你要抓紧复习功课呀。不要光有目标，没有行动呀。"

刘岚岚的这句话算是说到点子上了，肖冬念高中时，除了语文、政治念得比较好外，其他科目经常是大红灯笼高高挂，虽然书念得并不怎么样，但特别爱做梦，梦见自己考上了名牌大学，在高考前填志愿的时候，他在第一志愿上信心满满地填上了清华大学，让班上所有的同学都大吃一惊。虽然大伙都认为肖冬不自量力夜郎自大，但他这种敢于梦想的精神还是让大伙肃然起敬。

那天晚上睡觉前，肖冬拿起高中的课本，没看几页脑子便开始犯晕。这时，他意识到凭着自己的那半桶水，要想考上军校，简直是痴人说梦，既然考不上军校，那就把目标定得低一点，当两年兵后，在部队转个士官还是最现实的想法。

有了目标之后，肖冬的心情格外好，干活特别卖力，可他的好心情没维持几天，就遇上了一件让他极其沮丧的事情。那天，后勤班士官班长刘勤召集全班战士对副班长人选进行民主测评，当刘勤把测评的纸条分到每个战士手上时，肖冬的脑子里忽然蹦出二叔讲述的故事——

  那是一个春天的早晨，二叔所在连队在营房边的山坡上进行一次别开生面的练习，连长站在山坡最高点，手里握着一个酒瓶子，对山坡下的战士说："你们把我手中的瓶子想象成手榴弹，当我手中的手榴弹准备扔出去时，你们全部卧倒。"

  连长说罢，扯着嗓子喊："预——备——"

  山坡下的每个战士都做好卧倒准备姿势，唯独二叔笑眯眯地望着连长，觉得把酒瓶子当手榴弹的游戏实在有趣。当连长喊："开——始——"时，战士全部卧倒，唯独二叔嬉皮笑脸地站在原地。

  连长只是让酒瓶子在空中晃了晃，并没有让酒瓶子离开手心，当连长看到二叔愣怔在那儿，怒气冲冲地朝二叔所处的方向走去。二叔见一脸怒气的连长朝自己走来，知道闯祸了，急中生智的他忽然从身上拿出毛主席语录,迎着春风大声高喊:"毛主席万岁!"

二叔的手扬得非常高,身子就像一尊雕像一样屹立在连长的面前,连长被二叔的这个架势搞蒙了头,过了许久,连长才反应过来,拍了拍二叔的肩膀,大声夸奖道:"你是个用毛泽东思想武装起来的革命战士,美帝国主义的手榴弹都吓不倒你,难道会为一个酒瓶子折腰?!"

这是二叔在肖冬当兵前给他讲的最后一个故事。二叔之所以把这个故事压箱底,当然有他的道理,二叔说:"兔崽子,你到部队后,一定要善于应变!"

肖冬把二叔的话当作谆谆教导铭记在心。今天到了事关自己前途的紧要关头,肖冬脑子的弦顿时绷紧,面对全班战友,脸上堆满了廉价的微笑,还伸长脖子,当看到坐在他身边的陈秋在纸条上写下"肖冬"这个名字后,他也拿起笔,飞快地在纸条上写下自己的名字,而后急匆匆把纸条上交。

肖冬虽然机关算尽,但事与愿违,陈秋的得票仍然最高,而肖冬虽然自己投了自己一票,却也只有可怜巴巴的两票。

民主测评结束后,刘勤随即召开班务会,要求每个战士对这次副班长人选谈谈看法。

一年度兵徐前路第一个站起来,对肖冬进行炮轰:"今天,我是来拍砖的,觉得肖冬不适合担任副班长,他的军事素质不过硬就不说了,思想意识还有问题,老是挖空心思占其他士兵的便宜。比方说他平日爱抽烟,但他买的烟从不分给别人抽,而对其他战友分的烟却一概笑纳。"

徐前路的话音刚落,原先还算安静的班务会就像撒了盐的油锅——热闹开了,另外几名战士争先恐后地站起来提肖冬的意见,他们说肖冬平日洗衣服总爱用其他人的肥皂和洗衣粉,而且他用别人的肥皂和洗衣粉总是大手大脚,洗一件衣服抹去大半块肥皂,洗一条裤子用去大半包洗衣粉。更有甚者说肖冬平日吃饭的时候,见到馒头就两眼发亮,"看一、望二、想三",紧接着便亮出"眼疾、手快、喉咙宽"的绝活儿,鼓足干劲大干快上,吃完馒头之后,抹抹嘴巴扬长而去,全然不顾吃慢的战友能否吃上馒头……

当大伙把肖冬批得体无完肤时,陈秋突然站了起来,说:"我要说句公道话,我觉得刚才大家批评肖冬时有点偏激,俗话说'金无足赤,人无完人',肖冬尽管有许多不足之处,但也有别人身上没有的闪光点,你们谁愿意整天围着又脏又臭的猪转,谁喜欢拿着粪瓢天天在菜地里施肥?"

陈秋的话使班务会的气氛变得凝重起来,刘勤见大家都不吭声,就说:"今天开班务会,大家畅所欲言。"

徐前路冷冷一笑:"大家把票投给陈秋,就是觉得陈秋平日表现比肖冬好,可陈秋又说肖冬比他强,你叫大伙怎么说?"

徐前路的话引来一阵附和声。

陈秋还想为肖冬争辩几句,但话到嘴边又咽了下去。他低着头,脚下的那双解放鞋在地上胡乱地画着圈圈。

那天晚上,沉闷的班务会刚结束,肖冬便钻进被窝,同室的战友可以听到他在被窝里低低的抽泣声。

尽管受到很大的打击,但肖冬第二天早晨仍然是中队最早起床的兵,他惦记着手下的那几头猪,尤其是那头临产的母猪。

给猪喂完食,肖冬开始一次次按摩临产母猪的乳房,替母猪挤酸奶，挤出酸奶后，肖冬用高锰酸甲给母猪红肿的乳房消毒，化学物品的刺激，使母猪嗷嗷乱叫，肖冬觉得母猪的叫声格外凄厉悲壮，心情也变得沉重起来，泪水扑簌簌流了下来。

给母猪消完毒，肖冬又马不停蹄地带着洋猪到山坡上散步去了。过去他看洋猪怎么看怎么顺眼，今天，心情不佳的他看洋猪怎么看怎么不顺眼。当洋猪朝他"嗷嗷"叫时，肖冬再也忍不住，狠狠地踢了它一脚，大声喝道："臭洋猪，你别在我面前耍横，本大爷就看不惯你那副趾高气扬的模样。"

被肖冬踢痛的洋猪无头苍蝇一样在猪圈内乱跑几圈后，便定下了神，拿自己的大眼睛去瞪肖冬。摆出一副决一死战的架势。

洋猪这副表情让肖冬又好气又好笑，他又骂道："洋猪，端什么臭架子，难道想与本大爷较量一番？"

肖冬说着，向前迈出一大步。

洋猪向后退了一步，仍朝肖冬瞪眼睛。

肖冬又朝洋猪飞起一脚，这一脚肖冬故意踢歪，但还是把洋猪惊出一身冷汗。

"兵哥哥，你不是说洋猪是你的心头肉，今天怎么和猪较上劲了？"清脆的声音从身后响起。

肖冬"啪"的一声立正，掉过头，发现牧羊的刘岚岚手里拿着书，笑吟吟地飘来。

抹了抹脸上细细的汗珠，肖冬晴朗的脸忽然板下："刘岚岚，你想考上大学，就要做到专心致志，不管外面风吹草动。"

"可你发出的声音太大了，连我的羊群都受了惊吓。"

"不要找借口，我还是那句老话，要想考上大学，必须做到专心致志。鲁迅老人家之所以能成为一代文豪，那是因为他把别人喝咖啡的时间都用在读书上,你要向他老人家学习,抓紧分分秒秒时间复习功课。"

在肖冬眼里,刘岚岚就是他的妹妹,他觉得督促刘岚岚刻苦学习,不仅有责任,更有义务,他恨不得能使上几分力让刘岚岚如愿以偿考上大学。

几天后,陈秋被任命为后勤班副班长。

肖冬对这个意料之中的任命并没有太多关注。此刻,他的主要精力已经转移到那头即将产崽的母猪身上。他每天不厌其烦地为母猪挤酸乳。母猪产崽的那天夜晚,肖冬蹲在猪圈边,母猪的每一声嚎叫都会使肖冬感到一阵心慌。当母猪的嚎叫声停止时,肖冬擦了擦冷汗涔涔的额头,走进猪圈,看到五只可爱的小猪崽靠在母猪身上,轻轻走上前,把小猪崽搂在怀里,小心翼翼地用毛巾擦掉胎液后,开始喂痢菌净等药液,然后将个头小的猪崽固定在乳汁好的母猪前面的乳头,将个头大的猪崽放在母猪后面的乳头上。喂完奶,又开始拔猪崽的犬牙、剪尾巴……当肖冬忙碌完,已经是深夜了,人困马乏的肖冬搂着猪崽,不知不觉进入了梦乡。

肖冬做了一个好梦,梦见自己穿着笔挺的士官服回家,父亲为他准备了丰盛的晚餐,二叔那天也来了,见到肖冬,二叔就夸他有出息,谈话间,王晓琳飘然而至,灿烂的微笑从她小嘴里漾开,肖冬顿时心花怒放,开始放声大笑,笑过之后,肖冬的梦也就醒了,他感到奇怪,在猪圈边睡觉,怎么身上还是暖洋洋的,转过头一瞧,原来身上披了一件大衣,肖冬的目光顺着大衣往上瞧,只见牛指导员正站在身边,手里拿着手电筒。

"报告!"肖冬跟跄地站起身子。

牛劲的手轻轻地抚摸了一下肖冬冰冷的两颊，眼里涌动着泪水，他朝肖冬挥挥手："肖冬，快回去睡觉，别累坏了身子。"

岂料，牛劲的话音刚落，肖冬竟呜呜地哭出了声。

"你哭什么呀？"

"指导员，这次我没被选上副班长，是否意味着提士官已经没有希望？"

"话不能这样说，你平日做了很多工作，我们都看在眼里。"

肖冬立即破涕为笑："我在部队一定好好干！"

"肖冬，今日你给我说真心话，为什么想转士官？"

"我从小热爱军营，到了军营后，领导的关心，战友的支持，使我对军营更加热爱，我的生命已经融进了这片土地，愿意为部队建设添砖加瓦！"

"别跟我唱高调了，说实话。"

肖冬搔搔头。

"快说。"

"那我今天就在指导员面前敞开胸怀。我当兵的最高目标是成为一名军官，现在看来，凭着我的文化水平，这个目标根本就实现不了。要想留队，最实际最现实的就是提个士官，我算过一笔账，我如果能在部队干三年一期的士官，离开部队时，国家就会补贴给我一大笔钱，现在部队正进行工资改革，干部和士官的待遇有很大提高。我算了一下，如果能提一期士官，每个月各种津贴加在一块，有三千多元收入。我省吃俭用，转一期士官，干满三年，可以攒下十多万元钱。"

肖冬忽然顿住了，"扑哧"一声笑了起来。

"傻小子，笑什么？"

"指导员，你知道十万多块钱在我们闽北老家意味着什么呢？"

牛劲摇摇头。

"可以找个漂亮媳妇哟。"肖冬一脸的憧憬。

牛劲的心抽了一下，原先一直认为肖冬是一个善于演戏的兵，压根儿就没料到肖冬会把心里最真实的想法全部表露出来。这会儿，牛劲觉得肖冬有着山里人所特有的纯朴。他拍了拍肖冬的肩膀，说："这是在军营，不要整天想着讨媳妇。"

"指导员，想一想也不碍事吧。"

"我怕你会不安心在部队服役。"

"指导员，看来你还没钻进我的内心世界，掏心窝子话，在军营，我每想一次讨媳妇的事儿，在军营建功立业的想法就会变得越发强烈。"肖冬的脸上漾出青春阳光的微笑，并让胖乎乎的左手在空中画出一道美丽的弧线。

"在讨媳妇的事情上，我不跟你扯了。现在我们言归正传。"牛劲话锋一转，问，"肖冬，我到你家里接兵时，你健步如飞，怎么到了部队，没发现你发挥出特长。"

"我现在分配在后勤班，一位后勤班的兵倘若抢了战斗班兵的风头，那他们的面子往哪儿搁呀？！所以中队组织的每次跑步，我都故意落在后头，这样的跑步让人很憋气，作为一名年轻人，总有跑到前头的冲动，为了把自己的冲动压下，我在中队组织的武装越野中，总要在腿上绑上沙袋，这样我就被束缚了手脚，再努力也追不上牛皮哄哄的战斗班战友们。"

"按你这么说，你跑得比吴夏还要快？"

"不敢说比他快，但应该在伯仲之间。"

"你别跟我吹牛,明天中队组织的五公里越野,我让你这个后勤班的战士参加,究竟是骡还是马,我倒要仔细地瞧一瞧。"

几天后,中队组织一次五公里武装越野比赛,牛劲点名让后勤班的肖冬参加。那天,参加越野比赛的战士都背着枪,唯独肖冬背着一个铁锅站在队列的最后面。于是,便有人嘲讽肖冬耍小聪明,背个没啥分量的铁锅总比背一支枪舒服吧。还有的人说,五公里武装越野,那是战斗班战士训练的一部分,后勤班的战士凑什么热闹,到时候落到最后一名可不要哭鼻子。肖冬静静地听大伙对他的冷嘲热讽,脸上始终挂着浅浅的微笑,待大伙对他评头论足结束之后,他把锅高高地举起,说,哪位战友愿意和我交换一下,你背锅,我背枪。肖冬的话音刚落,就有战士提着枪来跟他换,可当那位战士接过锅时,脸便开始发青,赶紧把锅塞回肖冬怀里,原来那个锅有二十余斤,相当于两支步枪的分量。

比赛开始阶段,肖冬跑在队伍的最后面,跑到中途的时候,肖冬开始加速了,在那条崎岖的山路上,他像兔子一样敏捷,这时候肖冬的背已经被铁锅勒出了一道道的血棱子,轻风一吹,血棱子就变成了一只只活马蜂蜇着肖冬的背,但此时的肖冬已经豁出去了,他一边跑一边说,看你们敢小瞧我,今天我非得拿第一不可!

健步如飞的肖冬每赶超一位战友,总要掉过头来瞧一瞧,当看到战友跑得气喘吁吁时,他就会伸出手,让战友把枪卸下让他背,很快,他的背上就背了五六支步枪,他就这样背着枪赶到了队列的前方,现在他的前方只有吴夏一个人了,此时,在前方领跑的吴夏听到后面传来粗重的喘息声,便掉过头,当他发现紧追不舍的肖冬身上背着铁锅和五六支枪时,狠狠地骂了一句:

"靠，坦克，重型坦克！"

肖冬笑了，他要的就是这个效果。

离目的地近了，肖冬故意放慢了前进的步子，让战友们一个个从身后超过，肖冬明白如果他这个后勤班的兵赢了那些牛皮哄哄的战斗班战友，那他们的面子可丢大了。

肖冬是最后一个到达目的地的，他高高地仰着头，脸上挂着幸福灿烂的微笑，步子迈得轻盈矫健。肖冬到达目的地的时候，所有的战友都向他行注目礼。牛劲上前重重地拍了一下肖冬的肩膀，说："肖冬，好样的！"

那次五公里越野使肖冬一炮打响，他受到了中队长吴成化和指导员牛劲的表扬，吴成化中队长在队务会上声情并茂地说："五公里武装越野，有人把肖冬比喻成一辆坦克，我看他不像坦克，更像是一头只问耕耘不问收获的老黄牛！"

十二、藏着秘密的桃树

每到春夏交接的季节，牛劲的眉头总是锁满愁云，他为转士官的人选发愁。守桥中队位于偏僻山区，每年转士官名额比其他中队多一个，由于条件艰苦，高干子弟不愿来这里当兵，因此，每年转士官的外界压力比较小。像陈秋、肖冬、林晓春那样来自农村的兵占绝大多数，他们转士官愿望强烈，四个转士官名额不过是杯水车薪，牛劲和新任中队长吴成化多次在一块儿商讨转士官人选，每次讨论都难有结果。到这时候，牛劲才发现要把一碗水端平，那是一件多么困难的事情。

"报告！"林晓春的声音把牛劲从沉思状态中拖了出来，转过头，只见林晓春正把一封信工工整整地搁在牛劲的办公桌上。

"未来嫂子的来信。"林晓春笑眯眯地说。

"你不要瞎起哄，八字还没有一撇呢。"牛劲说罢，朝林晓春挥挥手。

林晓春知趣地退出房间后，贼溜溜的眼睛从虚掩的门缝往里瞧，只见指导员从抽屉里拿出镜子，冲着镜子又是捏鼻子，又是抹脸蛋，并用手当梳子，把头发细细地理顺后，他又拿出胡子刀，把络腮胡子刮得铁青，林晓春突然发觉，平日不修边幅的牛劲原来也这般英俊。他在门外嘟囔道："哇噻，好酷耶。"

照完镜子，牛劲轻轻地咳嗽了一声，而后慢悠悠拆开信封，小心翼翼地从信封中抽出信，那模样就像一个接生婆谨小慎微全神贯注地接生初生婴儿。这精彩的片段，林晓春已经不止一次看到。每次，他把落址为永乐市火车站的来信交给牛劲，他就欣喜不已，林晓春还惊奇地发现牛劲这个平日在训练场上摸爬滚打的大老粗，最近居然喜欢上了唐诗宋词，有时讲话文绉绉的。林晓春还看到牛劲背着手，像个大诗人般在屋里踱来踱去，嘴里忽然间冒出一两句经典名言。

通过旁敲侧击，林晓春得知牛劲的恋人在他老家的火车站当列车员，名叫刘芸。刘芸是牛劲去年回家探亲时认识的，今年牛劲回家探亲，两人感情直线上升，热恋中的牛劲如果一周没有收到恋人来信，就会心神不定。

"林晓春，你来我的办公室一下。"脸上洋溢着幸福微笑的牛劲大声叫道。

林晓春立即走进指导员办公室。

"你去中队那棵桃树上摘几个桃子，然后用包裹包好，寄给永乐火车站刘芸。"

现在街上卖的桃子，又大又甜。而中队菜地边那棵桃树结出的桃子，块头小就不说了，那又苦又涩的滋味，让人尝一个，就不愿意尝第二个。而指导员却要把它当作宝贝送给远方的恋人，指导员葫芦里究竟装着啥药？莫非真如传闻所说那棵桃树的种是他恋人送的？但据老兵说，这棵桃树已经种下许多年，而指导员与刘芸是去年才认识的,这怎么可能呢?林晓春做了许多的假设,但始终揭不开谜底。

当林晓春气喘吁吁地跑到中队菜地,发现吴夏和肖冬正在菜地边扭成一团。那次,吴夏因为射击成绩不佳,遭到肖冬的嘲讽,后来,肖冬又在五公里越野中抢了吴夏的风头,这让争强好胜的吴夏心态一直平静不下来,他要找个时间好好拿肖冬开涮。今天早晨,肖冬到猪圈边看那几只小猪崽时,吴夏也悄悄地跟在身后,到了山坡,吴夏嘲讽道:"肖冬,你这只癞蛤蟆,也不拿镜子照照脸,想当副班长,除非天上掉下天鹅肉哟。"

肖冬对自己没当上副班长心里早就窝着一团火,吴夏的冷言冷语完全把他激怒,恶狠狠地回应道:"吴夏,你是我们中队的稗子。"

在农村生活过的人都知道,稗子是种令人讨厌的植物,它在田里生长得比谷子快得多,如果不除掉,必然抢占谷子的营养,抢去谷子的阳光与水分,因此农民不得不"薅秧",其实就是除掉稗子。吴夏在中队时常调皮捣蛋,牛劲有一次上政治课的时候,曾意味深长地说每个战士都要做中队的谷子,不要做稗子,大伙听了这句话,都朝吴夏瞧,吴夏不好意思地低下头。从那天起,大伙私下里给吴夏起了个"稗子"的绰号,但没有一名战友敢当着吴夏的面叫这个绰号,因为他们怕挨吴夏的拳头。今天,肖冬当着吴夏的面把这个绰号叫得山响,果然把吴夏激怒了,他像雄狮一样扑向肖冬,肖冬则摆出一副水来土掩兵来将挡的姿势迎战。

在守桥中队,吴夏的擒敌术练得炉火纯青,其他的人都不愿与他对练,唯独肖冬敢与他较劲。在农村土生土长,到了部队又吃了许多馒头的肖冬显然消化功能特别好,整个人变得腿粗腰圆，肌肉异常结实。平日训练，在与吴夏对练擒敌术时，吴夏费好大的劲想将他摔倒，肖冬还真没把龇牙咧嘴的吴夏放在眼里，他从容淡定地双手叉着腰，如同风雨中的泰山——不动摇，吴夏见拿肖冬没办法，便使了个阴招儿，伸手抓了一下他的腋下，肖冬忍不住笑出声来，吴夏便抓住这个机会，使出吃奶的力气将他摔倒在地，肖冬在海绵垫上轻松打了个滚就站了起来。接着轮到肖冬出招，他的擒敌术虽然不规范，却很实用，两只粗壮的手紧紧抓住吴夏的手，一使劲，吴夏就重重地摔倒在海绵垫上，吴夏虽然被摔得腰酸背疼，脸上却装出一副轻松的模样儿。

现在，两人真枪真刀地干了起来，针尖对麦芒，两人虽都使出浑身解数，但都无法把对手扳倒在地。

"喂，你们两人怎么到这儿来打架？"随着林晓春的一声吆喝，肖冬和吴夏赶紧松开手。

"我们两人在练擒敌术，不是在打架，不信你问肖冬。"吴夏喘着粗气说。

肖冬通红的脸上挤出一丝笑意："我们是在练擒敌术。"

"你们还真会编故事，我早看出来你们之间有摩擦，今日总算爆发出来。"

"我和肖冬之间是有矛盾，主要是因为肖冬这家伙的嘴巴太毒。"

"你这是恶人先告状。"

"不要吵了，我们来自五湖四海，在部队这个大熔炉里，应该亲如兄弟，不能窝里斗。"

"喂，你大概是在指导员身边待太久，怎么老拿大道理往我们脑里灌，我可不吃你这一套。"

"就是！"肖冬随声附和。

"雷！我真被你们这对活宝雷得快晕倒了。"林晓春瞪起双眼，"我打酱油路过，看到你俩吵得面红耳赤，便好心来劝架，却被你们反咬一口，真是东郭先生救狼——好心得不到好报。"

"你哪是在劝架，明明是白脸狼戴草帽——假充好人。现在我跟你挑明了，我与肖冬的矛盾属人民内部矛盾，当敌人来侵犯时，我们枪口一致对外。"吴夏边说，边伸手搂肖冬的身子，摆出一副亲热的模样。

"吴夏说得没错，我们这是不打不相识。就像梁山泊的那些英雄好汉，相识前都要过上几招，通过刚才的交手，发现我俩半斤八两，都是顶天立地的铮铮汉子，现在开始惺惺相惜了。"肖冬的手与吴夏的手紧紧地握在一块儿。

"嘻，我看你们不应该来当兵，去当演员可能更适合，瞧你俩刚才拼得死去活来，现在又亲热得像一对孪生兄弟。不过，话说回头，看到你们化干戈为玉帛，我打心眼里高兴。"林晓春笑眯眯地朝他俩挥挥手，"不跟你们俩再耍嘴皮子了，我还要替指导员摘几个桃子呢。"

"我不明白，指导员为啥爱吃这又涩又苦的桃子？"吴夏好奇地问道。

"指导员不是自己吃桃子，而是要把桃子用包裹装好，送给远方的恋人。"林晓春边摘桃子边说。

"这就更让人捉摸不透了。"肖冬一脸的困惑。

"指导员的心思要是都让你捉摸透了，你也可以当指导员了。"吴夏抬起头，望了望蓝蓝的天。

说话间，陈秋飘然而至，手里提着一个盛满水的大桶。

十二、藏着秘密的桃树

陈秋是来给桃树浇水的，中队除了牛劲之外，最关心桃树的莫过于陈秋了，训练之余，他时常跑到中队的菜地边给桃树浇水施肥，一阵忙碌之后，他总要在桃树边站立，轻轻地抚摸着桃树的枝干和花蕾，一副虔诚的模样儿，离开的时候，还要对着桃树说上几句悄悄话。碰上刮风下雨，陈秋总惦记起那棵桃树，无论雨再大，都要跑去看桃树，看到那棵桃树单薄的身躯在风雨中傲然挺立时，悲喜交加，眼里闪动着泪花。

中队的战士不知道陈秋为啥如此喜欢这棵桃树，当他们好奇地问陈秋时，陈秋总是闭口不语，一脸的凝重，让人摸不着头绪。

自从陈秋当上副班长后，陈秋与肖冬这对原先无话不谈的好朋友关系骤然变冷。肖冬怎么看都觉得陈秋不顺眼。陈秋与他搭话，他也是爱理不理。肖冬还背地里对老乡说，别瞧陈秋平日不吭不哈一脸憨相，其实这人是王八背着两面鼓——人前一面，人后一面。指导员喜欢这棵桃树，他也跟着喜欢，这不是在拍指导员的马屁吗？！

"喂，陈秋，有人说你喜欢桃树是假，拍指导员马屁是真，真有此事？"吴夏朝陈秋做了个鬼脸。

陈秋并不理会吴夏的问话，全神贯注地在给桃树浇水。

"喂，你怎么变哑巴了？"吴夏用脚顶了一下陈秋的屁股。

陈秋掉过头，目光直直地刺了一下站在旁边的肖冬，肖冬的脸"刷"地一下变得通红。

十三、承载爱情的火车

那是一个彩霞满天的黄昏,牛劲早早地吃过晚饭后,兴冲冲地拿着一个望远镜,来到江边的沙滩上。前几天,牛劲给远方的恋人邮寄桃子后,心情就特别的好。

江边的沙滩上有一个摆渡老人。

牛劲很早便与这位摆渡老人认识,中队官兵都觉得老人是个怪人。现在江上有桥了,谁还去坐船呀。可固执的老人却每天起早摸黑在江上把空无一人的船渡来渡去。

老人的这份执着引起牛劲的注意。牛劲有意识地与老人套近乎,在与老人东拉西扯中,了解到老人从少年起,就从父亲手里接过渡船和撑篙,在这条江上开始了摆渡生涯。

花开花落,春去秋来。摆渡少年变成了白发老人,如今他已儿孙满堂,但他的一叶扁舟一柄竹篙始终伴随着这条江,厮守着这只渡船,像伴随着一个古老而凄美的梦,固守着一个人生的诺言。

牛劲起初对老人的举止困惑不解,在守桥中队待久了,老人那种对摆渡的执着与热爱给了牛劲许多的感动与思索,他和老人交上了朋友。

今天,当孤单的老人见到徐徐走来的牛劲,那张爬满皱纹的脸上漾出甜甜的微笑。

待牛劲上船后,摆渡老人竹篙一点,略一轻晃,小舟就像一只轻盈的蝴蝶贴着江面向前飞去。

撑船本是一项非常费体力的劳动,但摆渡老人却用自己灵巧得可与猴子相比的身子,把这项劳动演绎得赏心悦目。摆渡老人立在舷边,竹篙探下水去,向后一撑,身子和竹篙便弯成一张拉满弦的弓,船就像老人搭在弓上的箭,随着"嗖"的一声轻响,船像箭一样射向远方,这时老人的身子轻轻一晃,仰着头的他挺立得和竹篙一样笔直。这幅如诗如画的场景让牛劲荡气回肠拍案叫绝。牛劲不明白是因为摆渡老人的出现而使江水景色更加迷人,还是这样清幽的景致里少不了摆渡老人的点缀。

一缕清幽的芳香从远处迎面扑来,牛劲顿时感到无比的清凉与爽快,目光向四周举目远眺——静如死水的江面;晚霞朵朵的天空;郁郁葱葱的树林尽收眼底。牛劲觉得自己就像进入一幅庄严肃穆、恬静幽美的画中。在这幅诗一般的画面上,牛劲非常自然地想起自己的初恋,在牛劲看来只有初恋的意境能和这幅画的美相匹。

牛劲上小学五年级时,老师曾在课堂上向他提出这样一个问题:林子里有十只鸟,随着"砰"的一声枪响,林子里还有几只鸟?

牛劲不假思索地脱口而出:"林子里有九只鸟。"

"訇"的一声,全班的同学都笑了。

不用说,肯定是牛劲的答案错了,牛劲立即纠正道:"林子里有一只鸟，一只死鸟！"

牛劲的回答引来一阵哄堂大笑。

老师也笑了，说："你再动脑想想。"

牛劲绞尽脑汁，苦思冥想，实在想不出来。

老师让另一个同学站起来回答这个问题，那个同学站起来，朗声答道："一只鸟都没有了。"

老师点了点头。

既然老师已经点头，按说这个问题应该有了结论，不料坐在牛劲身后的艳艳却站起身子，说："老师，我有不同的看法。"

老师瞪大双眼："什么看法？"

艳艳把小辫子往身后一甩："我认为林子里有两只死鸟。"

这下轮到老师和全班同学惊讶了，大伙都瞪起眼睛注视着艳艳，艳艳并不慌张，她非常认真地说："随着一声枪响，一只鸟被枪击中了，殷红色的鲜血染红了大地，它的亲密伴侣因为失去爱人悲痛欲绝，也一头撞死在地上，和它的伴侣一道离开了这个世界。"

艳艳的话音刚落，全班同学哄堂大笑，唯独牛劲没有笑，愣坐在那儿的他觉得有一只披着金黄色羽毛的红嘴爱情鸟迎着晨曦，在迷离的晨雾中缓缓飞翔，朦胧的天空顿时刷上一层亮丽的色彩。

这样的意境实在太美了！牛劲嘴里发出"啧啧"的感叹声。

牛劲和艳艳从家乡小学毕业后，两人同时考上了重点中学。在学校又分在了同一个班。艳艳是个勤奋且充满幻想的女孩子，每门功课都非常优秀，每篇作文都文采飞扬且富有想象力，老师经常在班上声情并茂地念着她的作文。与艳艳相比，牛劲就像一块晒在沙滩上的石头，没有任何方面引起老师与同学的注意。

转眼间五年时间过去，牛劲成了一位英俊的小伙子，艳艳出落成一名亭亭玉立的姑娘。端午节到来的时候，还在上高中的牛劲非常荣幸地成为家乡龙舟队的成员，参加乡政府组织的一年一度的划龙舟比赛。

端午节那天，太阳一出来，就像一团黏稠的金浆喷射着灼人的热浪。牛劲家乡的父老乡亲一大早便组织锣鼓队，为赛龙舟的小伙子加油，艳艳也出现在家乡的锣鼓队中，她的眼睛黑又亮，忽闪忽闪会说话，两根辫子粗又长，向东甩一甩，向西甩一甩，仰头唱起了家乡的民谣：

小孩打架掉落水
看见鲤鱼讨老婆
虾吹箫，鱼拍鼓
青蛙扛轿嘴努努
……

明丽的歌声如同溅珠漱玉的清泉，萦绕在牛劲和家乡其他划龙舟的小伙子们心里，激发起了他们昂扬的斗志。划龙舟的过程中，他们齐心协力，"吭哟——吭哟——吭哟——"喊着雄浑的号子，一鼓作气拿下了龙舟赛的冠军。当牛劲和同伴们举起奖杯时，发现站在锣鼓队中的艳艳正朝他微微一笑，就像四月桃花一样鲜艳灿烂。

那天的牛劲不再像往日一样的腼腆，那燃烧着激情的目光有力地射向艳艳，目光与艳艳朦胧迷离的目光撞击，艳艳的脸一下子变得红润起来。

这一刻，牛劲发觉自己喜欢上了艳艳。但从喜欢到产生爱情还要走很长一段的路。高考后,艳艳考上了一所重点大学的中文系,牛劲却高考落榜,带着淡淡的惆怅当兵去了,那时的牛劲觉得自己与艳艳之间肯定没戏,所以也就不去想这件事。

待牛劲考上武警指挥学校后,突然觉得自己与艳艳之间或许还有一些故事,于是,斗胆给大三的她写了一封很平常的信,没过几天,就收到了艳艳热情洋溢的回信,从此两人之间书信不断。

牛劲指挥学校毕业后,分配回守桥中队时,艳艳也刚好大学毕业,分配在省会城市的一家银行工作。

相聚是牛劲和艳艳共同的企盼,这个机会终于来到。他们的高中母校建校四十周年之际,向四面八方的校友发出了请柬。

校庆之日,牛劲终于见到了艳艳,艳艳此刻正站在校园那条长长的走廊尽头凭栏远眺,脸上挂着浅浅的微笑,牛劲对艳艳的微笑印象特别深。在中学念书时,牛劲便发现艳艳的笑与众不同,牛劲班上大多数女同学都是咧开嘴哈哈大笑,而艳艳的笑极少露出牙齿,微微一笑,蜻蜓点水似的,给人意犹未尽余音绕梁之感觉。

现在,牛劲慢慢地靠近艳艳,心里有千言万语要对她说,可到了艳艳面前,却哑了口,不知道该说些什么。

"牛劲,你穿着军装的模样真帅!"艳艳大方地朝牛劲伸出手。

牛劲深深吸了口气,把微微往外突的肚脯尽力回缩,并把腰和背挺得笔直,然后伸出手握住艳艳的手,从艳艳纤纤玉手中传过的电流使牛劲心胸荡漾。

"俗话说'女大十八变',我看你越变越漂亮了。"牛劲回报一个灿烂的微笑。

"牛劲,你现在学会恭维人了。"

"我这是实话实说。"

"不管这是真话还是假话，我都爱听。"艳艳浅浅一笑，依然保持着笑不露齿的风格。

谈笑间，其他的同学都拥了过来，你一言我一语，诉说自己这些年的经历。

那天聚会，牛劲特别高兴，聚餐的时候，牛劲喝了很多的酒，离开校园时，显得头重脑轻，走起路来一步深一步浅，看大街上来来往往的车辆都是双影憧憧。艳艳见了，便走上前，用温暖的手臂搀扶着牛劲。过马路的时候，一辆汽车从远处奔驰而来，眼瞅牛劲要和汽车争先，艳艳急忙把牛劲揽在怀里，醉眼蒙眬的牛劲借着酒劲，把头紧紧地靠在了艳艳的胸脯上，这一刻，一种从来没有体验过的温馨感觉弥漫全身。

回到守桥中队后，牛劲还在细细地品味着那激情四射的一靠，脑子就像电影中的慢镜头一遍一遍地放映着当时的一幕：牛劲的后脑轻轻地靠上艳艳的胸脯，这一刻，就像电源的正极和负极接在一块，他看到艳艳脸脖间涌动的红晕，感受到芳心大乱的艳艳心脏"突突"地跳。这时牛劲的头略微向左侧挪了挪，后来又向右侧移了移，而后他的头便离开了艳艳的身体……每次品嚼这令人心怀畅想的一靠，牛劲都觉得自己那天并不是醉在酒中，而是醉倒在艳艳浓浓的温情里。当爱情的火焰在心海熊熊燃烧时，牛劲给艳艳写了一封信，信里只有一句话：一棵繁茂的大树，如果没有爱情鸟的停泊，它的绿色将无限忧伤。

艳艳的回信更绝：爱情鸟远在天边，近在眼前！

两颗年轻火热的心终于撞出了火花。

恋爱中的牛劲青春勃发，春风得意。那时的艳艳在牛劲心目中是细雨中的花朵，是清晨草原上的露水，是飘在蔚蓝色天空中的浮云，是在森林中歌唱的小鸟，是沁人肺腑的泉水。

每次给艳艳写信，浮想联翩的牛劲总觉得在守桥中队的上空盘旋着一只红嘴爱情鸟。

那时的牛劲情书写得特别富有诗意和激情，在情书中，他把守桥中队所处的风景描绘得特别美，他在信里写道：你不是非常喜欢初唐四杰王勃的那句脍炙人口的诗句"落霞和孤鹜齐飞，秋水共长天一色"吗？你到了守桥中队就能体会到这样的意境。

牛劲期盼已久的爱情鸟终于从省城飞到守桥中队，艳艳来的那一天，神采奕奕的牛劲首先带艳艳去看中队的哨所，这时刚好一列火车从大桥上经过，牛劲指着火车，一脸的深沉："火车是一本书，你必须细细地品，才能品出味道。"

火车驶过后，牛劲与艳艳一块儿在大桥上散步，没走多远，兴致勃勃的牛劲嘴里忽然冒出唐朝诗人杜牧的一句诗："二十四桥明月夜，玉人何处教吹箫。"

与艳艳一起在桥上走了一个来回后，牛劲又指了指桥下流淌的江水。声情并茂地吟起唐朝诗仙李白的一句诗："君不见黄河之水天上来，奔流到海不复回。"

牛劲不断在艳艳面前卖弄肚里的墨水，千方百计想让艳艳喜欢守桥中队，牛劲心里明白，只要艳艳喜欢上这地方，他们之间的爱情就能结出果实。但令牛劲失望的是艳艳的情绪却与刚到守桥中队时神采飞扬的模样形成强烈对比，她的脸上网上了一层淡淡的愁雾。后来，牛劲又带她到守桥中队营房转了一圈，对于中队的一草一木，艳艳看得很认真。那时中队的各方面条件都很落后，住的是60年代建造的铁路工棚，当艳艳走进牛劲和另一个干部合住的巴掌大宿舍时，手摸了摸宿舍湿漉漉的墙壁，问:"牛劲,这几天没有下雨,墙壁怎么这么潮?"

牛劲笑了笑:"梅雨天气,我们宿舍墙壁都是湿漉漉的。"

"你们部队的条件实在太差了。"

"现在是差了点儿,可比我刚当兵时已经改善很多了,只要再过几年,我们中队的各方面条件肯定会大有改观。"

"看来你这人挺乐观的。"

"我就是这种性格。"牛劲边说边摇头晃脑地哼起了当时非常流行的《我的未来不是梦》:

我的未来不是梦
我认真地过每一分钟……

"别唱了,烦死人了。"

"难道我的歌唱得不好听?"

"不是你歌唱得不好听,是我心里烦。牛劲,我问你,难道你想在这里待一辈子?"艳艳的目光凝视着牛劲,像是要把他整个人攫入心灵深处。

牛劲不知道该怎样回答艳艳尖刻的提问。这时中队的通信员走进宿舍,端来了两杯茶水,艳艳端起茶杯,却又把茶杯放下。

"你就是用这种水来打发我?"艳艳紧锁眉头。

牛劲瞧了一眼混浊的茶水,笑了笑说:"我们这里水质不好,喝的都是江里的水,这水虽说有点混浊,但喝起来却很甜。"

牛劲说完,咕嘟咕嘟喝下了几大口的茶水。边喝边用眼角的余光注视在宿舍里来回走动的艳艳。牛劲的宿舍除了一张书桌、两张床铺外,一无所有。

当艳艳走到牛劲的床铺边,轻轻地翻开了牛劲床铺上的席子,看到牛劲睡的床板上有个大窟窿时,眼里滚出了泪水。

艳艳是流着泪水离开守桥中队的。

回到单位后,艳艳给牛劲写了一封长信,她在信中说,在守桥中队,她没有体会到"落霞与孤鹜齐飞,秋水共长天一色"的意境。她对守桥中队最深的感受就是那里的条件太艰苦了,对军人的奉献精神表示由衷的钦佩。但钦佩归钦佩,却不希望自己所爱的人进行这种毫无索取的奉献。她希望牛劲能想个办法调离守桥中队。如果牛劲自己没办法搞调动,她可以帮他想主意,艳艳说她有个相处得非常要好的同事,是武警总队一位领导的孩子,只要牛劲同意离开守桥中队,她就去找这位同事求情。艳艳的这封信写得情真意切,字里行间好几个地方都有滴着泪水的痕迹。

看完信,牛劲在中队营房外痛苦地徘徊了一圈又一圈,最终牛劲决定给艳艳回信,他在信里详细介绍了自己在守桥中队如何在组织的关怀下,一步一个脚印地从一名普通的战士成长为一名警官,并告诉艳艳,现在组织把他分配到守桥中队,就是希望他在这个熟悉的中队干出一番事业。他实在难以开口向领导提出调动的事情。至于艳艳说找领导孩子帮忙,牛劲认为没这个必要。为什么没必要,牛劲在信里并没有给出充足的理由,他只是说在守桥中队待的时间久了,情感慢慢地融进了这块土地,他喜欢这里的兵,这里的一草一木,山山水水。他认为爱情并不需要朝夕相处,有距离的爱情更浪漫!

用了一个通宵,牛劲完成了一生中写得最感人,也最真挚的长长情书。牛劲认为这封真情奔涌的情书足以打动世界上任何女性。但令牛劲意想不到的是他的情书却没有打动艳艳的心。

几天以后，他收到了艳艳一封写得极其委婉的绝交信……

牛劲的初恋到此就画上了句号。

盘旋在守桥中队上空的红嘴爱情鸟消失了。

牛劲与艳艳的初恋在现代年轻人看来就像一杯白开水，除了几封情意绵绵的情书外，牛劲与艳艳之间只有在同学聚会时，他往艳艳怀里轻轻一靠和艳艳离开守桥中队时握过一次手。这与现代没认识几天，就敢在大庭广众众目睽睽之下热吻，嘴里还会发出像机关枪扫射一样声音的摩登男女形成鲜明对比。但牛劲对艳艳所付出的感情绝对要比摩登男女之间的感情纯朴真实许多，失恋的那段时间，内心深处撕心裂肺的疼痛一直在折磨着牛劲，原先白白胖胖的他瘦了十余斤。

对牛劲的打击还远未结束，与艳艳分手后不久，他接到母亲发来的"父病重，望速归"的加急电报。

接到"父病重，望速归"的加急电报，牛劲有一种不祥的预感。牛劲自当兵起，极少回家。父亲也从来没有给他发过电报。牛劲清晰地记得他当兵第三年，考上武警指挥学校后，第一次回家探亲时的情景。

那天，由于交通阻塞的缘故，汽车到站时间比预计要晚五个小时，牛春丁就在汽车站整整等了五个小时。牛劲一下火车，牛春丁便笑眯眯地上前把牛劲身上的军装脱下，穿在自己的身上。而后挺了挺身板子，问："兔崽子，我穿上军装，还像个军人吗？"

"爹，你不穿军装，那硬朗的身板子就透着一股军人的气质，现在军装在身，再配上你的这把年纪，就像一名指挥千军万马的将军。"

牛春丁被儿子这么一说，果然像将军一样在牛劲面前端起架子,背着手,在火车站熙熙攘攘的人群中低头踱步,一副运筹帷幄决胜千里的模样儿。

牛劲小心翼翼地跟在身后。

牛春丁忽然掉过头,对牛劲下起命令:"兔崽子,我命令你朝我们家的方向进发!"

一老一少就这样快乐地唱着军歌,一路小跑地回到了家。

探亲的日子温馨而又短暂,牛劲归队的那一天,父亲送了一程又一程,当牛劲踏上汽车时,他转过头,发现父亲在低声吟唱《唱支山歌给党听》:

唱支山歌给党听
我把党来比母亲
……

因为年龄大的缘故,父亲的底气已经不足,声音略显嘶哑,歌唱得有一搭没一搭的,尽管如此,牛劲还是从父亲的歌声里听出新内容,父亲把对党与儿子的爱都融进歌声,虽然歌唱得跑调,但情感却比先前更浓更深沉。

见儿子掉头,父亲停止歌唱,朝牛劲拼命地挥手,眼里流出晶莹的泪花。这是牛劲平生以来,第一次看到父亲落泪,牛劲觉得泪珠是父亲不易涌动的情感中一种最美丽的东西。

接到电报的当天,支队领导就批准了牛劲回家探父的请求。当牛劲风风火火地赶回家,父亲已经奄奄一息了,父亲前一段时间,整个人消瘦下来,并开始拉黑便,但他并没有放在心上,直到前几天,上厕所因便血拉得太多,晕倒在厕所里,被老伴发现后,紧急送到医院检查,结果发现得了晚期胃癌,已经无法进行手术治疗。为了不让在部队服役的儿子分心，他要求老伴不要把自己的病情告诉儿子，在医院做了一个疗程的化疗，回到家里后，牛春丁的病情仍日益加重。眼看弥留在人世间的时间已经不多，思子心切的牛春丁让老伴给牛劲发出一份加急电报。

当牛春丁看到匆忙赶回家的儿子时，紧紧地攥住儿子的手说："孩子，过去都是我给你讲部队的故事，今天我倒要听听你给我讲现代军营的故事。"

那天晚上，牛劲的手始终与父亲的手握在一起，他给父亲讲了自己在部队经历的酸、甜、苦、辣，父亲静静地听完，说："孩子，你要牢牢记住自己的身上流淌着军人的血液，在困难和挫折面前，站直了，别趴下！"

牛劲点点头。

"孩子，今天给你交个底，你知道我为什么一定要送你去当兵吗？"

牛劲摇摇头。

"因为我这条命是共产党给的！"牛春丁眼里眨出泪水，揭开了与吴东丽爱情的谜底——

牛春丁解放前是个放牛娃，因为打了地主的儿子，逃离家乡，成为一名沿街乞讨的乞丐。一个风雨交加的早上，饥寒交迫的他晕倒在马路上，刚好解放军部队路过，把他从死亡线上拯救出来，从此，牛春丁成为解放军中的一员，随着部队南征北战。解放后，又随志愿军雄赳赳、气昂昂跨过鸭绿江与美国佬开战，那时的牛春丁还是个二十来岁的毛孩子，他所在班的班长名叫周世忠，是个黑龙江人，平日对牛春丁嘘寒问暖，对于班长的关爱，牛春丁铭记在心，他把周世忠当作自己的大哥，两人情同手足，周世忠平日总喜欢把藏在内衣口袋里的女朋友吴东丽的照片拿给牛春丁看。

等打完仗,我就回家与吴东丽成亲。周世忠一脸幸福的微笑。

万一牺牲了呢?牛春丁冷不丁冒出一句。

周世忠狠狠地瞪了牛春丁一眼,走了。为了这件事,两人好几天都不讲话,后来,周世忠主动与牛春丁攀谈。他说:小牛,你说的话在理,谁敢保证自己能从枪林弹雨中活出来?万一我真的牺牲了,希望你能接替我……牛春丁急忙捂住周世忠的嘴说,班长,你不要说傻话了,你一定会活着回去与吴东丽成亲的。

现实是残酷的。在与美军展开了一场短兵相接血肉横飞的恶战中,周世忠牺牲了,周世忠是用自己的身子挡住一个美国兵刺向牛春丁的刺刀而牺牲的。那场恶战结束后,牛春丁和战友们眼含热泪扶起了奄奄一息的周世忠,周世忠在生命最后一刻,伸出微微颤抖的手,从内衣口袋掏出沾满血迹的女友吴东丽的照片,交到牛春丁手中。牛春丁从周世忠瞪大的眼里读懂了含义,泪流满面地朝周世忠点了点头……

抗美援朝结束后,牛春丁退役回家,为了实现自己对周世忠的承诺,他决定娶吴东丽为妻,可吴东丽因心上人牺牲,早已心灰意冷,不愿接受牛春丁的爱情,可牛春丁是个有情有义的男儿,他的真诚终于打动了吴东丽……

父母爱情的谜底揭开了,牛春丁鼓起全身的力气,说:"儿,你能不能为我唱一次《唱支山歌给党听》?"

牛劲点了点头,他仰起头,唱道:

唱支山歌给党听

我把党来比母亲
　　……

　　牛劲把自己所有的情感都融进歌声，当他用心唱完歌，发现父亲已经安详地闭上双眼……

　　匆匆地办完父亲的丧事，牛劲抹干泪水后，风尘仆仆地赶往部队。父亲的死在牛劲内心深处留下永久的伤痛，牛劲发现自己并没有被突如其来的一连串暴风骤雨击垮，反而比任何时候都更加成熟和坚强。

　　时光缓缓地向前流逝。

　　若干年后，当牛劲与艳艳再次相遇，他真切地触摸到初恋在身上留下的伤痛。那天，牛劲回家探望年迈的母亲，无意中碰到艳艳和她在某机关当公务员的夫君。

　　见到艳艳那一刻，牛劲立刻背过脸，往另一条小径走。

　　"牛劲！"清亮而熟悉的声音从背后响起。

　　牛劲打了个战，这声音穿透时光的厚厚积垢，滚烫地抚摸着牛劲血肉里的隐痛和遗憾。

　　待牛劲掉过头，艳艳已经落落大方地站在跟前。几年不见，艳艳风采依旧，不仅面目姣好而且仪态高雅，比起以前的她漂亮之中更多了一份成熟女性所特有的动人风韵，她朝牛劲十分友好地伸出手。

　　牛劲有力地握了一下艳艳的手，这会儿，内心的那块伤疤又隐隐作痛。

　　"牛劲，你成家了吗？"

　　牛劲摇了摇头。

"你岁数不小了,该有个伴。"艳艳一声轻轻的叹息。

牛劲点点头,鼻子酸酸的。

待艳艳和她的丈夫走远之后,牛劲忽然觉得自己与艳艳之间的那段初恋完全可以与宋代诗人陆游与前妻唐氏那段凄凉酸楚的爱情故事相媲美。而陆游晚年再游沈园时,心绪难平地写下《沈园》中那一句:"伤心桥下春波绿,曾是惊鸿照影来。"就是此刻牛劲内心真实的写照,当感情的潮水汹涌澎湃排山倒海般袭来时,这位七尺男儿竟蹲在地上,像小孩一样"哇"地哭出了声。

到这个时候,牛劲才蓦然发现他的心是玻璃做的。

"牛指导员,在想什么呀?"摆渡老人的一句问话把牛劲从"撩乱春愁如柳絮,悠悠梦里无寻处"的状态中唤醒过来。

揉了揉发潮的眼睛,牛劲望了望摆渡老人,摆渡老人朝牛劲微微一笑,仰起头,小心地轻轻划着小舟,尽量不发出声音,老人的一举一动都透着老练与谨慎。小舟滑行在如镜的水面上,好似飘行在空中。这时的牛劲有一种如梦似幻的感觉,思绪随着轻飘飘的小舟向前行进。

与艳艳分手的那些年,热心人又为牛劲介绍对象,牛劲记不清究竟相过多少次亲。但不知是因为牛劲的初恋情人艳艳品貌太出众,吊起了胃口,还是因为女方嫌牛劲单位太偏僻、条件又艰苦。反正牛劲在与她们接触的过程中,就像中国足球队队员那样,一直处于梦游的状态。牛劲与女方来不了电,当然就不会有爱情故事的发生。

转眼间,牛劲到了而立之年,这会儿忽然有了让自己的心灵找个停泊港湾的想法。这种感觉在他探亲见到艳艳的夫妇后,变得真实且透明。那天晚上,牛劲失眠了,在床上翻来覆去的他真真切切地体会到了孤枕难眠的滋味。

两天后,当牛劲准备归队时,非常意外地接到了艳艳的电话。

"牛劲,你有女朋友吗?"

"没有。"牛劲实话实说。

"那我给你介绍个对象。"艳艳开门见山。

"谢谢你的一番好意,我……"

"你一定会满意的!"艳艳打断了牛劲的话,"她是我的表妹,人长得很漂亮,在我们老家永乐市火车站当列车员。"

"我在守桥中队这么个偏僻的角落里当指导员,不敢高攀呀。"牛劲有意推托。

"你别哄我了,今年春天,我有一次出差,当火车经过守桥中队时,我屏住呼吸,睁大眼睛望着眼前的一切,觉得这里的一切变化实在太大了,那新建的营房大楼又气派又漂亮,营房边的设施也那么齐全,那个操场给大学开运动会都绰绰有余。见到这副崭新的模样,我心里感慨万千,如果当时……"

艳艳突然刹住车,牛劲明白艳艳此时想说的话。但时光不会倒流,爱情没有回头路。

"现在言归正传。"停顿了一下,艳艳继续说,"当我把你的条件告诉刘芸时,她两眼发亮地说,她所乘坐的火车每个月都有三次经过守桥中队,觉得那里的风景很美。我告诉她,守桥中队军人的心灵比那里的风景更美。"

"看来你还挺捧我的。"牛劲笑道。

"现在就看你的造化了。"艳艳也与牛劲开起玩笑。

"你觉得我与她之间有戏吗?"

"当然有戏!"艳艳用十分肯定的口吻说,"我表妹从小就崇拜军人，非常希望能找个军人当老公。她的特点就是人很单纯、善良，想象力特别丰富，且对许多事物有自己独特的见解。就拿那些新潮的朦胧诗来说，大伙看完其中的某首，都不知诗的意思，可她却能说出这首诗的好几种含义。所以见面后，你若觉得满意，就耍几招花拳绣腿，雾里看花般制造点儿哑谜或者悬念，吊吊她的胃口。"

那天，牛劲与艳艳聊了很多知心的话，当牛劲要放下电话时，艳艳忽然说："牛劲，自从那天与你相逢后，这两天我总觉得有什么东西闷乎乎地堵在胸口，很不是滋味。"

"记忆残片。"牛劲笑道。

艳艳在电话的那头久久沉默不语。这段时间，牛劲一直合着双眼，歪着的头把电话顶在肩膀上。良久，艳艳用充满内疚的口吻说："牛劲，对不起！"

痛苦，委屈，感动……各种感觉充斥心海，牛劲握着话筒的手开始剧烈地颤抖，泪水像三月的春雨般，淅淅沥沥地落了下来。

如果说牛劲与艳艳之间那段来去匆匆的爱情，就像美国巨片《泰坦尼克号》一样充满了悲情色彩，那么他与刘芸从初次约会到正式确定恋爱关系，则像法国喜剧片《虎口脱险》一样充满喜剧和浪漫味道。

牛劲清晰地记得自己与刘芸初次约会后，回到守桥中队做的第一件事就是给刘芸发了条短信："男怕选错行，女怕嫁错郎。嫁给军人两地分居时间多，你得好好想一想。"

刘芸很快回信："好马配好鞍，好女嫁好郎。当兵的男儿最可爱，当兵的男儿最可靠。"

恋爱中的牛劲神采飞扬，干起工作更加得心应手。闲下来时，他就给刘芸写信，写信之前，先用肥皂洗一下手，而后泡上一杯铁观音茶水，信写上几句后，啜一口茶，顿时才思泉涌妙语连珠，他的信里一会儿冒出一句："在天愿做比翼鸟，在地愿为连理枝。"一会儿又冒出一句："衣带渐宽终不悔，为伊消得人憔悴。"

当牛劲一气呵成写完情书，突然有个非常荒唐的想法，觉得自己来当兵实在屈才了，如果去当作家，没准儿名气早就盖过莫言、苏童等名家了。

牛劲激情洋溢的信把远方的刘芸灌得甜滋滋的。

刘芸这个喜欢诗的姑娘表达爱情的方式非常独特且富有想象力，每个月她乘坐的火车经过守桥中队时，总在自己所处的11号车厢窗外挂出红颜色的气球，告诉牛劲气球代表她的心，如果哪天挂出了十个红气球，则说明她已经被牛劲的爱彻底征服。

以后的时间，每当刘芸乘坐的火车经过守桥中队，牛劲总是拿起望远镜，紧张地瞅着11号车厢。车厢里的红气球从一个慢慢地增加，最多的一次达到9个，但始终没有出现过10个气球。尽管这段时间牛劲富有诗意和激情的信写得很勤。

出现这种情况，牛劲用孙中山临终前说的那句："革命尚未成功，同志还需努力。"来安慰自己。

这些日子，牛劲最爱唱那首脍炙人口的歌曲《征服》，他想征服刘芸的爱与当初拿破仑想征服整个欧洲的心情一样迫切。刘芸标新立异地让火车和大桥替她表达爱情，让牛劲对火车和大桥的底蕴有了崭新的认识。在他看来火车和大桥除了承载极其深刻的内涵外，也可以轻松诙谐演绎一段妙趣横生悬念丛生的爱情故事。

今天傍晚，刘芸所乘坐的火车又要经过守桥中队。自从牛劲把中队旁边的桃子和一封信连在一块儿寄出去后，牛劲预感刘芸今天会挂出 10 个红气球。所以,他早早吃过晚饭后,便坐上摆渡老人的船。在刘芸乘坐的火车经过中队前,先理一理头绪,酝酿一下感情。

看看手表,牛劲发现离刘芸乘坐的火车经过守桥中队还差一段时间,觉得自己这么个大老爷们应该悠着点儿,于是便跷起了二郎腿,一边哼起了家乡的山歌,一边把目光滑向江的对岸——在暮霭夕照下,远近高低的山峰竟像台阶一样层次分明,那最远的山影如同用极淡的墨水在宣纸上染出一点影子。对岸近处的山脚下,有一群悠闲的羊群正自在地啃着零草,它们完全没有像早晨刚出圈时那么饥不择食,眼下它们吃草的那副斯文模样就像一位英国绅士。牛劲觉得这才是大老爷们该有的气质与作风。

刘芸乘坐的火车只差两分钟就要经过守桥中队,牛劲这才慢悠悠地拿起望远镜,对准大桥的方向。

一列火车轰鸣而来。

牛劲把望远镜对准火车的 11 号车厢,看到了红气球。

"1、2、3、4、5、6、7、8、9"当牛劲数到"9"时,声音戛然而止。

牛劲颇感失望,正当他沮丧地准备拿下望远镜,精彩的一幕出现:11 号车厢里又伸出了一个非常大的红色气球,这个红气球的面积是前 9 个气球的面积总和。

清风徐过,鲜艳的大红气球迎风招展,牛劲觉得大气球就像笑容满面的刘芸在晚风斜阳的大背景下,朝他缓缓挥动着纤纤玉手。这会儿,牛劲完全沉醉,忘情地冲着水波微澜的江水一声巨吼:

"哟——哟——哟——"

十四、留着谜底的鲜花

守桥班的兵最怕夏天，但炎热的夏天仍然不期而至。烈日下的铁轨，远远望去，反射出一种炙人的淡蓝色气流。哨兵的胶鞋踩在铁轨上，只觉有股辣辣的火灼透脚掌心，岗亭里的温度计有时爬到50多摄氏度。灼人的热浪，闷得人透不过气来。这时节上岗，战士们都有经验，他们到炊事班"偷"点盐，可别小瞧了这点盐，它的用处可大了。高温中，身体代谢加速运转，毛孔的闸门似乎全开，汗没命地涌出来，警服湿了干、干了湿，一个中午下来，背上不知什么时候释出一层地图样的盐花，上岗前，如果不在身上加点盐、洒满水，经不起蒸发。

在炎热的夏季，撒了盐并非万事大吉，哨所的哨兵有被灼热的地面烫伤现象。每次看到哨兵一拐一瘸地走下哨所，牛劲就知道哨兵被地面烫伤，急忙拿着烫伤膏前去，把膏药涂在哨兵红肿的脚上，在指导员给哨兵涂药水时，哨兵嘴里都不敢发出痛苦的呻吟，一旦发出痛苦的声音，牛劲眼里的泪水就会噼噼啪啪地流下。

针对夏天战士时有发生被烫伤的情况，牛劲和中队长吴成化想了许多办法,后来他们发现底子厚、隔热性能好的布鞋可以抵御烫伤。牛劲与吴成化经过商议,决定从中队的经费中拿出一部分,为中队每个哨兵购置布鞋,为了买到底子厚、隔热性能好的布鞋,两人跑了许多家商店,终于选购到战士想要的布鞋。这一段时间,牛劲还与地方工艺厂联系为哨所设计制作重量轻、便于携带的木制哨台,替代过去铁片包装和水泥制作的哨台,还配发折叠式小型遮阳伞,哨兵上哨可以站在木哨上,撑起遮阳伞防暑降温。条件改善后,哨兵夏天被烫伤的现象大大减少。

那是一个夏日的中午,吴夏在自己身上撒点盐巴后,穿上隔热性能好的布鞋,匆匆地到岗亭接岗。

那天中午,天气特别热,吴夏在岗亭上挥汗如雨,每一列火车到来,他都给旅客行注目礼。吴夏行注目礼时,紧握钢枪,身体笔直,目光炯炯有神。用林晓春的话说,吴夏的姿势真是帅呆了。林晓春曾拍摄一张吴夏在岗亭执勤的照片。照片中的吴夏背靠青山绿水,脸上透出军人特有的英武阳刚之气。林晓春把这张照片寄给当地一家颇有名气的杂志社,这家杂志社把吴夏的照片做了封面,据说读者反响不错。这张照片为吴夏在中队战士面前争足了脸面。可就是这位帅哥,却遭遇了一件令他非常不快的事情。

一列火车从远处奔驰而来,吴夏像平日一样给旅客行注目礼。随着列车的驰过,"噗"的一声,吴夏的额上不偏不倚落了一团黏糊糊的东西。吴夏用手一摸,顿觉一阵恶心,原来一口浓痰落在他的额上。

中队的许多战士都经历过类似的恶作剧,列车中总有个别缺德鬼,以侮辱他人为快乐,不时向哨兵扔卫生纸、啤酒瓶、泼脏水、倒剩饭……有好几个战士浑身被破窗而出的快餐盒给"盖帽"了。而今这样的事情发生在一身傲气的吴夏身上,他哪受得了这口气,用手帕擦着脸上的浓痰,嘴里不干不净地骂着。

"吴夏,你是不是中暑了?"前来接岗的林晓春见吴夏脸色发青,手帕不断在额头上抹,急忙上去扶他。

吴夏一把推开林晓春,咧嘴骂道:"哪个兔崽子朝我头上吐痰,我操他十八代祖宗!"

吴夏眼里噙着泪水,骂骂咧咧地离开岗亭。回到中队,义愤填膺的吴夏径直来到牛劲的办公室,把汗水湿透的军装往桌上一搁:"指导员,我受不了这口窝囊气,这样的窝囊兵我不当了,干脆退伍回家!"

牛劲忙递上一杯凉开水,吴夏咕嘟咕嘟把开水一饮而尽,喝完开水之后,眼泪也像白开水一样流了出来……

当牛劲了解了事情的来龙去脉后,开始苦口婆心地做吴夏的思想工作,作为一个长期在基层做思想工作的指导员,牛劲一向对自己做思想工作的水平充满自信。以往,牛劲曾听一个老指导员说过这么一段笑话:基层的指导员好比媒婆,必须具备让一个美如天仙的姑娘,心甘情愿地嫁给一个外表丑陋的三角眼男人的能耐。牛劲虽然没有那么高的水平,但坚信自己还是有把死驴说成活马的本领。但这次牛劲的三寸不烂之舌却无法解开吴夏心头的疙瘩。怒火攻心的吴夏和牛劲摆起了谱,他说长这么大,还从来没受过这么大的委屈,这口气无论如何都咽不下。

吴夏的性子,牛劲摸得很透,当他的犟劲上来时,你费再多的口舌也是做无用功。于是,牛劲干脆就不再说话,又为吴夏倒了一杯凉开水,毕恭毕敬地端到他的面前,吴夏也不客气,大大咧咧地接过茶杯,一大口把开水全喝进去。

令牛劲始料不及的是吴夏喝完水,哭得更凶,他说他从小生在阳光下,长在花丛中,父母视他为掌上明珠。凭着一腔报效祖国的热血来当兵。不料当兵还要受这种气。吴夏越说越伤心,喝下的开水化成奔涌不断的泪水一直往外冒。

牛劲又想了个招儿,给吴夏庄严地敬了个礼,说:"我代表人民,向你致以崇高的敬意!"

正在气头上的吴夏像个大干部似的挥挥手:"免礼了。"

牛劲气得两眼冒烟,但想到吴夏今天受了莫大的委屈,便把这口气咽下,又朝吴夏深深地鞠了个躬,说:"我代表那个恶作剧的人,向你赔礼道歉。"

吴夏并不买账:"你又不认识那个恶作剧的人,怎么替他道歉?"

说罢,吴夏又放声大哭。

牛劲意识到事情的严重性,如若这件事情不尽快平息,必定会对中队以后的工作产生非常不好的影响。而此时吴夏就像茅厕里的石头——又臭又硬,要想做通思想工作绝非易事。一筹莫展的牛劲焦灼地在办公室里来回走动。

这时,办公室虚掩的门被轻轻打开,林晓春一脸春风地走进办公室。手里拿着一束漂亮的鲜花。花束的下方贴着一张粉红色的贺卡,上面有一行娟秀的小字:"向尊敬的守桥卫士致敬!"

一把鼻涕一把泪的吴夏看到这束花,一脸的惊愕:"林晓春,这花哪来的?"

林晓春笑了笑:"今天,我的运气特别好,接你的岗才一个小时,就收到一份特殊的礼物。那时,一列旅客列车奔驰而来,经过哨所时,司机拉响汽笛向我问好,我也像往常一样向他们行注目礼,这时一位小姐从车窗伸出头来,轻轻挥动手中的鲜花向

十四、留着谜底的鲜花

我致意,并把花扔在我的身边。那位小姐的身影虽然像闪电一样从我眼前掠过,但她的美丽却永远定格在我的脑海,用沉鱼落雁闭月羞花形容都显得逊色……"

"你小子真有艳福。"吴夏破涕为笑。

"那是!"

"喂,你这不是王婆卖瓜,自卖自夸吗?告诉你,今天要是我值你那班岗,肯定不止一位漂亮小姐扔下鲜花。"

"那当然,谁不知道你是我们中队第一帅哥呀!"

"你究竟是夸我,还是损我呀?"

"当然是夸你了,发自肺腑。"林晓春朝吴夏跷起大拇指,"你是如此如此的帅气,我对你的敬仰之情犹如滔滔江水,绵绵不绝。"

尽管吴夏觉得林晓春的赞美多少有点儿水分,或者说有溜须拍马之嫌,但还是觉得特别舒心,他重新恢复了自信,抹干脸上的泪水,公鸡一样昂起头,像一个得胜回朝的大将军,趾高气扬自我感觉良好地走出牛劲办公室。林晓春则像大将军身边的贴身警卫,谨小慎微地跟了出去。

林晓春和吴夏走后,牛劲拿起林晓春刚才手捧的那束花仔细瞧了瞧,发现那是一束非常普通的花,中队周围都可以摘到,再看看花的下方那几个字,觉得有点像林晓春的字体,又有点不像。牛劲不知道这个故事的真假。但不管怎么说,林晓春的这个故事起到"四两拨千斤"的作用,为牛劲解决了一件非常棘手的问题。这会儿,牛劲忽然觉得自己没有必要揭开这个谜,因为只有留着谜底的故事,才算得上精彩。

对于参加高考的学子来说，夏季无疑是个严峻的考验，既要忍受酷暑的折磨，又要承受来自各方面的压力。在参加高考的前几天，刘岚岚忽然紧张了起来，这时候，她想到了肖冬。

肖冬与刘岚岚在山坡上见面的那天，显得特别高兴。昨天晚上，他收到了王晓琳的信，王晓琳在信中说，之所以动员肖冬去当兵，是因为她觉得肖冬很有志向，王晓琳认为只要肖冬拿出考大学敢在志愿表上报清华大学的勇气和信心，就非常有希望考上军校，王晓琳在信的最后这样写道：在军营，我坚信你拥有美好的明天，未来的某一天，我会看到国徽头上戴，微笑挂嘴边的年轻军官向我款款走来，哇，真是帅呆了！

尽管肖冬觉得王晓琳的要求高了点儿，但还是很高兴，那天，他在中队的警容镜前照了好几次，每次照的时候，都像健美运动员一样摆出好几种姿势，越看越觉得自己正如王晓琳所言，是个不折不扣标标准准的大帅哥！

有了好心情的铺垫，肖冬与洋猪在山坡上散步时，情不自禁地走起了正步，他的脚板每次有力地撞击地面，青草地上都会发出凝重的回音，听到回音，肖冬感觉自己身上的每一个毛孔都散发着青春的气息，一招一式都透着阳刚之气。

此时，刘岚岚从山坡的另一端走来。

"兵哥哥，你说我今年如果考不上大学，那该怎么办？"刘岚岚晴朗的脸上又网上一层阴云。

肖冬停止踢正步，蹙起眉头，用手轻轻地摸了摸唇边嫩草般的胡子后，便有了说法："高考这玩意儿，不要太把它当回事。你瞧我没考上大学，现在到部队当兵，日子不是也过得有滋有味，我劝你以笑傲江湖的精神参加高考。"

"怎么个笑傲江湖？"

肖冬双手叉着腰，公鸡一样昂起头，用充满蔑视的眼光睃了一下四周，说："武林高手交锋前，首先要蔑视对手，这就叫笑傲江湖。面对高考，你也要有这样的心态，要有这样的自信——你做不出来的题目，别人即使憋了一罐尿，也一样做不出来。"

刘岚岚忍俊不禁："我发现兵哥哥太有才了，几句话就使压在我心头的重担释下。"

肖冬被刘岚岚这么一说，便有点分不清东西南北，公鸡般仰着头，斟词酌句："我这人虽然有点才，但还应该清醒地看到与鲁迅老人家相比，还有一段距离，必须加倍努力呀。"

刘岚岚笑得前俯后仰。

放下包袱的刘岚岚，以轻松的心态参加高考，取得不错的成绩，考上省里的师范大学。当刘岚岚获知自己的成绩后，兴高采烈地来到中队的猪圈边，此时，肖冬刚好在喂猪。

"兵哥哥，我考上师范大学了。"当刘岚岚兴奋的话语随着一阵轻风飘进肖冬的耳膜时，他打了个愣怔。

"我耳有点背，你再说一遍。"肖冬竖起耳朵。

"我考上大学了。"刘岚岚一边挥舞着手里的大学录取通知书，一边大声说道。

肖冬嘴一咧，眉一扬，层层笑纹痛快淋漓地从嘴角漾出，兴奋异常的他把手中的瓢子扔向远方，瓢子在空中划出一道美丽的彩虹，肖冬就在这道彩虹的下面欢快地翻着一个又一个的跟头。猪圈里的那头善解人意的洋猪见肖冬如此兴奋，禁不住头顶着地，表演倒功的绝活儿，那水桶样的身子像旗杆一样立了起来，那条又粗又大的尾巴在空中有力地甩动着。

十五、士兵的小九九

秋天是收获的季节。

这些日子，牛劲心里喜忧参半。喜的是支队党委经过研究，决定把守桥中队列为标兵中队，牛劲作为基层干部标兵上报总队。前天，牛劲还接到吴支队长的电话，吴支队长对牛劲进行一番鼓励后，透露出一个信息，过几天，总队将派工作组到守桥中队蹲点，工作组的主要任务是调研官兵关系，另外还要检查中队的各项工作是否符合标兵中队的标准。

接到电话后，牛劲和中队长吴成化马不停蹄地对中队的各项工作进行突击检查，床铺的摆放，枪支的靠架，水壶的吊挂，凳子搁在哪儿，毛巾叠成什么形状，牙刷在牙缸中竖着是毛儿向上，还是毛儿向下都有具体要求。发现不满意之处，就责令战士立即改正。晚上，牛劲还要对中队的各种记录本进行反复修改加工，虽然累得跟狗熊一样，心里却很充实。

牛劲的心里虽说洒满阳光，但也有一些愁心的事儿。

前些天，牛劲得到通知，守桥中队参加武警指挥学院考试的几名骨干全军覆没。原本牛劲对二班副班长吴晓、三班副班长刘丰、文书林晓春都寄予厚望。在参加预考之前,牛劲还专门给参加预考的中队所有骨干辅导了数、理、化。他们三人也在总队组织的预考中顺利通过,而吴夏、陈秋、肖冬等人则在预考中灰头土脸地败下阵。

在吴晓、刘丰、林晓春参加统考之前,牛劲还针对性很强地给他们开小灶,吴晓、刘丰这两个战士是中队训练尖子,军事素质没有问题,牛劲便在数、理、化上给他们下功夫;林晓春的军事素质比较差,牛劲便耐心地手把手地教,一招一式地带,林晓春也没有辜负牛劲的期望,埋头苦练军事,中午午休时间,他独自一人还在操场上苦练军事动作,功夫不负有心人,林晓春经过苦练,军事素质有了很大的提高。

牛劲对他们三个参加统考的兵充满了期待。岂料,统考的时候,吴晓、刘丰、林晓春却不争气,吴晓、刘丰败在文化考试上,而林晓春文化考试成绩虽然不错,但在军事考试的时候却败下阵。事实上,牛劲在林晓春参加军事考试前,就意识到林晓春的心理素质不够稳定,包袱太重可能影响临场发挥。为此,他专门给林晓春做思想工作,让他放下包袱,轻装上阵,牛劲还煞费苦心地叫林晓春的母亲从远方打来电话,给儿子减压。牛劲的思想工作起了作用,林晓春临考前一身轻松地告诉牛劲,他已经做好了一颗红心,两种准备的心理,无论有没有考上,都能坦然面对。

军事考试的时候,当林晓春走进考场,面对一个个表情严肃的考官,心理素质不够过硬的他便慌了手脚,腿肚子开始发软,做的军事动作完全变形,400米障碍跑也落到后面……

军事考试刚结束,林晓春就红着眼圈跑出考场,给指导员牛劲打电话。

"指导员,我考砸了……"林晓春在电话的那头"呜"地哭了起来。

牛劲的心抽了一下,拿电话的手开始微微抖动,但还是控制住自己的情绪,在话筒里对林晓春讲了一大堆"留着青山在,不怕没柴烧"之类的大道理。经牛劲的耐心开导,林晓春的情绪总算稳定下来。

放下电话后,牛劲长长地叹了口气,抹了抹眼角,发现眼角竟湿了一片。

牛劲原本希望中队能有几个战士考上军校,这样转士官名额竞争就不会很激烈,而今这个希望化为泡影。牛劲预感到今年士官名额的竞争将会异常激烈,战士的思想工作不好做。

事实正如牛劲所料,昨天晚上,当他在办公室里翻阅各种记录本时,四班副班长就像白色恐怖时期的地下工作者,蹑手蹑脚地走进办公室,慌慌张张地从身上摸出一条"红塔山"烟,搁在牛劲办公桌上后,撒腿便跑。副班长的用意,牛劲一猜便明白,无非是想用这条烟加重自己提士官的筹码。看来这股风不刹住,还会有更多的战士来送礼。

第二天早晨,牛劲召集中队全体官兵开会,会上,牛劲宣读了总队政治部纪检处下发的十五条规定。牛劲念规定时,面色凝重,语气铿锵,当念完最后一条严禁干部向战士索要钱物后,牛劲犀利的目光扫了一下中队战士,说:"总队的规定大家都听到了,昨天晚上,就有人给我送礼了,我一猜便知他想提士官,今天一大早,我就找送礼者谈心,并把礼退了回去,现在,我和中队长重申,任何想提士官的战士都不得给我们送礼,否则,按违纪论处！"

牛劲的话掷地有声，肖冬觉得指导员的话是冲他来的，他的脚开始剧烈发抖，脸"腾"地红到耳根，甚至把小便尿到裤子上。开完会，肖冬急忙赶回宿舍，慌里慌张地把放在床下一瓶原本准备送给牛指导员的酒严严实实锁进箱子，心情略微平静下来后，把散发着尿臊味的短裤脱下，来到中队洗漱间，边洗短裤边庆幸自己没有给指导员送出礼，否则，脸可就丢大了！

此时，吴夏也走进了洗漱间，见肖冬洗短裤，暗暗窃笑。

前天早晨，肖冬起得特别早，神色慌张地提着一条短裤直奔洗漱间，当他正准备把画地图的短裤用水冲洗时，冷不丁身边冒出鬼头鬼脑的吴夏，吴夏就像"爱国者"导弹拦截"飞毛腿"导弹那样，硬生生地从肖冬手里抢走短裤，跑回宿舍，挥动着手里肖冬的短裤，说："大伙快来看哟，肖冬发情了！"

那件事把肖冬搞得好生难堪。

那天晚上洗漱完毕，离熄灯号响起还有几分钟时间，宿舍的几位战友把肖冬围在了正中，那模样就像在审讯一个犯人。

"肖冬，我们党的政策你是知道的，坦白从宽，抗拒从严，你还是如实招了你的梦中情人是谁吧。"吴夏就像警察审讯罪犯那样板着脸儿，说话捏着腔调。

肖冬红着脸儿，支支吾吾地说起自己与王晓琳之间的交往。

大伙对肖冬的坦白很不满意，林晓春问："肖冬，我问你，亲过王晓琳吗？"

肖冬摇摇头。

"那你和他手拉过手吗？"

肖冬又摇了摇头。

"那哪里是在谈恋爱，完全是白开水一杯！"吴夏显然对肖冬的坦白极为不满意，"你还是从实招来吧。"

这时刚好熄灯号声响起，肖冬听到熄号声，好像抓到了救命稻草，一头扎进被窝，任凭他人如何问话，就是不吭声。

这回吴夏认为又发现情况了，便像猎犬一样凑上前，提起湿漉漉的短裤。

"喂，怎么有股尿臊味？"吴夏捏着鼻子问。

"你不要胡说八道。"

"看来你还挺会狡辩的，要不要我把你的裤衩拿去给其他战友验证一下。"

"别……"肖冬支吾道。

"那你就老实坦白。"

肖冬脸儿涨得红彤彤的，但嘴巴却像上了锁儿似的抿成一条线。

"你不说我心里也有谱，老实坦白，昨天是不是你给指导员送礼？"

"你不要诬陷好人。"

"那你赶紧坦白交代，为啥把小便尿在裤子上？"

肖冬朝吴夏挤挤笑脸。把话题绕了个弯："今天是我小值日，晚上分菜的时候，往你的饭碗里多夹几块红烧肉。"

"你这不是在用糖衣炮弹来贿赂我吗？告诉你，革命战士不吃这一套。"

"那下一次我和你练擒敌术时，豁出去让你多摔几次。"

"饶了我吧，你肉墩墩的，我每次把你摔倒在地，都要费九牛二虎之力。多摔你几次，那不是要我的命吗？"

十五、士兵的小九九

"看来你是个针插不进、枪打不倒的革命战士。"

"我可没像你说的那么高尚,只要你把送给指导员又被退回的礼物拿出来大伙共享,我也就不吭声了。"

"我确实没给指导员送礼。"

吴夏的话虽说带有点儿嘲讽,但他不过是和肖冬开个玩笑,只要肖冬承认了,也就不追根刨底了。但肖冬死活不承认,吴夏的脸顿时硬成一团歪扭的线条,冷冷地说:"肖冬,不是我要损你,我觉得即使你给指导员和中队长送再多的礼,提士官也没戏!"

吴夏说罢,哼着歌儿大摇大摆地走出洗漱间。吴夏的这几句话使肖冬慌了手脚,急忙跟上前去。

在走廊上,肖冬毕恭毕敬地递上一支"红塔山",并替吴夏点上。

"吴大侠,你饶小弟一回吧,不要在班上声张。"在守桥中队,吴夏总爱把自己比作路见不平、拔刀相助的武林大侠,也最喜欢听别人叫他大侠,肖冬轻声细雨的一句话,使他心头变得异常滋润。

"你把事情的真相告诉我,我绝对替你保密。"

肖冬在吴夏耳边嘟囔了几句,吴夏禁不住"扑哧"笑出声来:"肖冬,你人也长得有模有样,胆子怎么这么小呀。"

"吴大侠,你可是答应替我保密。"

"你放心,我绝对保密。"

"吴大侠,你为什么说我提士官没戏。"

吴夏并不搭话,深深地吸了口烟,而后朝食堂方向努努嘴。

肖冬的目光也朝食堂的方向望去,只见陈秋正手握铁锨,把食堂边那些沤得发酵的垃圾用铁锨扬到垃圾车上,这是一件看似容易,做起来难的事情,铁锨上铲的东西一多,就会顺着举起的锹头滑下来,由宽大的袖管钻进衣服,那些分量轻的则会随风飘落在自己和战友的头上。后勤班的战士总结出一条经验:"垃圾铲得要适量,臂肘用劲要适当,顺势抛出把朝上。"

灿烂的阳光下,陈秋的脸上流淌着幸福的微笑,握在手中的铁锹每次装的垃圾不多也不少,臂肘在空中划出一道弧度不大的弧线后,垃圾便稳稳地落在垃圾车上。每次铁锹与垃圾车相撞都会发出类似老人叹息的声响,这声音使肖冬牙床发麻,心里发酸。自从陈秋当上副班长后,肖冬发现陈秋比以前更勤快,脏活累活抢着干,就连清除臭水沟这原本是肖冬专利的活儿,也被他包揽了下来。这些日子,肖冬的心里有种被人架空的失落感。

"现在,你相信我讲的话了吧?!"吴夏嘴里吐出一口浓烟。

肖冬把湿漉漉的短裤搁在肩上,耷拉着脑袋往宿舍走,没走几步,又掉过头,朝吴夏挤了挤笑脸,说:"吴大侠,人家都说你是立秋石榴——点子多,你就帮我想想主意吧。"

"想什么主意呀?"吴夏手叉着腰,摆起了谱。

"教我如何在军营实现当士官的梦想呀。"

"哇,我说你这人真酸,士官有什么好当的,还不如复员回家,过把天高任鸟飞,海阔凭鱼跃的瘾。"

"你不肯帮忙也就算了,何必嘲笑人。"肖冬瞪了吴夏一眼,"人家都说你是热水瓶——外冷内热,我说你是冷水瓶——里外都冷。"

肖冬的激将法起了作用。吴夏思索了一阵后,在肖冬的耳边嘀咕了几句,肖冬布满阴云的脸上透出一丝的笑意。

十六、雾里看花的爱情

那是一个深秋的夜晚。

牛劲准备完最后一本应付总队工作组的笔记本，长长地舒了口气。走出办公室，忽然又有去看看菜地边那棵桃树的念头。

来到桃树边，牛劲的手轻轻地抚摸着桃树光秃秃的枝干，觉得干干瘦瘦的桃树就像老班长刘一斤消瘦的身材。这么一想，刘一斤的身影便栩栩如生地从牛劲的眼前勾勒出来。

牛劲刚来守桥中队时，战友们便绘声绘色地给他说起刘一斤名字的来历，战友说刘一斤出生在60年代初的困难时期，忍着饥饿的父母在孩子出生后，忽然觉得将来孩子要是每天都能吃上一斤大米，那日子过得多幸福呀，于是，他们就给孩子起名为刘一斤。

从守桥中队组建的那天起，"眼观六路，耳听八方，快速反应，不留隐患"的口号就响彻在中队的上空。在守桥中队的每个兵都要掌握"耳功，眼功，判功，快速反应"四大项专业技术。

牛劲从刘一斤那里学到从铁轨的颤动声、汽笛声判断出前方每一趟列车与大桥的距离、经过大桥时间的本领。刘一斤不论哪种天候，哪种视角都能保持一种超常的洞察能力，善于发现各种险情隐患和蛛丝马迹。

刘炳堂老排长说，刘一斤是装在哨所的雷达。

每次新兵分配到守桥中队，刘炳堂总是津津有味地说起关于刘一斤富有传奇色彩的经历——

那是一个风雨交加之夜，沿江而下的狂风席卷着树叶，沙土刮得人睁不开眼。一阵炸雷响过，桥上的路灯突然熄灭，这时从桥墩一侧闪出一个"幽灵"，匍匐向大桥北端铁轨摸去。

"站住！"不知是听到动静，还是有特异功能，站岗的刘一斤发现异常情况，飞速向"幽灵"扑去，这个"幽灵"是被公安部门通缉的逃犯，丧心病狂的罪犯此刻正拿着炸药，准备制造一起惊天大案。

见远处哨兵追来，罪犯将手里的炸药朝铁轨上一扔，便向远方逃窜。

眼疾手快的刘一斤，把那冒烟的炸药包甩出桥下的江水中，而后朝"幽灵"逃窜的方向追去。

当刘一斤追上罪犯时，罪犯从身上拔出明晃晃的刺刀，恶狠狠地对刘一斤说："傻大兵，再向前一步，我就白刀子进，红刀子出。"

风雨中的刘一斤停下追赶的步子，开始和罪犯对峙。

此时，刘一斤瘦瘦的脖子青筋暴起，眼睛瞪得像要迸射出，这种气吞山河的气势把罪犯镇住了，心虚的罪犯打了个抖，刘一斤抓住这稍纵即逝的机会，用力弹跳起，一脚便踢掉了罪犯手中的刺刀。

罪犯在黑社会上混了多年，凶相毕露的他冲着刘一斤左右开弓，冲天拳、八卦掌、连环腿，刘一斤腾跳闪跃，左冲右挡、下蹲侧踹、顺手牵羊；几个回合下来，罪犯见占不到便宜，变拳为爪，成"黑虎掏心"之势朝刘一斤扑来，刘一斤忙用"擒敌拳"中的防下贯拆招，并瞅准机会，来了招"泰山压顶"，把罪犯牢牢地压在身下。

刘炳堂每次叙述这个故事，都是眉飞色舞口沫四溅。

牛劲听了这个故事，觉得刘排长叙述中似乎掺有水分。为此，他曾问过刘一斤，刘一斤狡黠一笑，并不回答，让牛劲觉得刘一斤是个挺会玩深沉的人。

刘一斤不仅会玩深沉，而且歌也唱得非常好。那时的守桥中队刚组建不久，中队连一台黑白电视都没有。每个兵都在找些乐子打发寂寞日子，听轨判车比赛，讲故事比赛，歌咏比赛等应运而生。其中以歌咏比赛最为火爆，每次歌咏比赛，大伙便坐成一圈，圈的正中便是舞台，每个人都到舞台上亮出绝活儿。待大伙都粉墨登场，潇洒走一回后，刘一斤开始登场，清了清嗓子，亮开嗓子唱起了家乡民谣：

　　西子河水酿美酒
　　西子河边出美女
　　妹哟你像杯美酒
　　哥哟喝上一口哟
　　跑了魂儿忘了娘
　　……

刘一斤的家乡有一条河，河名就叫西子河。刘一斤的家就在西子河边，歌中唱的妹妹是青梅竹马的女友——陈岚。刘一斤抽屉里珍藏着陈岚送给他的一条红手帕和一张用镜框装起来的玉照。

刘一斤每次唱这首歌，都把对女友挚热的爱融入，歌声高亢且富有激情，唱完歌，刘一斤还愣愣怔怔地站在舞台正中，似乎还陶醉在甜甜蜜蜜的回忆之中，直到排长刘炳堂上前踢一脚，并说刘一斤唱的歌格调不够健康时，刘一斤才像从梦中醒来，依依不舍地离开了舞台。

歌咏比赛刚结束，紧接着讲故事又开始了，大伙开始粗着嗓子喊："刘一斤，来一个！"

曲着腿坐在地上的刘一斤装聋作哑。

"刘一斤，来一个！"

"刘一斤，来一个！"

大伙涨红脸扯起嗓子吼，并有节奏地鼓起了掌。

刘一斤像猴子一样支起耳朵听大伙的喊声，认为大伙的喊声有足够分贝时，才慢悠悠地站起身，打开话闸——

> 我和陈岚在同一条河边长大，青梅竹马的我们从小就在一块儿捉竹虫，捣鸟窝，抓刚会飞的嫩鸟。
>
> 潺潺河水从眼前流过。
>
> 悦耳笑声从耳畔响起。
>
> 转眼间，我们都长大成人。十八岁的陈岚长得好生漂亮：弯弯的柳叶眉，明亮的杏核眼，小口未染自然红，一笑脸上两酒窝。走起路来双臂挥舞，身腰扭动，好似风中摇摆的杨柳。村里许多小伙子上门提亲，都被她拒绝了。

刘一斤讲到这里故意停顿了一下，大伙便喊："她对你情有独钟！"

刘一斤像个体操运动员般在空中连续翻了几个跟头，接着又像健美运动员做了几个能充分展示健美肌肉的动作，大伙又跟着鼓掌。

"好一对金童玉女！"大伙齐声喊。

刘一斤见大伙的情绪被调动，又开始讲像雾像雨又像风的恋爱史——

十八岁那年，我当兵去了，之所以当兵，与陈岚有很大的关系。她说："好男儿就要去当兵，当兵的男儿最帅气！当兵的男儿最风流！"

刘一斤做了一个样板戏《智取威虎山》中杨子荣上威虎山时，用力挥舞手臂的姿势，这透着军人英武之气的姿势立即使大伙热血沸腾，大伙的手掌都拍红了。

待掌声停止后，刘一斤又开始了叙述——

原先我就对当兵充满向往，陈岚的话更坚定了我从戎的信念。

我去当兵那天晚上，陈岚到火车站送我，临别的时候，她把一条红手帕和一张彩照塞到我怀里。

当我上火车时，陈岚眼含泪水，朝我喊："刘一斤，我爱你！"

我也眼含热泪，朝她喊："我也爱你！"

刘一斤的故事戛然而止，仰着头，张开手臂似乎要拥抱满天繁星。

刘一斤的这个爱情故事，其实苍白得就像一杯白开水，但刘一斤用燃烧着激情的口吻叙述，并穿插雾里看花水中望月的各种动作，成功地吊起了战友们的胃口。牛劲尽管无数次听过这个故事，甚至故事中的每句台词都会背诵，但他却和战友们一样百听不厌。每次听完这个故事，都和战友一道热情鼓掌。

刘炳堂排长却不爱听刘一斤的爱情故事，他说刘一斤太会作秀，这样的人应该去马戏团耍猴，而不是来当兵。

在刘炳堂即将离开部队的前一天，中队又进行了一次讲故事比赛。那天，刘炳堂一反常态，一定要刘一斤再讲一回他的爱情故事。

刘一斤有声有色地叙述着他的爱情故事，当他嗓子眼里蹦出："好男儿就要去当兵，当兵的男儿最帅气，当兵的男儿最风流"时，牛劲发现刘炳堂扭过身子，抹去大把大把的泪水。

刘一斤还有一个爱好就是下象棋，水平很高的他在守桥中队没有对手，恰好牛劲也是个象棋高手，两人的第一次交手就杀得难分难解。那天，刘一斤拿着棋盘在营房里到处找人下棋，没有人应战，正当他拿着棋盘失望而归时，牛劲把头伸了出来。

"班长，我能跟你下盘棋吗？"牛劲嘟囔道。

"可以呀，输了可不能哭鼻子。"刘一斤眨巴了一下眼睛。

摆开棋局，互相谦让后，牛劲把"炮"前方的那头"兵"向前挺进了一步，一场恶战正式拉开。刘一斤刚开始没把牛劲放在眼里，但随着战局的发展，觉察到牛劲的棋功底扎实，于是，使出浑身解数，两人的车、马、炮在中腹地区展开了激烈的对杀。一番激战后，牛劲的棋占了上风，开始调兵遣将向刘一斤的老巢发起进攻，这时候，刘一斤的嘴巴开始嘀咕道："马走日、象走田、过河卒子向前冲。"

嘀咕声随着战局的发展，越来越大声。这噪音使牛劲心烦意乱，连续下出几步臭棋，战局一下子被刘一斤扭转，赢了棋的刘一斤笑眯眯地走了……

后来，牛劲从其他战友那里了解到，刘一斤下棋在战局不利的情况下，经常嘴里念念有词，以分散对方的注意力。以后的日子，牛劲跟刘一斤下棋时，总用一团棉花把耳朵塞住。尽管把耳朵塞住了，但牛劲发现刘一斤的棋力还是高他一筹，他和刘一斤的对局，总是负多胜少。

训练场外的刘一斤给人大大咧咧不拘小节的感觉，可到了训练场上，板着面孔的刘一斤却像个"冷血动物"，谁在训练的过程中，动作不规范或者想偷懒，都逃不过刘一斤敏锐的眼光，他会毫不客气地把"目标"从队列中揪出，罚做俯卧撑，或者跑步。被罚做俯卧撑，你不做到趴在地上动荡不得，刘一斤绝对不会叫停。被罚去跑步，你不跑得气喘吁吁，上气接不上下气，刘一斤肯定不会作罢。最让牛劲和战友们发怵的是五公里越野跑，刘一斤在前面飞快地领跑，后面的战士拼命追赶，有一两个体力不支的战士在跑步途中晕厥，刘一斤见了，就叫卫生员往他嘴里灌糖开水，晕厥的战士醒来后，刘一斤又叫他慢跑追赶队伍。牛劲在五公里越野跑中，被灌过两次糖开水，灌了两次糖开水后，牛劲的身体素质比当新兵那一阵子好多了。

在守桥中队，刘一斤在训练中对牛劲的要求比其他战士要严得多。牛劲如果做错了队列动作，或者想偷懒，挨刘一斤一顿训肯定少不了。训完之后，刘一斤还要给牛劲开"小灶"，让他一遍又一遍地重复练不太规范的正步走，操场上牛劲摆动着双臂，腿肚子的肌肉一会儿就又酸又痛,随着正步的节奏,牛劲能听到自己浑身的关节都在噼啪地响动。收课的时候,牛劲时常瘫倒在操场上,大口大口地喘着粗气。

个别战士对刘一斤的这种训练方法颇有微词。但刘一斤对战士的不满不以为然,他说:"你们听说过'百炼成钢'这句话吗?要想成才,就得苦练!"

现在,牛劲每次回忆起当年训练情景都心生感慨。八九十年代军营带兵方式与20世纪带兵方式有许多不同之处。八九十年代当兵的年轻人很少独生子,所以到部队后,都特别能吃苦。当时的部队训练方式比较单调,讲究严师出高徒,所以像刘一斤带有粗暴性质的训练方式在部队比较走俏。而20世纪当兵的战士,绝大多数是家里的独苗,父母的心肝宝贝。如果再用刘一斤当年那种简单粗暴的训练方式肯定行不通。以情带兵、用情暖兵是20世纪基层带兵干部嘴里最常说,也是必须时刻铭记的一句话。现在部队最忌讳打骂体罚新兵,如果哪个干部或班长打骂体罚新兵被上级领导知道,肯定要挨处分。

训练场上,刘一斤给战士们展示冷酷的一面,但如果就此把他理解为一个铁石心肠的人,未免有点偏颇。与刘一斤相处久了,战士们都知道刘一斤其实很心疼手下的兵,这种疼爱体现在细微之处,战士们把这种疼爱称为"拐弯处的回头"。每次刘一斤看到训练做错动作或者想偷懒的战士,便气得面色发青,狠狠训了一顿后,便扬长而去,可走到拐弯处,总要回过头,定定地望着被训的战士,目光里流淌着温情。如果被训的战士在痛哭流涕,刘一斤会走上前,轻轻地拍拍他的肩膀说:"没关系,下次改正了,还是个好战士。"

刘一斤对战士的爱更多地体现在某些细节上，新战士杨景林是个城市兵，细皮嫩肉的他到守桥班没多久，右肩被枪背带磨烂，由于治疗不够及时，经常流脓水，训练中经常走神，刘一斤发现后，便用白酒漱了下口，把杨景林伤口上的脓吸出……冬天到来的时候，每天晚上，刘一斤查铺的时候，都要摸一摸战士的鞋垫，发现哪个战士的鞋垫湿，就弯下腰把鞋垫抽出来，在伙房的炉子上烤干后，再悄无声息地把鞋垫塞进战士的鞋子。

这种关怀就像润物细无声的春雨，滋润着战士的心扉。战士们都把刘一斤当作自己的贴心人，牛劲也不例外，尽管挨刘一斤的训最多，但每次训练结束，牛劲总是嬉皮笑脸地靠上前去，与刘一斤套近乎。

"牛劲，你别跟我死皮赖脸的，实话实说，我平日经常骂你，你恨我吗？"刘一斤问。

牛劲摇摇头。

"为什么？"

"刘班长，现在社会上流传这么一句顺口溜：'打是疼，骂是爱，不打不骂不相爱'，你这么骂我，其实是希望我成才呀！"

"你这兔崽子，贼得很。"刘一斤抬起脚，轻轻地踢了一下牛劲的屁股。

牛劲说得不假，刘一斤确实最心疼牛劲这个棱角分明的兵，从他把牛劲带到守桥中队的那天起，就认定牛劲是块璞玉，只要好好雕琢，就一定会发出亮丽的光芒。在牛劲身上，刘一斤倾注了最多的心血。对此，牛劲深有体会，他将刘一斤的点滴之爱记在心里，但真正让牛劲把刘一斤的爱铭刻在心，至今不能忘怀的是这么一件事。

那是一个寒冷的夜晚，牛劲刚好值上半夜岗，下岗的路上，忽然下起了倾盆大雨，淋成落汤鸡的牛劲回到宿舍，匆匆换掉湿漉漉的衣服便钻进被窝。半夜，刘一斤前来查铺，一个一个地仔细查看，微笑地把战士伸在被子外面的手放回被子里面去，还给他们整理脚底下的被子，怕从门缝隙处透进的风吹着了他们，当他蹑手蹑脚地走到牛劲的铺位，看到牛劲身边那一大摊湿漉漉的衣服，再瞧瞧在被窝里冷得直打哆嗦的牛劲，一切都明白过来的刘一斤，一把解开棉衣，把牛劲冰冷红肿的双脚紧紧地捂在自己温暖的胸脯上，被窝里的牛劲感到一股暖流正顺着脚底缓缓涌上心头，眼里的泪水便流了出来，他的嘴紧紧咬住被子，硬是不让哭声传出……

　　总队调研官兵关系的工作组原本由总队的一名部门领导带队，后来这位部门领导因临时要参加总部在北京召开的一个会议，故临时改由肖参谋带队，肖参谋比牛劲早当了四年兵，在总队是个副团职参谋，在中队干部眼里，副团参谋就是个不小的官了，可在总队机关大楼里，像肖参谋这样没有职务的副团干事，闭着眼睛一抓就是一大把。在总队机关，肖参谋为人处世处处谨小慎微，平时碰到领导讲话轻声细语、唯唯诺诺。可到了巴掌大的守桥中队，肖参谋觉得自己在这地方算个不小的官了，重新恢复了自信，讲话的嗓门粗了很多。

　　工作组一行三人来到守桥中队，当肖组长走进牛劲办公室，看到墙壁上挂着一条写着："严于士兵先于士兵　高于士兵"的横幅。便问："这几个毛笔字是谁写的？"

　　"敝人拙作，领导见笑了。"牛劲笑了笑。

　　"你不要谦虚了，这几个毛笔字写得很见功力，没想到牛指导员很有内才。"肖组长背着手，饶有兴致地围着这条横幅转了几圈后，便把话题转了个弯，"我们工作组这次来守桥中队，倒想看一看你们是否言行一致。"

"希望领导能多给我们传经送宝，如果发现什么问题，就给我们指出，好让我们有改正的机会。"牛劲充满自信地笑了笑。

牛劲这么有自信当然有道理，中队的各项工作在工作组到来之前早已准备就绪。中队还为工作组腾出两个房间，肖组长一人住一间，另外两个干事住一间。守桥中队原先住房就很少，为了腾出这两个房间，不得不把原先住在这两个房间的战士调整到其他的房间，其他房间顿时变得拥挤不堪，有些战士私下发起了牢骚，说总队组来是为基层解决问题的，不是来添乱的。

总队工作组到来后，肖组长和工作组的成员对守桥中队的各项工作进行了深入细致的调查，肖组长还把中队的每个战士叫进办公室，进行十分钟的单独交谈。

守桥中队位于偏僻的山区，面对总队调研官兵关系的工作组来蹲点，支队领导高度重视，吴支队长在工作组来之前，到中队检查工作，鸡蛋里挑骨头指出了中队工作必须改进的地方，吴成化和牛劲按吴支队长的指示整改了一遍。工作组到来之后，吴成化和牛劲白天陪工作组检查中队的各项工作，晚上等战士都吃过晚饭后，两位中队主官便请工作组人员到饭堂吃饭，那丰盛的饭菜当然和战士平日吃的饭菜不同。这可忙坏了后勤班的战士，尤其是中队的厨师陈秋更是忙得团团转，白天忙一点也就算了，最让陈秋窝火的是工作组夜间经常甩老K，甩完老K已经是深夜了，这时他们发觉肚子饿了，就让中队文书林晓春去把陈秋从睡梦中拖起来，为他们煮点心。

总队工作组蹲点结束前一天，肖组长把中队战士召集在会议室里，工作组的两个干事下发了官兵关系的问卷调查表，问卷调查表的最后一题是请你谈谈对官兵关系的看法，肖组长在下发调查表后，强调指出问卷调查表是无记名的，大家可以畅所欲言。

晚上，肖组长和两名干事统计完问卷调查表中战士提出的意见和建议后，牛劲和中队长一道来到工作组的房间。牛劲发现肖组长的脸色不好看，就问："肖组长，是不是问卷调查表中发现了什么问题。"

肖组长勉强地笑了笑："这次蹲点，在与战士们的交谈中，他们都说指导员和中队长是老黄牛。我叫他们举个例子，战士们七嘴八舌，举了很多的例子，其中很多战士都说到每逢中秋节、国庆节等大型节日，中队要加餐的时候，指导员和中队长总要替哨兵执勤，让哨兵能吃上一顿好饭，看上一台好的电视节目、睡上一个好觉……"

"肖组长过奖了，这都是我们基层带兵干部应尽的职责。"牛劲笑了笑，"这次你们工作组来到我们中队，扎实的工作作风给我们留下了深刻的印象……"

牛劲话还没讲完，肖组长就摆摆手，打断他的话："你们不要瞎夸我们，我知道我们是不受欢迎的人呀。"

牛劲听出肖组长话里有话，便问："总队工作组的到来，使我们中队蓬荜生辉，怎么能说我们不欢迎你们呢？"

肖组长拉长了脸，他从问卷调查表中抽出一张递给牛劲，只见那张问卷调查表的最后让战士提建议栏里有几个歪歪扭扭的字：总队机关以后能否少派工作组到基层，这样基层就能更安心地开展各项工作。

牛劲一看这几个字，便知是陈秋的笔迹，心不禁"咯噔"了一下。

十七、唱支山歌给党听

这些日子,肖冬每次见到林晓春,总是一脸笑容地凑上前,他从左边口袋里掏出一根红"七匹狼"递给林晓春,自己则从右边口袋里摸出一根廉价烟。点上火后,肖冬就开始夸林晓春是中队里的秀才,每次读林晓春写的新闻报道,都茅塞顿开如沐春风。肖冬之所以猛拍林晓春的马屁,是受吴夏的点拨,吴夏说你要想成为一名士官,必须叫林晓春这个吹鼓手吹一吹。

林晓春见肖冬如此巴结讨好,就知有事求他。一天,当肖冬又一次递上红"七匹狼"时,林晓春问:"肖冬,你对我这么好,究竟有啥事呀?"

"我想请你给我写一篇报道。"肖冬厚着脸皮。

"写新闻报道立意要新,你整天和猪混在一起,工作枯燥乏味,倘若我把这些登不了大雅之堂的琐事写出来,还不是老掉牙的报道,报社怎么会发表?"

"这么说你不肯帮忙了?"

"不是我不肯帮忙,而是这样的报道写了也发不出来。"

"你怎么能说我养的猪没有与众不同的地方？"肖冬蹦了起来，又亮出了招牌动作：胖乎乎的左手向空中有力地一挥，开始了长篇大论："我是中队的饲养员，干的工作表面上看都是些鸡毛蒜皮的琐事，摆不上桌面，但你如果扑下身仔细挖下去，就会发现我有着别的中队饲养员没有的闪光点。比如我手下那几头洋猪，这可是我们国家漂洋过海引进的国外优良品种，别的中队没有吧？再说这几头洋猪不仅有海外关系，而且是市双拥办领导赠送的，是警民共建的纽带和桥梁。为了养好这几头猪，我呕心沥血虽然算不上，但也做到尽心尽责，我每天还要陪着猪散步，应该算得上富有创意吧？"

"喂，你这么一说，我倒觉得你还真有点写头的。"林晓春猛地拍了一下脑壳，"走，我们一块儿到猪圈去，我给你和洋猪拍张像！"

自从林晓春答应为肖冬写篇新闻报道后，肖冬顿时觉得神清气爽。但他的高兴还没有持续几天，就收到了家里的一份加急电报：母病重，生命垂危，请速归。

喜悦中的肖冬接到病危通知书，心一下子冷到冰点，拿着病危通知书，一把鼻涕一把泪地去找领导。牛劲和中队长吴成化经过研究，同意肖冬立即回家探母，并嘱咐要速去速归。

肖冬风风火火地赶回家里，看到母亲病恹恹地躺在床上，便冲上前抱住母亲的身子痛哭流涕。母亲听到儿子凄厉的哭声，打了个滚就起了床，肖冬一见此景，便知母亲是思子心切，装病骗他回家。怒火攻心的肖冬正欲朝母亲发脾气，却见母亲那双爬满皱纹的手正在轻轻地抚摸肖冬身上那套橄榄绿军装，母亲的抚摸温柔且细腻。每摸一下，母亲的眼里都会滚出豆大的喜悦眼泪。

这泪水就像一盆水，渐渐地浇去肖冬心头的火气。

待肖冬火气消退后，父亲便兴冲冲地把肖冬拉到祖屋边的一块小空地，兴奋地告诉肖冬，他准备在这块土地上为肖冬盖一幢新房，这两年肖冬当兵寄回来的津贴费，他一直存在银行里，准备将来办大事。

"儿子，你在部队好好干，争取能提个士官。万一提不了，也不要太伤心，在部队打拼了两年，我相信你的身子骨硬朗了，脑子也活络了，到地方后一定会闯出一条路子来。"父亲的话使肖冬心里特别温暖，他高高地仰起头，目光飘向离家不远那座高高的山，山的那边住着肖冬心仪的姑娘王晓琳。

第二天早晨，肖冬翻过那座高高的山，再走上千余米路，来到王晓琳家。那天，王晓琳刚好从深圳打工回来，她还留着一头飘逸的长发，依旧清纯照人。见到肖冬，她兴奋地从屋里拿出装有花生、青橄榄、瓜子的大盘子盛情款待肖冬。

"肖冬，听说你在部队干得不错，可有此事？！"

"马马虎虎，年底提个士官还是挺有希望的。"肖冬笑眯眯地说。

"其实我早就看出你很有才了，参加高考时，你敢在报考表上填报清华大学，就让我两眼一亮，我就喜欢像你这样敢于做梦的小伙子，现在，你在军营里充分施展了自己的才华，真让人佩服。"王晓琳拿起水果刀开始削苹果。

肖冬被王晓琳这么一夸，感觉特别好，他找了一张凳子，悠然自得地坐下，飘飘然的他忽然有了一种功成名就之后衣锦还乡的感觉，他跷起二郎腿，哼起了家乡小曲。

"这个苹果是对你即将成为部队军官的奖赏！"王晓琳含

情脉脉地望了肖冬一眼后，把削好的一个大苹果递了过去。

肖冬这时候才明白原来王晓琳误把提士官当作了提干，忙解释道："在部队，尽管士官待遇挺不错的，手下还管着兵，但士官与军官还是存在很大区别。"

"什么区别？"王晓琳慢条斯理地问道。

肖冬的手紧张地在膝盖上有力地搓来搓去，过了好大一会儿，才鼓足了勇气说："士官不管干到多老，干到哪一期，归根结底还是个兵。"

肖冬说罢，觉得压在心里的一块大石头落下了。他笑容可掬地伸手去接苹果，却发现王晓琳那双秋波荡漾的眸子转瞬之间暗淡下来，那握着苹果的手停顿在了半空，当肖冬的手靠近苹果时，王晓琳的手却在空中画出一道弯弯曲曲的弧线后，又缩了回去。

"那你年底如果提了士官，每个月能赚多少钱？"王晓琳在苹果上轻轻地咬了一口。

"两千多块钱，平日过节费不算在内。"

"这点钱能干什么事呀？和我相处非常要好的一个朋友在深圳打工，人家随随便便一个月就能赚三四千元。"

"那非常好的朋友是男的……还是女的？"肖冬的额头上冒出了冷汗。

"当然是男的！"……

肖冬已经记不清什么时候走出王晓琳家门，只觉得脑子空空落落，就像被人拔去发条的闹钟。翻过那座高高的山时，肖冬的脚不知被什么东西绊了，"扑通"一声摔倒了，从地上爬起来，他感到了一阵深入骨髓的痛，这痛不是来自脚，而是来自内心深处。

那天晚上，肖冬失眠了。第二天一大早，肖冬就起床向父母提出要归队。对于儿子的决定，肖冬的父母没说什么，肖冬的母亲为他准备好行李，肖冬背着行李便匆匆上路。下了开往中队方向的长途汽车时，已经是凌晨两点，汽车站周围的公共汽车早已收摊，如果坐出租车到中队至少需要二十元钱，而步行到中队则需四个小时左右，肖冬盘算了一下，立即做出步行的决定。

大约步行了一个小时，肖冬觉得身上的军用被包里老有一个硬硬的东西顶在自己的背上，走起路来很不舒服，便解下了背包。打开军用包，肖冬发现包里果然有一个饭盒，这个饭盒是他上初中时用的，当兵后一直搁在家里。打开饭盒，里面整整齐齐地装着八个茶叶蛋。肖冬小时候，母亲时常一大早便提着自己煮的茶叶蛋到汽车站卖。肖冬嘴馋，有一天，他偷吃了母亲煮的两个茶叶蛋，结果被母亲打了一顿，在肖冬的记忆里，母亲从那时起就再也没有煮过茶叶蛋了。

吃着母亲特意为他煮的茶叶蛋，肖冬的鼻子酸酸的，他抹了抹眼角的露水，继续赶路。

记不清过了多久，肖冬从大路拐进了一条乡间小道，清风拂来，感到一丝凉意和困倦。他打了个无比响亮的喷嚏，喷嚏声在幽静的山谷回荡着，这声音使肖冬的倦意消退，他打了个激灵，便给自己下起了口令：

"齐——步——走！"

"正——步——走！"

"跑——步——走！"

小道上的肖冬随着口令变换着各种步伐，他下意识地挺起胸脯，将双臂甩得规范而又威武，那双大头皮鞋踩得咔咔响，这一瞬，肖冬的心里涌动着万丈豪情，他一边迈着雄赳赳、气昂昂的步伐，一边在骂：

"王晓琳，你实在没有眼光，像我这么出色的军人，你打着灯笼都没地方找。"

"王晓琳，未来的一天，你肯定会对今天的决定感到后悔。"

"王晓琳，你还以为自己是什么金枝玉叶，实话告诉你，我还瞧不上你呢。"……

肖冬痛快淋漓咬牙切齿地骂着，那郁积在心头的苦闷和失落，随着骂声烟消云散。

天空开始朦胧地透出亮光，周围的景色开始变得清晰起来，清风徐过，小道两旁的油菜花色彩波浪般翻滚，一片片的金黄色在奔跑，后面的推着前面的，前面的又挤着后面的，散发着浓烈的青春气息，这情景使肖冬想起了火热的军营。现在肖冬觉得自己就像一枝孤单的油菜花，只有融入军营，才会散发出勃勃生机。这一刻，肖冬觉得有比家更温暖的地方，那就是军营，他昂着头颅，迎着金色的充满温情与暖意的晨光，向前奔跑。

清风拂过，肖冬感受到了凉爽，感受到大自然的丰盈，一种青春的感觉向他袭来，肖冬更坚定地向前跑，穿过森林，越过小溪，像只永不疲倦的鸟儿。

透过迷迷腾腾的雾气，肖冬依稀可以触摸到军营的轮廓了。他按捺不住内心的激动，加快了速度。

远方，响起了令肖冬魂牵梦绕的中队起床军号声，这悠扬的军号声冲破黎明的寂静，回荡在肖冬的心海，肖冬的心扉一下子打开，引着晨风，亮起嗓门唱起了自己最拿手的《唱支山歌给党听》：

唱支山歌给党听
我把党来比母亲
……

肖冬觉得山谷间回荡着的歌声不是唱的,而是用心一字一字吟出来的,他的心尖颤了一下,泪水汹涌地冒了出来……

十八、最后一盘棋

转眼间，冬天到了。守桥中队都要送走一批老兵，引来一批新兵。每到这个季节，牛劲的心里时常涌动着伤感，觉得战士就像那棵桃树上的叶子，随着季节的更替来去匆匆。

这些日子，牛劲发现营区里有了细微的变化，新兵对待老兵都是小心翼翼、彬彬有礼，老兵也不像以前那样大大咧咧，他们变得寡言少语，甚至有点儿焦躁不安。老兵的走与留此时是中队最敏感的问题，也是最让牛劲牵肠挂肚的事情。

这几天，牛劲时常和中队的几名干部，对中队士官的人选进行反复筛选。令牛劲和其他中队干部感到欣慰的是由于守桥中队条件艰苦，基本上没有关系兵和后门兵。找关系、递条子现象极少，但没有外界的干扰，并不意味着一切都风平浪静，牛劲和中队长等干部在中队文书林晓春、二班副班长吴晓、三班副班长刘丰转士官的问题上意见比较统一。像林晓春这样能说会写的兵，挑着灯笼都很难找，而吴晓和刘丰则是守桥中队的军事尖子，带兵方面有一套，新兵们都服他们。但在最后一名士官名额定夺上，出现明显的分歧，牛劲比较倾向于陈秋，中队长吴成化则倾向于肖冬或者其他战士。牛劲说："陈秋是个很全面的兵，不仅军事素质好，而且会理发和炒菜，是个不可多得的多面手。"

中队长吴成化朝牛劲做了个鬼脸："牛指导员，陈秋给中队捅了那么大的娄子，你应该不会这么快就忘了吧？！"

牛劲据理力争："当时，肖组长下发问卷调查表时，叫当兵的畅所欲言，并说替提意见的人保密，陈秋才敢提意见，我看这算不了什么。"

中队长吴成化的脸阴沉下来："牛指导员，我们都知道你年底就要高升了，你可不要给我们留下爱捅娄子的兵。打开天窗说亮话，倘若陈秋是你的亲戚，或者与你有什么特殊的关系，那另当别论。"

中队长吴成化狠狠地将了一军，牛劲的脸顿时红了下来。上回肖组长并没有对陈秋提意见这件事耿耿于怀，他向支队领导反馈蹲点情况时，对守桥中队的各项工作大加赞赏。并专门表扬了牛劲，说他像老黄牛一样辛勤耕耘。

肖组长的汇报，让支队领导喜笑颜开，他们指示支队宣传股的笔杆子收集牛劲先进事迹材料，并大力宣传。可以说，年底牛劲提职是板上钉钉，就看什么时候下命令。

那天，在最后一个士官名额的定夺问题上，两个原先配合得挺默契的中队主官，在人选问题上各执一词，会开完了，最后一个人选还没浮出水面。晚上，牛劲躺在床上怎么睡心里也不踏实。第二天一大早，他便起床径直来到那棵桃树边。牛劲每次遇到不顺心的事或者喜事，都要来到这棵桃树边，在牛劲看来，桃树就是老班长刘一斤的象征。

"老班长,过不了多久,我就要离开守桥中队了,你会想念我吗?"牛劲对着桃树轻声嘟囔道。

寒风把桃树刮得"沙沙"作响,牛劲觉得这声音很像老班长刘一斤的呜咽声。

八年前,当牛劲武警指挥学校毕业分配到守桥中队时,当了六年兵,原先非常有希望转志愿兵的刘一斤却出人意料地落选。领导找刘一斤谈话时说,这次他之所以转不成志愿兵,是因为受名额的限制。刘一斤知道那不过是领导找的一个美丽借口,刘一斤很清楚自己这次之所以转不成志愿兵,是因为他打了一个名叫黄晓阳的兵。娇生惯养的黄晓阳从小就不爱念书,各门功课都是大红灯笼高高挂,还没念完高中就辍学了。父亲帮他找了许多家单位,但他在每家单位都没待多久,就嫌工资低、工作太苦、太累,甩手不干了。父亲万般无奈,便找关系把儿子塞进武警部队,黄晓阳分到守桥中队后,仍改不了吊儿郎当的不良作风。每次训练,他都大叫腰酸背痛,一阵叫嚷后,就独自坐到训练场边的草地上休息。这让以严格训练著称的刘一斤颇为恼火,但他强咽怒火,因为中队长在黄晓阳分配到守桥中队时,曾和他打过招呼:黄晓阳是有来头的关系兵,得罪不得!

性情火暴的刘一斤最终还是没有忍住。有一次,训练到一半时,当黄晓阳故技重演,大摇大晃地走出队列时,被刘一斤截住了。

"你这个怕苦怕累的公子哥儿,为啥来当兵呀?"刘一斤乜斜了黄晓阳一眼。

黄晓阳打了个哈欠,懒洋洋地说:"实话告诉你,我之所以来当兵,是想在部队混三年,退伍后让父亲为我找个好工作。"

"你想要混在地方混,在守桥中队是混不下去的。"刘一斤的声音震耳欲聋。

"我和你掏心里话,你这么大声嚷干什么。"黄晓阳冷冷一笑,"刘班长,你是不是眼红了。这没关系,将来你退伍后,如若找不到工作,我可以拉你一把。"

黄晓阳的话显然把刘一斤激怒了,他给了黄晓阳一个响亮的耳光……

挨了一巴掌的黄晓阳当天晚上就给父亲打电话,哭哭啼啼地把自己挨打的事告诉父亲,并添油加醋了一番。第二天早晨,黄晓阳的父亲一脸怒气地跑到支队领导办公室告了刘一斤一状。支队领导对这件事非常重视,专门派人到守桥中队调查此事,中队领导与战士全部站出来为刘一斤据理力争,了解事情的来龙去脉之后,支队领导只是把"兵油子"黄晓阳调离守桥中队,并没有给刘一斤什么处分。但这件事毕竟给刘一斤转志愿兵投下了阴影,使他转志愿兵的愿望化成泡影。

刘一斤退伍离开部队的前一天夜晚,手里拿着一个棋盘,走进牛劲的屋子。

"牛排长,我明天就要离开部队了,想和你下最后一盘棋。"刘一斤说完也不顾牛劲愿不愿意,便摆开了棋局。

牛劲在指挥学校学习期间,与学校的象棋高手经常在一块儿下棋,棋力大有长进。

这次回到守桥中队,他正想找刘一斤下棋,洗刷过去当手下败将的耻辱。而今,刘一斤却自投罗网,牛劲决定拿出几手绝活儿,让刘一斤见识见识他的厉害。但这盘棋牛劲与刘一斤刚交手,就发现想赢棋不是件容易的事情。刘一斤一改往日只重进攻、不重防守的风格,改用一种含而不露、步步藏杀机的办法向牛劲发起进攻，他落子很慢，每枚棋落子前，都要让棋子在空中划出一条美丽的弧线，才让它稳稳地落到棋面。

牛劲和刘一斤的棋局渐渐进入中盘厮杀，牛劲的"车"向刘一斤的阵营发起猛攻，但每次攻势都被刘一斤化解，待牛劲攻得精疲力竭之际，刘一斤的"兵"出其不意地向牛劲的大本营逼近，随着"兵"的步步挺进，牛劲的棋方寸大乱，只有招架之功，而无还手之力。

刘一斤胜利在望，却手托下巴陷入沉思。

时间一分一秒地过去。

刘一斤仍在沉思。

一声轻轻的叹息声响过之后，刘一斤伸出微微颤抖的手把原本可以将死"将"的"兵"晃晃悠悠地推到了底线，这意味着这个原先可当"车"使的"兵"已经没有了威力。

"你不悔棋？"牛劲轻声问道。

刘一斤摇摇头，脸上透出淡淡的惆怅和伤感。

这盘棋终因刘一斤的一步失误而成了平局，棋下完后，刘一斤的目光仍定格在底线的那头"兵"许久……

离开守桥中队那天，刘一斤用女朋友送给他的红手帕包了一包中队边的沙土，然后揣在前胸的衣兜里，此时，天空刮起了大风，下起了倾盆大雨，刘一斤消瘦的身影融进了茫茫风雨之中。

刘一斤离开部队许多年后，牛劲忽然觉得刘一斤那天之所以棋风大变，是因为他把内心的苦闷融入行棋的过程中，那枚屡建战功的"兵"则是他平日在军营里的真实写照，至于刘一斤最后为何把兵莫名其妙地推到底线，这个谜牛劲一直没解开。

离开中队菜地边的桃树后,牛劲向中队哨所走去,来到桥边,凛冽的江风如同锋利的刻刀割在脸上,牛劲打了个哆嗦后,脚板不停地踩动、踏步,渐渐地,身上有了一丝暖意。

来到哨所,牛劲发现穿着棉大衣的陈秋像一尊雕像一样立在哨位上,棉帽上结着一层厚厚的白霜。

见指导员走来,陈秋给牛劲庄严地行了个军礼。牛劲急忙给陈秋回了个标准的军礼。

"陈秋,昨天你站下半夜岗,今天怎么又是你站这班岗呀?"

"站下半夜岗的陈雪锋,昨晚拉肚子。"

"那你也不怕累坏了身子。"

陈秋憨憨一笑。

牛劲的手轻轻地抚摸了一下陈秋耳朵上的冻疮,说:"陈秋,你回去休息,我来替你站这班岗。"

"那怎么行?"

"这是命令!"牛劲板下脸儿。

陈秋不情愿地脱下了棉大衣,这时,牛劲发现值了两天下半夜岗的陈秋手指头肿得如同胡萝卜,心里顿时涌起阵阵的酸楚。

替陈秋值完勤,当牛劲走下哨所时,后勤班士官班长刘勤风风火火地找到了他,刘勤劈头盖脑就是一句:"指导员,听说今年陈秋转士官没戏?"

"你听谁说的?"

"大伙都这么说。"

"你就相信他们的话?"

"我有点不相信,但无风不起浪呀。"

"实话告诉你，士官的名额还没最终确定。"

"那你说陈秋有多大希望。"

"你不要老来套我的话。我问你，陈秋最近的心态怎么样？"

"心态还比较稳定，就是不像以往那么爱说话。但干活却比以往还要更利索、更卖力。"刘勤停顿了一下，"与陈秋共事这么长时间，我觉得陈秋人实在，有手艺，是个不可多得的好兵，虽然他不太爱说话，但我知道他转士官的愿望很强烈。"

"陈秋确实是个好兵，但我们中队的好兵还不少，而且他们转士官的愿望也非常强烈。"牛劲轻轻叹了口气。

"听指导员的话，我知道陈秋转士官凶多吉少。"刘勤的脸上阴云笼罩。

"你现在能不能给我汇报一下后勤班这周工作的情况。"牛劲想把话题转个弯。

"指导员，你不要再和我绕圈子了。"刘勤赌气地把军帽往牛劲的办公桌上一甩，"如果陈秋转不成士官，我也不当后勤班班长了。"

"刘勤，你是军人吗？"牛劲瞪起眼睛。

"是！"刘勤"啪"的一声立正。

"军人的天职是什么？"

"服从命令！"

刘勤的眼里涌动着热泪，想说些什么，但话到嘴边，又咽了下去，他伸出微微颤抖的手，把军帽又方方正正地戴在了头上。

当刘勤走出牛劲办公室大门时，牛劲叫住了他。

"刘勤，我交代给你一个任务，如果陈秋思想有波动，你要做好思想工作。"

刘勤点点头，他嘟囔道："指导员，今年我能不能退伍？"

"你怎么又说傻话了，中央军委的文件规定，战士转第一期士官后，要服三年役后才能退伍，你现在才转士官一年呀。"

"可我现在有一种想法，如果能让我今年退伍，中队不就多出一个士官名额，把这个名额给陈秋，问题不就解决了吗。"

"你别胡思乱想了，总队三令五申，严禁士官未服完三年现役退出部队。这你不会不懂吧？！"

噙在刘勤眼里的泪水这一刻"哗啦啦"地流了下来，抽搐道："指导员，陈秋……确实……是个好……兵，他如果转不成士官，我心里……难受呀！"

十九、品一枚青橄榄

这几天，一个特大的喜讯在守桥中队传开，省铁路局经过研究，决定经过守桥中队的慢车为守桥中队官兵停车一分钟。听到这个消息，牛劲的嘴都笑歪了，他的未婚妻刘芸刚好在经过守桥中队的慢车上当列车员。平日，尽管刘芸每个月都有经过守桥中队，但朝牛劲和他手下的兵挥手之间，列车就驶向远方。现在，擦肩而过的日子即将被"一分钟的情缘"所取代，你说牛劲能不高兴吗？而让牛劲高兴的事情远不止这些，前天支队党委会已经召开会议，研究营以下干部的任用，党委们一致认为表现出色的牛劲应提拔使用，内定为二大队副教导员，任职命令文件要等到守桥中队老兵退伍任务完成后下发。

在官兵的期盼中，从牛劲家乡开出的那列火车在守桥中队哨所边缓缓地停下，中队官兵都翘起脖子注视着从列车门款款走下的刘芸。一脸春风的刘芸穿着一套洁白的礼服，显得格外漂亮，她的闪亮登场为牛劲挣了不少的惊叹声。笑眯了眼的牛劲迎上前去，为刘芸抖落一路的风尘。

前些日子，刘芸和牛劲领了结婚证，这次她来中队是办结婚仪式的。牛劲的新房战士们早已布置好了。新房门外贴着一副牛劲写的对联。

上联：列车隆隆送温情
下联：大桥脉脉迎新娘
横批：双喜临门

那天晚上闹洞房，中队官兵一定要新郎官牛劲和新娘刘芸坦白自己的罗曼史，牛劲大嘴一咧，耍起了无赖："我们都是革命同志，共同的事业和革命理想让我们走到一起。"

牛劲的这个回答当然不能让人满意，大伙拖住牛劲，硬要他坦白交代，但他一会儿装聋作哑，一会儿搔搔头，就是不肯交代自己的罗曼史，在这样热烈的氛围下，倒是新娘刘芸比较大方，她笑着说："牛劲这人鬼得很，用军营故事和桃子拴住了我的心，牵走了我的魂。"

大伙屏住呼吸，听刘芸娓娓道来——

我和牛劲的第一次约会是在老家县城的鹊桥咖啡厅，当我准时赴约时，牛劲早已在咖啡厅恭候。见到牛劲那一刻，我觉得牛劲这人虽说长得不怎么样，但挺有精神，见我落座，他毕恭毕敬地把一杯咖啡端到我的面前，"我给你讲讲我第一次喝咖啡的经历，不知你是否愿意听？"牛劲朝我笑了笑。

见我饶有兴趣，牛劲打开话匣子："我当兵第一年，父亲捎来瓶咖啡，说是给我补补身子，我当时不知道咖啡该怎么喝，开水一泡就往嘴里送，那味道比中药还苦。心想：洋鬼子真不容易，喝着这么苦的东西还要强装笑颜。从那天起，我再也不喝咖啡，宿舍另一个鬼精的家伙见我不喝，便把咖啡要了过去，每天早晨都要喝一杯咖啡，喝得有滋有味满脸灿烂。问他缘由，他却说是代我受罪，待他喝完那瓶咖啡，他才兜了底：喝咖啡前得加糖和奶。"

牛劲的话让我笑得前俯后仰。大导演牛劲是在制造喜剧的氛围，以便让我尽早往他设计好的圈套里转，见达到预期的目的，大导演的镜头又切向另一个画面。

他向服务员要了一盘青橄榄。

我看看青橄榄，又望望他身上的橄榄绿，觉得牛劲是个很懂得玩深沉的男人。

品一枚青橄榄，当我的牙齿咬破橄榄表皮时，一股淡淡的苦涩味悠悠地冒出。

"青橄榄给我的第一感觉是苦涩，就像我当新兵时，踏进守桥中队的感觉。"牛劲的目光飘向远方，"说心里话，分配我到守桥中队，我当时很有情绪，支队所有的官兵都知道守桥中队的苦，那里流传着这样的顺口溜：'朝练俯卧撑，暮听江水声，清心又寡欲，三年准成僧。'"

此时，我已经开始品嚼青橄榄了，苦涩味消失后，一股清凉的感觉透过舌尖，缓缓流入我的心扉。

"到了守桥中队不久，我发现守桥中队并不像人们说的那样苦。"牛劲有滋有味地讲起自己的经历，"守桥中队虽然地处偏僻地区，但周围的风景却充满诗意。清晨，河畔人家升起缕缕炊烟，粉墙竹影与水巷泊舟的缥缈绰约中糅合三两声鸡鸣犬吠；傍晚，斜阳余晖返照山光水色，交织成一幅飘动的画面；夜晚，灯光、星光、月光交映下的大桥，显得朦胧、迷幻。身处大桥哨所，你就会联想到卞之琳《断章》中的诗句：你站在桥上看风景／看风景的人在楼上看你／明月装饰了你的窗子／你装饰了别人的梦。"

听了牛劲富有表情的言语，我觉得牛劲不仅会玩深沉，还

十九、品一枚青橄榄

很有品位。

  不经意间,我已经品完了青橄榄,当我把橄榄核吐出时,一股淡淡的清香也从嘴角幽幽冒出。牛劲深深地吸了口气,接着说:"品嚼完青橄榄,留在嘴边的清香最能沁入人的心脾。这些年,我在部队摸爬滚打,从一名士兵成长为一名军官,和兵相处久了,我觉得战士就像一枚青橄榄,从他们身上,我品出了许多的感动。烈日炎炎下,在大桥岗亭站岗是什么感觉,我想用热锅上的蚂蚁来形容一点都不过分,热锅上的蚂蚁会热得四处乱爬,而我们的战士却要纹丝不动地站在岗亭,什么叫伟大,我想这就叫伟大!那里夏天难过,冬天也很难熬,大桥横亘在江面,冬日寒风吹在脸上刀刻样痛,战士在岗亭上虽裹着大衣,却御不过刺骨的寒流……"

  牛劲此时动了情感,眼角有了雾水。"不过,战士给我最大的感动并不是他们受的苦,而是他们晶莹剔透的心灵,前不久,市民政局到中队慰问,我因感冒发烧无法去开座谈会,第二天早晨,当我醒来时,发现桌上摆着八个苹果、八块巧克力、八根香蕉、八个糖果、八个橘子。它们的摆列就像平日训练队列动作一样整齐。我感到纳闷,就问文书这是怎么回事,文书说:'昨天座谈会,每个战士分到一个苹果、一根香蕉、一块巧克力、一个糖果、一个橘子,大伙说要给生病的指导员带点什么,于是一班战士每人少吃一个苹果、二班战士每人少吃一根香蕉、三班战士每人……'"

  牛劲忽然刹住了车,不愿再讲下去。

  第一次约会,牛劲从喝咖啡引出话题,慢慢地把我的思绪和情感拖进橄榄绿的军营,他的故事讲得太好了,我不知不觉对他产生了好感。

  当刘芸笑吟吟地讲完她和牛劲第一次约会的经历时,新房里立即爆出炸耳般的笑声,笑得最灿烂最甜的当然是新郎官牛劲了。

那天闹洞房的气氛非常热烈,刘芸与牛劲表演了一个又一个的节目,当闹洞房接近尾声时,中队长吴成化笑问刘芸:"牛劲这个鬼头鬼脑的家伙,怎么用桃子勾你的魂,快说出来给大家听听。"

刘芸停顿了一下,又开始讲起了另一个故事——

我和牛劲的恋爱关系确定后,因为工作原因,我们聚少离多,我们平日联系的主要途径是书信来往,我还有一种独特的表达爱情的方式,那就是在我乘坐的火车经过守桥中队时,我在车厢外挂出红气球,我告诉牛劲只有当我挂出10个红气球时,才表明我已彻底爱上他。

牛劲尽管用了许多手段,但我就是不为所动,最多也只给他挂出9个红气球,让他干着急。牛劲的鬼点子特多,他也想了个非常绝的招儿——前一段时间,我收到他给我寄的一个包裹,包裹里装着几个又涩又苦的桃子,桃子的下面压着一封信。

牛劲在信中说,这是守桥中队菜地边的桃树上结出的果子。八年前,当了六年兵的老班长刘一斤刚从老家探亲回来,就接到让他退伍的命令。当时刘一斤根本就没想到自己累死累活在守桥中队干了这么久,会因为名额限制而转不了志愿兵。

宣布完上级的命令,刘一斤一个人呆呆地站在操场上,当牛劲想上去安慰他时,他却朝牛劲咧嘴一笑,那笑就像中队菜地边结出的桃子一样很苦很酸。他说:"铁打的营盘,流水的兵。我没什么想不开的。回老家,我照样能混出模样来。"

这时,中队文书给他送来一封信,一看信封上娟秀的字体,牛劲就知道准是他的女友陈岚寄来的,刘一斤捏了捏厚厚的信,没有打开,他掏出火柴,"嚓"的一声划着了,把陈岚的信付之一炬。

当信燃烧的火苗蹿起时，牛劲看到刘一斤眼里有一滴晶莹剔透的泪水缓缓落进火苗里，发出一声脆响。

在即将离开守桥中队的时候，刘一斤从一个包裹里小心翼翼地拿出这棵桃树的种子交给牛劲，他紧紧地攥着牛劲的手，哽咽道："这棵桃树的种子是我女朋友陈岚在我回家探亲时送的。她希望我能像桃树一样在部队生根发芽、开花结果，可惜我……"

老班长刘一斤说不下去了，脸上挂着热泪离开了部队。老班长走后，牛劲在中队菜地边种下了这棵承载着酸涩和伤感故事的桃树。

八年后，这棵桃树终于开出了鲜艳的花朵。有天凌晨，牛劲来到桃树边时，那时战士们都还没有起床，菜地边静悄悄的。当牛劲悄悄地靠近桃树时，看到有一个准备开放的花苞有些异样，它在微微地颤动，就像一个熟睡的人，轻轻地抖动惺忪的眼眸。牛劲停下了步子，侧耳细听。

终于，他听到了——花苞开放时发出的细微、柔和、短促的声音。

那声音是那样的熟悉，那样的打动心扉。穿过时空的隧道，牛劲可以听到八年前刘一斤泪水滴入火苗中所发出的声音，这声音与花开的声音一模一样。这会儿，牛劲意识到这棵桃树其实是有灵气的，它的骨子里流淌着刘一斤的血脉。

后来，桃树结出了果子，当牛劲品尝这又苦又涩的桃子时，他流泪了，对着茫茫苍天问道：老班长，你在他乡还好吗？

苍天无语，牛劲只好把桃子寄给了我。

看完牛劲的信，我开始品尝那又酸又涩的桃子，品着品着，牛劲的音容笑靥便鲜活地从我眼前跳将出来。品完桃子，我发现那桃子分明就是牛劲变的，它钻进了我的身子，占据了我的心灵……

刘芸的故事揭开了桃树的秘密，闹洞房的大伙一片肃静，坐在角落里的陈秋忽然间"哇"地哭出了声。

二十、开往春天的火车

在中队即将决定士兵留队转士官名额的关键时刻,林晓春写的一篇《伴猪散步的士兵》的新闻报道在当地报纸的显要位置刊登了出来,这篇报道着重写肖冬为了养好市双拥办送给中队的那几头洋猪,每天三餐后都陪猪散步,同时,这篇报道还点出肖冬资助800元钱给村里的贫困学生刘岚岚上大学的事迹。

牛劲看了这篇报道后,感到非常的意外,他怎么也不会相信像肖冬这么个一毛不拔的铁公鸡突然变得大方起来,居然资助800元钱给当地的贫困学生。

为了证实事件的真实性,牛劲先把林晓春叫进办公室,林晓春吞吞吐吐地告诉牛劲,捐钱给贫困学生这件事是肖冬悄悄告诉他的。

牛劲觉得事情有点蹊跷。为了弄清事情的真相,牛劲通过各种渠道找到了正在师范大学念书的刘岚岚,当牛劲刚一问起肖冬是否资助她念书时。刘岚岚就在电话的那头哭泣了起来,她说自己如果没有肖冬的鼓励,就不可能坚持自学并考上大学,她上大学后，肖冬见她家境困难，资助了她800元钱。她说，肖冬是她的大恩人，她从肖冬的身上学到了很多的东西。

只有部队才能培养出这样的好兵！刘岚岚最后的这句话砸到了牛劲心灵深处最柔软的地方，这一刻，肖冬在他心目中的分量一下子加重了。

林晓春的这篇报道发表后，引起市双拥办领导的高度重视，几位领导都来到守桥中队，他们在牛劲和中队长的陪同下，找到了肖冬，他们让肖冬带他们去看猪圈里的那几头洋猪，当他们看到白白胖胖的洋猪时，都夸肖冬是个好兵，夸得肖冬两腮发红。双拥办领导临走前，和肖冬以及那几头洋猪合照了几张相片，领导对随行的市报记者说，市双拥办送给守桥中队的这几头洋猪，在中队官兵，特别是战士肖冬的精心呵护下茁壮成长，这是市双拥办和守桥中队"双拥"工作结出的硕果，你们要大力宣扬。

过了几天，市里的各家报刊上都刊登出民政局领导如何关心送给守桥中队的那几头洋猪以及肖冬如何在养猪这个冷门工作中默默奉献青春的事迹。肖冬顿时成为中队转士官的头号热门人物。

不久，中队的转士官战士名额水落石出：肖冬、林晓春、吴晓、刘丰。

当中队长在中队官兵大会上宣布二年度兵留队名单后，会场内一片寂静。

"大家对留队人员有没有不同看法？"中队长吴成化问。

"我认为陈秋应该留队。"吴夏在沉闷的会场炸起一声响雷，"陈秋这两年为中队做了这么多的工作，大家有目共睹，为何他只有干活的命，到提士官时就把他一脚踢开，这样做公平吗？！"

吴夏的话引来一阵附和声，大家的目光齐刷刷地注视到龟缩着身子坐在角落的陈秋身上,此刻,陈秋铁青着脸,一言不发。

"陈秋确实是个好兵!"牛劲身子微微地颤了颤,眼里闪动着泪水,"这次因为受名额限制没有转成士官,我和中队长都很难过。"

牛劲的话语刚落,角落里传出陈秋低低的哭泣声,这哭泣声像一把尖利的刀深深地刺在牛劲的心房上。

肖冬在宣布命令前,尽管已经知道自己转士官已经是板上钉钉,但在宣布命令的那一瞬,还是欣喜地差点晕厥过去,只是当听到陈秋的哭声时,他才从幻觉中醒转过来,这一刻,他才真正领悟到什么叫残酷。

那天晚上,肖冬熄灯号一吹,就兴冲冲地钻进被窝,躺在被窝里,摸着胖乎乎肉墩墩的胸脯,禁不住喃喃自语:"想不到呀,想不到,我这么个山旮旯里冒出的土包子,一不留神就成了一名共和国的士官,没想到,真的没想到呀!"

说着说着,肖冬差点儿笑出了声,为了不让其他战士听到发出的快乐声音,他把被子盖过头顶,在被窝里,他又亮出了招牌式动作——让左手在被窝里画出一道弧线,尽管弧线的弧度很小,但还是觉得非常受用。他开始轻声地自吹自擂了起来:"肖冬,你很有才,你真太有才了。"

肖冬就这样尽情地享受着转士官后的快乐,不知不觉进入了甜甜的梦乡。梦中的他坐在一列热闹非凡的火车上,当火车从大桥开过时,大桥下的春水向上涨,于是,整列火车就漂浮在春水上。

"这列火车开往哪里?"肖冬问道。

"开往春天！"列车员笑眯眯地说。

"春天在哪里？"

"在你的心窝里。"二叔不知从哪儿冒出来，使劲地拍了一下肖冬的肩膀。这时火车上响起了美妙的音乐，旅客随着音乐的节奏翩翩起舞，旅客中有一位非常打眼的妙龄少女对肖冬目送秋波，肖冬也朝她咧嘴一笑，美梦也被笑声搅醒。

当肖冬闭上眼，想继续乘上那列笑声荡漾、春意浓浓的火车时，从上铺传来陈秋一声长长的叹息，声音尽管很轻，但还是像一把细软却十分锋利的刀刺进肖冬的心，肖冬的心绪顿时变得惆怅不安，这种情绪迅速蔓延至全身。当陈秋的叹息声慢慢变成呼噜声，肖冬的心情才略微平静下来，蹑手蹑脚地把头探向上铺，发现陈秋的手露在外头，便轻轻地提起被子，为陈秋盖上手臂，这一刻，肖冬发现陈秋的被子湿漉漉的。

第二天早晨，整夜都睡得不踏实的陈秋一大早便起了床，心事重重地走向中队的菜地，在桃树边，他再次和牛劲不期而遇。

"指导员，早上好！"陈秋在牛劲的身后笔直地立正。

牛劲转过头，轻轻地抚摸了一下陈秋略显单薄的肩膀，想说些什么，但就是张不开嘴。

"指导员，明天我就要离开军营，有件事我不知该说不该说？"

"有话就说出来吧，憋在心里多难受。"

"你知道我为什么在听嫂子讲述那棵桃树的故事时，禁不住失声痛哭吗？"

"不太清楚，但我猜测你或许是因为得知自己转士官无望，因而心情不好。"

陈秋摇了摇头。

"那是什么原因呀?"

"因为刘一斤是我的二舅!"

"你虽然和刘一斤都来自同一个省,但并不在同一个县呀。"牛劲一脸的惊愕。

"我的母亲因为不愿意在贫瘠的家乡生活,所以远嫁他乡。"

"我和刘一斤亲如兄弟,他的外甥分配到守桥中队,总得给我通一口气吧?!"

陈秋长长叹了口气,他向牛劲诉说了二舅刘一斤退伍后的坎坷经历——

退伍后的刘一斤回到贫瘠的家乡,原先与他情投意合海枯石烂的女友陈岚听说刘一斤没转成志愿兵。一气之下,远走他乡打工去了,后来嫁给了一个包工头。

那段时间是刘一斤人生道路上最灰暗的时光,他不仅在个人感情上遭受挫折,还受到了父老乡亲的冷眼旁观,村里有人取笑他:"刘一斤,你在部队待了整整六年,到退伍了怎么还是个战士?"

更有甚者,居然说刘一斤在部队吊儿郎当,现在犯了错误,被部队开除回来。

刘一斤受不了冷嘲热讽,决定远走高飞,到外地打工。

那是一个阳光明媚的早晨,刘一斤穿上没有肩章的部队作训服,头戴没有警徽的军帽,肩上背着装满行李的军用背包,从村尾雄赳赳、气昂昂地往村头的小路上走,他边走边唱《我是一个兵》:

我是一个兵

来自老百姓

打败了日本侵略者

消灭了蒋匪军

……

六年前,刘一斤也是唱着这首歌从村尾走到村头去当兵的,那时的他风华正茂意气风发,对未来充满了美好的憧憬,他的歌声里透进缕缕金黄色的阳光。几度风雨,几度春秋后,刘一斤的歌声里揉进了淡淡的忧伤,但刘一斤的头始终仰得高高的,他发誓:一定要在外面的世界混出名堂来,为自己也为家人争一口气。

当刘一斤来到传说中遍地黄金的深圳特区,站在闪烁着霓虹灯的夜空下,呼吸着湿润而温暖的空气时,刘一斤真真切切感受到自己已经站在它的肩膀上,但同时他觉得又像在做一个梦。

那段时间,在刘一斤耳边,是一句也听不懂的方言;在他眼里,是一张张陌生的面孔;在心里则是无边无际的孤独和无助。由于工作没有着落,刘一斤就在街上给人擦皮鞋,当出卖劳力的搬运工。来深圳特区一段时间后,他认识了一些比他早来深圳特区打工的退伍军人,并和他们结为朋友,以战友相称,这帮战友替在深圳特区举目无亲的刘一斤到处找工作。最后一家颇有名气的中外合资企业决定聘用刘一斤。这家企业因为效益好,所以聘用的工人工资很高,企业对应聘者的条件也很苛刻,但刘一斤既没有参加考试,也没有参加面试就被录取了,确实出乎他的意料。

清晨,当刘一斤兴冲冲地跨进这家企业大门时,该企业年轻的中方吴经理早已在门口恭候他了,见到刘一斤,他走上前,紧紧地握住刘一斤的手。

吴经理问:"你知道我为什么收你吗?"

刘一斤摇摇头。

"朋友，实话告诉你，我也当过兵，我知道一个在军营默默奉献六个春秋的老兵有怎样的胸襟。"吴经理的手重重地拍在刘一斤的肩膀上，眼睛红了一圈。

刘一斤的眼里也涌满了泪水，觉得当兵的经历是他人生旅途中最值得显耀，也最值得珍惜的东西。

以后的日子，刘一斤把这家企业当作自己的人生第二起跑点，他对工作非常投入，很快就掌握了各种技能，成为企业的业务尖子。经理待他也不薄，每个月都给刘一斤开出比其他工人高出许多的工资。

刘一斤在这家企业里一干就是六年，期间，他和一个在同一个厂里打工的江西老乡结了婚，并生了一个儿子。两人夫唱妻随，日子过得非常滋润。工作之余，刘一斤有时和那些五湖四海来深圳特区打工的战友们聚在一块儿，喝着酒，兴味盎然地谈论着过去在部队的经历，这会儿，刘一斤心情格外好，真有朋友遍天下的感觉。

六年之后，刘一斤有了回家的想法，毕竟深圳特区只是他人生旅途的一个驿站。故乡才是他的根。刘一斤与妻子经过反复商议，决定回家创业。

当刘一斤把自己准备辞职回家创业的想法告诉吴经理时，吴经理对刘一斤进行了非常诚意的挽留，但当他知道刘一斤去意已定，就不再挽留了。其他员工辞职，企业多发两个月工资，刘一斤辞职，吴经理多发他半年的工资，还亲自开着小轿车把刘一斤全家送到车站。

当刘一斤上车时，吴经理原地立正，给刘一斤行了个标准的军礼:"谢谢你这些年对企业做出的贡献!"

刘一斤急忙回了个标准的军礼,想说些什么,但嘴巴就是张不开,代替他语言的是两行清泪。

当刘一斤兴致勃勃地赶回故乡时,心凉了半截,与深圳特区的飞速发展相比,家乡这些年的变化太微不足道了。

刘一斤回家后,按原先计划要把这几年赚的血汗钱,在家乡盖一幢三层楼的小洋房,出一口当年被乡亲奚落的恶气。但后来房子只盖了一层,刘一斤就不准备盖了。

这时的刘一斤一门心思放在竞选村长上,他向乡亲们喊出了一个响亮的口号:"我是党员,请投我一票!我要用热血和智慧带领你们奔小康!"

选举结果,刘一斤以高票当选村长。

当选村长后,刘一斤意识到家乡经济要发展,第一件事就是必须把原先家乡与外面世界连接的羊肠小道拓宽为马路。为此,他向镇党委打了多次要求拨款建路的报告,并多次跑镇政府、县政府,该找的人都找了,该说的好听话也都说了,经费却迟迟没有到位。

俗话说:"巧妇难为无米之炊。"没有钱要修路,好比痴人说梦。四处碰壁的刘一斤咬咬牙,决定把自己这些年辛辛苦苦赚下的钱全部拿出来修路。

当他把自己的想法告诉妻子,妻子瞪大双眼:"你是不是富得发烧,拣了个穷包袱背在身上,自己锅里的肉朝别人碗里装,值得吗?"

刘一斤瞪了妻子一眼,说:"我是党员,又是村长,不豁出去怎么行,等将来大伙都富了,我穷不了。"

刘一斤做出的决定坚如磐石，妻子无论怎样阻挠也是白搭。

第二天早晨，刘一斤故技重演，又穿上没有肩章的部队作训服，戴上没有警徽的军帽，背上装满行李的军用包从村尾走向村头，他一边走，一边唱自己编的土里巴叽的歌儿：

要想富得修马路
大伙快来跟我干
有钱的把钱出呀
没钱的把力出哟
快快把路修好呀
一块奔小康去哟

刘一斤极富感情色彩的歌声，随着缕缕阳光润进乡亲们的心田。

那天，刘一斤在小路边搭起了茅棚。百姓看领导，还有谁不上呢？全村家家户户关上门，男女老少齐上阵，他们带饭带水，路边架起高音喇叭，插上红旗，那场面与当年学大寨时颇为相似。经过村民近两个月苦干，宽敞的水泥大路终于修好了。

为了修这条路，刘一斤花费了这几年所有积蓄，有了路，家乡与外界的联系多了，这些年，家乡经济有了飞速的发展。刘一斤还不满足，还在村里成立了"农业科技"小组，指导乡亲科学种田，从单季稻到双季稻的种植，从稻苗培养到开花结果都下功夫，引导乡亲科学种田，多种经济齐头并进。刘一斤的工作干得红红火火，乡亲们的日子过得滋滋润润。

陈秋来当兵之前，百忙中的二舅刘一斤特意到他家，了解到陈秋当兵与他当年当兵在同一个城市时，眼里便涌出了热泪，他说，虽然离开部队许多年了，但守桥中队是他人生的起步点，那里的一草一木至今仍令他魂牵梦绕。二舅要陈秋新兵连训练结束后，自告奋勇去条件艰苦的守桥中队，去看看他当年离开时，让牛劲种下的那棵桃树是否开花结果了，并帮他寻回当年失落的梦。还说守桥中队的指导员牛劲是他非常要好的朋友，到部队后，有什么困难可以找牛劲，刘一斤临走前，还叫我捎封信给你……

"你为什么不早把信交给我？"

"我到中队后，发现指导员对我二舅种下的那棵桃树有着很深的情感，说明指导员心里还一直惦记着二舅。如果我刚到中队，就把信交给你，以后你肯定会对我呵护有加，这样其他的战士就会在背后说闲话。说心里话，我不喜欢被人指指点点，我喜欢当一个踏踏实实、有尊严、有个性的兵，所以考虑再三，我还是决定不把信交给你。"

"快把信给我瞧瞧。"

陈秋把手伸进内衣口袋，当他小心翼翼地掏出信时，已泪如泉涌。牛劲似乎预感到什么，攥着陈秋的手，急切地问道："刘一斤现在怎么一点音讯都没有？"

"二舅知道我在守桥中队当兵后，本来要来看我，看看他原先的老部队。可后来发生的一件事改变了所有的一切。那天清晨，二舅路过家乡那条西子河时，听到一名溺水儿童的呼救声，刘一斤和另外几个村民迅速朝江边奔去，刘一斤边跑边脱去上衣，到了江边，迅速跳入寒冷刺骨的江水中，奋力朝溺水者游去，在水中，他抓到了溺水的儿童，并把他往岸上拖，就要到浅水区了，刘一斤的脚开始抽筋，他奋力把溺水儿童推上岸后，便软软地沉入水底，因水流湍急，刘一斤被水冲走了，当地先后出动了数百人进行搜救，但一切都无济于事，刘一斤的遗体是在当天下午3时被打捞上岸的。震撼人心的一幕出现了：刘一斤仰着头，双手向上举着，仍保持着救人时的托举姿势。即使用白布盖着，他的手仍直直地向上举着。二舅牺牲后，县里追认他为烈士。村里的百姓为了纪念他，在那条新建的马路上制作了一座玻璃钢塑像《托举》……"

如五雷轰顶，牛劲整个人愣怔在那儿，半天缓不过神。

二十一、心搁在营盘

老兵退伍的前一天晚上，守桥中队全体官兵在中队食堂加餐。即将退伍的中队掌勺人陈秋那天亮出做锅边糊的绝活儿，只见他站在锅台边，左手提着油抹子，右手拿着一只碗，舀了大半碗的米浆胸有成竹地往锅沿倒入一个圆圈，然后盖锅盖，掀盖，拿锅铲往锅沿一铲，残留在锅沿的米片就全部干净地落在配好佐料的清汤里，他如此这般纵横捭阖，左右开弓，就像在全身心地制作一件精美的艺术品。

那天会餐，当牛劲吃上嫩嫩脆脆的锅边糊，心里有种说不出的感觉，他在心里做了一种假设：假如陈秋早把刘一斤写的信交给他，那他无论如何也得为陈秋争一个士官的指标，但陈秋这个质朴腼腆的战士却在最后时刻才跟他兜底儿，陈秋还告诉牛劲，他并不是为没转成士官悲伤，而是为没实现二舅的愿望而难过。这让牛劲陷入更深的痛苦和自责之中。

那些日子，牛劲夜晚时常难以入睡，睡不着觉时，他就翻翻《解放军报》《人民武警报》，惊奇地发现这些报纸时有发表因机关工作组太多以致影响基层工作的文章，看着这些文章，牛劲心里忽然生出悲哀，这一刻，他意识到陈秋提的意见其实是正确的，但这却成为他不能转士官的主要原因，这对陈秋无论如何是不公平的。牛劲在为陈秋惋惜的同时，又做了一个假设，假若陈秋留队了，那肖冬、林晓春、吴晓、刘丰就得有一个退伍，那这个人会是谁呢？手心手背都是肉，牛劲觉得非常难取舍，他们四人都是非常优秀的士兵，不管谁走，都会使牛劲感到一种刻骨铭心的痛。

当所有的菜都上齐后，一身油垢的陈秋从伙房走出，正要入座，却被吴夏硬拖到身边坐下。

"陈秋，你退伍后准备干什么？"

"现在还没想好。"

"我父亲在老家开了一家酒店，你退伍后干脆就到我父亲开的酒店里当厨师。"

"我炒菜的手艺哄哄你们马马虎虎，要到酒家当厨师，可就丢人现眼了。"

"你若不喜欢当厨师，就和我一起开长途货车，父亲答应我当兵退伍时，给我买一辆货车。"

"我还没想好呀。"

"不要犹豫了，男子汉，该出手时就得出手。"吴夏为陈秋斟上一杯啤酒，并把自己酒杯里的啤酒一饮而尽。

陈秋虽不胜酒力，但还是喝下这杯酒。

这时，角落里不知谁起头唱道："战友、战友亲如兄弟，革命把我们召唤在一起……"，这略带伤感的歌曲引起共鸣，大伙和着音乐的节奏唱了起来，歌声由高亢转悲凉，一曲终了，个个泪眼蒙眬泣不成声。

会餐结束后,陈秋回宿舍整理行李,发现行李里有一瓶"剑南春"酒,当他欲把酒拿出,却被肖冬阻止。原来肖冬把原先准备送给指导员,而最终没有送出的"剑南春"酒偷偷地塞进陈秋的行李中。

"你这是什么意思?"陈秋问。

肖冬狠狠地扇了自己一个耳光,说:"陈秋,我对不起你呢,上回实弹考核,如果不是你给我打气,没准我还要吃鸭蛋。另外,上次选副班长,按约定,我俩互投对方的票,可我最后却违背诺言,投了自己的票,这回转士官,我又占了你的名额。你对我这么好,我却是狗吃青草——长着一副驴心肠,实在对不起你呀。"

"你不要想得太多了,你能转士官,是脚踏实地干出来的,并没有欠我什么债,不要太自责。"

陈秋说着,把酒往肖冬怀里塞,肖冬急忙推脱,两人推让了许久,肖冬见陈秋执意不收,又狠狠地扇了自己一个响亮的耳光,说:"陈秋,你今天要不收下这瓶酒,我会永远感到内疚的。"

肖冬说完,又要扇自己的嘴,陈秋急忙抓住肖冬的手,他的手轻轻地摸了摸肖冬两腮清晰的五指印,说:"兄弟,我收下了。"

第二天早晨,牛劲和中队干部都到火车站为即将退伍的老兵送行。每年的这一天,牛劲心里都充满了悲伤。前几年,他每次到火车站为老兵送行,就觉得那些老兵都是他的骨肉兄弟,现在他们要远行了,不知道猴年马月才能再见上一面。这么一想,他的情感闸门便瞬间打开,泪水像奔涌的潮水往外涌,哭得稀里哗啦山崩地裂。今年,牛劲告诫自己要控制住感情,但当他望着老兵一张张熟悉的面孔,发现要控制住感情非常困难,那潜伏在心底沉甸甸的情感,到了一定程度或者在某一特定环境下,将毫无保留地倾泻出来。

那天,火车站的气氛很压抑,戴着大红花的老兵围成一圈,谁都不愿意说话。许是为了搞活气氛,吴夏笑眯眯地说:"你们觉得我戴着大红花,像不像即将入洞房的新郎官呀?"

原先大伙听到这样调侃的话,准会哈哈大笑,但今天却没有一个人笑。

"呜——"火车的一声长鸣预示着老兵即将上车了。这一刻,火车站广场上响起浑厚伤感的歌声:

> 一把拉着老兵的手
> 真舍不得让你走
> 这几年咱兄弟的缘分才刚开了头
> 为啥说走你就走……

歌声就像导火索,引爆了一片哭声,夹杂在老兵人流中的牛劲,与每个匆匆而过的老兵握手道别,每握一次手,他的嘴里都重复这么一句话:"大家不要难过,你们过去是我的兵,退伍到地方后,就是我的骨肉兄弟,将来遇到什么事,可以到中队找我呀!"

此时,牛劲觉得自己对每个老兵说的话都发自肺腑,无须任何掩饰与加工,浓烈的情感就像水龙头里的自来水奔涌而出。

陈秋最后一个与牛劲握手。俩人握手的时间特别的长,牛劲对每个老兵说的话这会儿忽然卡在了喉咙口,就像水龙头被关了阀门。

摘下帽徽和领花的陈秋脸上挂满了泪水,他也想对牛劲说些什么,但话到嘴边却又咽了回去。

即将登上火车的那一刻,陈秋挺直腰板,向前来送行的全体官兵庄严地行了一个军礼，憋在嘴里的话终于喷出："亲爱的战友们，将来无论我走到哪里，都是守桥中队的兵，明年春天到来的时候，我要重回守桥中队，为全体官兵理个发，掌一次勺。"

牛劲打了个愣怔，这一刻，终于破译了刘一斤那步荒唐的棋所蕴含的深刻寓意，他眼里的泪水夺眶而出。

你瞧——立在棋盘底线的"兵"多像即将要离开部队的军人，棋盘就像军营，军人再向前一步就离开了军营，但他的心却永远跨不出营盘……

二十二、英雄是这样诞生的

送走老兵的那天夜晚,牛劲一夜无眠。

第二天早晨,牛劲吃过早饭,刚来到办公室,电话铃声便响。接起电话,牛劲的脸色变得异常冷峻。

电话是当地公安机关打来的,他们要求守桥中队立即派出十名精干人员到当地派出所集中,参与捕歼杀人逃犯陶勇三。放下电话,牛劲马上找到中队长吴成化,吴成化听说要捕歼逃犯,立即扎起腰带,戴上帽子。

"喂,吴中队长,参加捕歼人员名单还没确定,你急什么?"

"我看这回就由我带战士参与捕歼战斗,你就不要去凑热闹了。"全副武装的吴成化朝警容镜子努努嘴。

"你这话什么意思?"扎上腰带的牛劲也在警容镜子面前挺了挺胸脯。

吴成化眨了眨眼:"你刚结婚,身上还带着喜气,现在去参加捕歼战斗,恐怕不太合适吧。"

"怎么,你怕我抢了你的功劳。"牛劲朝吴成化眨眨眼。

吴成化被牛劲搞得哭笑不得，无奈地摇摇头："看来你是不肯接受我的一番好意了。"

"谁叫我姓牛，要知道牛的一生都是劳碌命呀。"牛劲装出一张愁苦的面孔，却掩饰不住内心隐秘的激动。牛劲这么激动当然有他的道理，他在守桥中队待了这么长的时间，极少接到参与捕歼战斗的任务，俗话说"养兵千日，用兵一时"，他可不愿意放弃这次一展身手的好机会。

牛劲和吴成化经过紧急商议，决定让提士官的肖冬、林晓春、刘丰、吴晓和另外四名战士参与捕歼任务。他们一行十名干部、战士，坐上中队的大卡车，以最快的速度赶往当地派出所。派出所所长赵金生介绍了案情：罪犯陶勇三是下里乡农民，当过兵，据说在部队时还是个神枪手。前天夜晚，他持枪闯进当地一家信用社，开枪打死一名值班人员，抢劫大量现金后逃窜，根据公安机关目前掌握的线索，犯罪分子正朝守桥中队所处的方向逃窜，由于守桥中队四面环山，山高林密，而且罪犯个性怪癖，行踪诡秘，使捕歼罪犯的难度大大增加。公安机关决心采取"设卡、查缉、搜捕"的手段擒获罪犯。

"上级有指示，罪犯如果拒捕，可以当场击毙。"捕歼罪犯会议结束的时候，派出所所长赵金生的手在空中有力挥了挥。

赵金山对参加捕歼战斗的人员进行了分工，按照分工，牛劲和肖冬埋伏在一片茂密的草丛中，注视着前方那条羊肠小道上过往的行人。

能与指导员做搭档参加捕歼罪犯，这对肖冬来说是再爽不过的事情了。与牛劲一起来到草丛边时，肖冬还是掩饰不住内心的激动，手舞足蹈起来。

"喂，罪犯还没抓到，你就想开庆功会了？"牛劲板下脸。

"指导员，我有一种预感，罪犯肯定会栽在我们手里。"

"此话怎讲？"

"指导员，你有没有发现自己现在的运气特别好，工作得心应手，深得领导赏识，爱情路上也是春风得意，嫂子人长得漂亮，心肠又好，爱情事业双丰收。我最近也是春风得意马蹄疾，养了几头洋猪，居然能上报纸的显要位置，轻轻松松就转成了其他战士梦寐以求的士官。你说罪犯不往我们手里栽，还往哪里跑呀？"

"你不要高兴得太早，我们面对的是一个非常凶残的罪犯，脑子里的弦可要绷紧了。不许吭声，注视前方的风吹草动。"牛劲表情冷峻。

时间一分一秒地过去，一晃进入了深夜。一直注视着前方七八米处那条小路的肖冬打了个哈欠，顿觉腰酸背痛。他把枪朝怀里搂了搂，揪了两棵稗谷样的狗尾巴草，边刷着长满粉刺的脸颊，边轻声问道："指导员，几点了？"

"十一点。"

"我还以为下半夜了。"肖冬又打了个哈欠。

牛劲把一盒风油精递给肖冬，肖冬在额头上涂了一点风油精后，又低声问道："指导员，难道我们就一直这样守株待兔下去吗？"

"你想打退堂鼓？"牛劲低声应了一句。

"不是那个意思，我是怕兔子不上钩，我们在这儿白守了。"

"没有总指挥部叫撤的命令，就得一直待下去。"牛劲朝肖冬瞪了一下眼睛，"赶快闭上你的嘴，要知道夜里声音传得远着哩……"

其实，牛劲自己心里也急，非常希望这条小路能迎来可以煽动人的欲望和冲动的响声，可令他失望的是从白天到夜晚居然没有一个人从这条路上经过，整条小路显得悄无声息。牛劲的目光从远处一点点地往回收，过膝深的茅草保持着一种幽幽的静态，细风中慢腾腾地摇晃着。朗朗的夜空被茅草割出许多神秘的图状，有几颗星星被框在这图形中，牛劲的目光与星星久久对视，开始企盼肖冬的预言能成为现实。现在，从牛劲心底升腾起当英雄的想法就像月光一样晶莹透亮。

小路边的草忽然有了异样的晃动。牛劲和肖冬屏住呼吸，轻轻地把子弹上了膛，开始瞄准前方。

晃动的草丛中闪出一只小兔子，牛劲和肖冬同时发出了轻轻的叹息声。

"真没劲。"肖冬揉了揉眼睛。

"不要丧气，好戏还在后头呢。"

"指导员，你也相信罪犯真的会撞到我们的枪口上？"

"我确实盼望罪犯撞到我们枪口上。"

"看来指导员也想当英雄。"肖冬笑了笑。

"当然想，你呢？"

"想，都快想疯了。"肖冬两眼闪着白光。

"我看你不像英雄，倒更像狗熊。"牛劲低声调侃道。

"我知道指导员瞧不起我，我这人特自私，特会做表面文章。"肖冬低垂着头，给了自己一个响亮的耳光。这声音在寂静的夜里显得格外的夸张。牛劲急忙竖起中指，示意肖冬不要再发出声音……

当旭日从东方升起时，熬了一个通宵的牛劲和肖冬眼里布满了血丝。

"指导员，现在我对自己的预感产生了怀疑。"肖冬摸了摸脸上的粉刺。

"总指挥部没叫撤，说明罪犯还没抓到。只要我们有耐心，罪犯就有可能落在我们手中。"牛劲一副信心十足的模样，其实心里也在嘀咕：罪犯究竟会跑到哪儿去呢？

又过了一个大白天。

在夜幕重新降临时，疲倦就像一张黑色的网笼罩在牛劲身上，这会儿，牛劲觉得自己就像参加马拉松赛跑的运动员，在经历最艰难的缺氧时刻，运动员只要挺过了缺氧折磨后，就能一身轻松地向着目的地奔去，而牛劲累得腰酸背痛，却不能保证能抓到罪犯，这么一想，牛劲的脸上不禁罩上了一层淡淡的惆怅。他歪过头望了望身旁的肖冬，这时的肖冬两眼正不眨地注视着前方，也许是受了牛劲言语刺激，肖冬整天都处在亢奋状态中，卧在草丛中的他变换着各种姿态，以使自己保持良好的状态。

前方小路边的草丛再次出现了轻微的晃动，牛劲和肖冬屏住呼吸，目视前方。

小路边的草丛又恢复了平静。

牛劲和肖冬仍瞪大双眼，注视着前方。

一块石头从草丛边飞奔而来，石头刚好砸在肖冬的头上，肖冬的头上顿时血肉模糊，此时的肖冬却显得异常镇静，卧在草丛中的他像一尊石雕一样纹丝不动。

看到前方没有动静，逃窜多日，已成惊弓之鸟的陶勇三终于从小路边的草丛边露出了头，东奔西逃的他已经瘦成了一把骨头，变得人不像人鬼不像鬼。他的左手握着一个皮包，皮包里装满了百元钞票。为了这些钱，他铤而走险，犯下了命案，现在这些钱对于疲于奔命的陶勇三来说，已经没有任何意义。自知罪孽深重的他把皮包握在手里，是想万一被追捕的人发现，就把手中的钞票朝他们扔去，希望这些钞票能救他一命。现在对他来说，生命比任何东西都更有价值。

陶勇三战战兢兢地走在小路上，这时从草丛里传来了雷滚般的喊声："站住，举起手来！"

陶勇三顿时慌了手脚，他把手中的皮包朝草丛里扔去，嘴里喊道："兄弟，放我一马吧，我把钱都给你们。"

"举起手来！"滚雷般的喊声再次响起。

陶勇三意识到自己的末日即将来临了，孤注一掷的他开始做最后的顽抗，把手伸向自己的腰间想去拔手枪。这时牛劲和肖冬同时扣动扳机，两发子弹同时击中陶勇三的要害部位，结束了他的罪恶生命……

二十三、雪落在春天里

牛劲怎么也没想到只用一秒就当上了英雄，处于亢奋状态的他不断回忆当时的情景。当牛劲扣动扳机那一瞬，手还略微有点儿颤抖。但他和肖冬射出的子弹还是准确无误地击中了罪犯陶勇三的要害部位。罪犯发出一声凄厉的喊叫声后，便四仰八叉地倒下。肖冬握着枪朝罪犯倒下的位置跑去，当证实罪犯已被击毙，肖冬眉一扬，口一张，层层笑纹痛快淋漓地从嘴角漾了出来。

"指导员，这回我们真的当上英雄了！"欣喜若狂的肖冬紧紧地抱住牛劲的身子。

牛劲也兴奋得难以自持，拿出对讲机，用颤抖的口吻说："001……001……我是005……罪犯已被击毙……罪犯已被击毙！"

这次捕歼任务的圆满完成，给牛劲和肖冬带来了好运，牛劲荣立一等功，肖冬荣立二等功。守桥中队荣立集体三等功。支队还召开了隆重的表彰大会，身戴大红花的牛劲和肖冬坐在往开往支队的吉普车上。那天，肖冬的气色显得格外的好，眉飞色舞说："指导员，这几天晚上，我睡觉时都会笑出声来。我们的运气现在是挡也挡不住！"

"别太高兴了，在荣誉面前，我们应当少一份躁动，多一份思考。"牛劲两眼望天，做沉思状。

"指导员，我觉得现在的你和过去有点不同。"

"有什么不同？"

"我不敢说。"

"有话就直说呗，堵在心里多难受。"

"过去你直来直去，有一说一，有二说二。现在的你讲话斟词酌句，想说的话却不敢说出来，就拿今天来说，你虽然高兴得梦中都会笑出声来，可表面平静如水，让人琢磨不透。"

牛劲笑了笑。

"指导员，这段时间，我心里藏着一句话想问你。"

"你就问吧。"

"指导员对我印象怎样？"

"今天我也实话实说，不是太好。如果中队只有我一个主官，你可能转不成士官。"

"为什么？"

"因为你爱做表面文章。"

"看得出来，你喜欢陈秋那样的兵。"

"对，我确实喜欢陈秋这个踏踏实实干事，敢说真话的兵。"

"说心里话，这些日子，我老是觉得对不起陈秋，老兵退伍后，这种感觉一直缠绕在我的心里。"肖冬眼里闪烁着泪花。

"客观地说，这两年，你在部队干得相当出色，转士官那是水到渠成，完全没必要内疚。"牛劲重重地拍了拍肖冬的肩膀。

肖冬感受到一股暖意正从指导员的手心渗入心田，挺起胸脯,响亮亮地说:"决不辜负领导的期望,扎扎实实做好本职工作,不再做表面文章。"

"今天我们打开天窗说亮话,你就没必要在我面前表决心。"

"我不是在表决心,而是真的想改变自己。指导员,在部队,最了解我的人非你莫属,我是你接来的兵,在部队,在你的教诲下,我从一名普通的士兵成长为一名士官,有一首歌是这样唱的:爹亲,娘亲,不如解放军亲,我要把词改为爹亲,娘亲,指导员更亲。对指导员,我的心里除了敬仰,剩下的还是敬仰。可这些日子,我的心里却憋着一句指导员可能不爱听的话。"

"肖冬,不要婆婆妈妈的,打开天窗说亮话。"

"那我今天就打破脑袋叫扇子扇——豁出去了,指导员,说句真心话:我更喜欢过去的你,敢于穿大鞋,放响屁。不喜欢现在的你,瞻前顾后、畏畏缩缩。"肖冬提高了嗓门。

牛劲打了个战,瞪大眼睛望着肖冬,在牛劲眼里,肖冬就是琉璃球掉进油篓里——小滑蛋一个,可今天就是这么个小滑蛋居然会说出如此直率的话。对于肖冬的这种变化,牛劲感慨万千,真想说:肖冬,不要变得像我以前那样耿直,那要付出代价,但他最终还是把到口的话咽了回去。

支队隆重的表彰会结束后,牛劲和肖冬戴着大红花,喜气洋洋地往回赶。吉普车快开到守桥中队时,天上下起了雪,牛劲和肖冬都生长在南方,长这么大还很少看到过雪,牛劲叫吉普车停下,他和肖冬走进漫天飞舞的雪中。

"指导员,冷吗?"

"冷。"牛劲直跺脚。

"那我们跑跑步吧。"

"好。我来喊口令：跑步走！"

牛劲和肖冬的身影在白雪茫茫中穿行，中队的吉普车紧跟着他们。

在中队边的小山坡上，两人停下了步子。此时的中队笼罩在茫茫白雪之中，隐约可见战士们在雪中玩耍，有的用积雪堆小雪人，有的在雪中奔跑,那龙腾虎跃生龙活虎的身影让牛劲感慨万千。

"肖冬，我考考你，能用一句话来形容中队此时的情景吗？"

"可以。"肖冬背着手，摆出一副诗人的模样，大声吟道，"雪落在守桥中队的春天里！"

"妙，实在太妙了。肖冬，你怎么能吟出这样意境深远的句子？"

"因为守桥中队已经融进我的血液。"

"深刻，实在深刻。"牛劲击掌叫好。

"指导员，刚才，我只不过壁虎掀门帘——露一小手儿，其实我肚子里的墨水还多着呢。想当初，你就不应该让我去养猪，如果让我去写诗，林晓春哪是我的对手呀。"肖冬一脸的成就感。

"你别臭美了，夸你一句，便分不清东西南北了。"

"指导员，那你看我究竟有没有才？"

"你有没有听过这样一句顺口溜：猪八戒喝磨刀水——内秀（锈），看来你有这么个味。"牛劲在肖冬的屁股上狠狠地踢了一脚。

支队的表彰会刚结束，总队组织英雄事迹报告团，点名牛劲为第一演讲者，这样一来，牛劲有了一个多月的时间到各支队去做演讲，并被各级领导接见以及同各级领导合影，且为无数的崇拜者签名、接受他们的献花。

从英雄报告团刚回到守桥中队，牛劲就接到马政委的电话。

"牛劲，恭喜你！"马政委兴冲冲地说。

牛劲一头雾水，不知马政委葫芦里卖的啥药，便问："政委，你是不是在恭喜我即将高升了？"

"你在正连的位置上干了整整五年，到现在才提职，有什么好恭喜的？"

"那政委究竟要恭喜我什么呢？"

"那你就听我慢慢道来。"马政委清了清嗓子，"前些日子，根据总队政治部领导的指示，我们把你的先进事迹材料上报，政治部领导看了，觉得事迹材料非常感人，很有时代意义，便把材料转给总队领导看，总队领导看了之后，都认为你在艰苦的工作岗位上甘当老黄牛的精神应当大力提倡。总队领导在常委会上一致同意把你推为我省武警部队唯一的'十大忠诚卫士'候选人上报武警总部，参加全国武警系'十大忠诚卫士'的评选，至于能否评上，现在谁也不敢下定论。"

牛劲知道"十大忠诚卫士"评选是武警部队每年规格最高的民主选举。评上"十大忠诚卫士"的人员要接受中央领导人、中央军委领导、武警总部领导的亲切接见。在牛劲看来能评上"十大忠诚卫士"的人，个个都是方脸大耳且身手不凡。他压根儿就没有想过自己这么个凡夫俗子居然会成为全国武警部队"十大忠诚卫士"的候选人，更不要说被评上"十大忠诚卫士"。尽管现在马政委言之凿凿，牛劲还是觉得不可信，笑着对政委说："政委，你是不是把今天当作愚人节？"

"今天即使是愚人节，我也不会和你开这么大的玩笑。"

"可我还是不太相信。"牛劲笑了笑，"这些年，我在守桥中队瞎忙，干的全是些鸡毛蒜皮摆不上桌的事儿，推荐我去评

'十大忠诚卫士'，那不是丢人现眼吗？"

"怎么能说这么不昂扬的话，恶贯满盈的罪犯陶勇三是被你击毙的吧？"

"那纯粹是瞎猫撞着死老鼠，再说击毙陶勇三的是我和肖冬两人，怎么能把功劳都揽在我的怀里？"

"闭上你的乌鸦嘴。"马政委大声呵斥道。

牛劲急忙闭上了嘴。

过了许久，马政委亲切柔和的声音又从话筒的那边传来："牛劲，你也不要拉着胡子过河——谦虚过度了，推荐你去参加全国武警系统'十大忠诚卫士'评选，这是组织上认真研究后做出的决定。这次你在捕歼罪犯陶勇三战斗中，大智大勇，表现得特别出色，成了我们总队的英雄。一个英雄的诞生绝不是一朝一夕完成的。翻开你的履历表，我们可以发现你在指导员位置上已经干了整整五年，五年时间里，与你搭档的前两任中队长都提拔了，你却原地踏步。你不像有些人那样到领导家送礼要位子，没有位子就向领导耍脾气，嚷着要转业。而是一门心思全花费在带兵上，以情带兵，用情暖兵。守桥中队连续两年被评为总队的标兵中队，这里面凝聚着你的心血呀。像你这样默默地在军营奉献青春的军人，就像杏花村的酒——后劲大。说实在话，我们部队就需要你这样的人才。"

"听政委这么一说，我觉得自己还真有点儿出息了。"

"这就对了呗。"马政委朗朗的笑声传了过来，"牛劲，这些日子，我看了你的个人简历后，忽然想起了一首诗。"

"什么诗呀？"

"清朝诗人袁枚的《苔》。"马政委清了清嗓子，开始声情并茂地朗诵:"白日不到处,青春恰自来。苔花如米小,也学牡丹开。"

牛劲的眼眶忽然有点湿了。

好事接踵而至,没过几天,总队政治部派出组织处吴干事到守桥中队采访牛劲,准备写一篇有分量的事迹材料上报武警总部。吴干事年纪不到三十,高个子,大眼睛,见人三分笑,一笑嘴角就漾出两个甜甜的小酒窝。别看吴干事年纪轻轻,但满腹墨水的他已是总队响当当的一支笔了。

接受吴干事采访的时候,平日口若悬河的牛劲突然哑了口,支支吾吾半天也说不到点子上。幸亏吴干事特别有耐心,不断地旁敲侧击,但牛劲还是不太开窍,回答不上问题的他拼命喝水,肚子像皮球一样鼓了起来。吴干事见了,笑道:"牛指导员,你的肚皮都快撑破了。"

牛劲笑了笑,拘束感没有了,思路顺畅了许多,开始把自己这些年在守桥中队经历的酸、甜、苦、辣一股脑儿说了出来……

刚送走前来采访的陈干事,牛劲到二大队当副教导员的任命书就下到了守桥中队,要求牛劲接到任命书后,立即前往新的单位报到。

接到任命书的那天,牛劲坐上中队的那辆破吉普车,到市区为中队所有的干部和战士每人买一件绿色的背心,至于他们要穿的背心号码,牛劲早已烂熟于心。

那天晚上,牛劲躺在床上辗转难眠。今天在与中队官兵们道别时,他原先想讲几句让人高兴起来的话,却怎么也说不出口。官兵们也想说些恭喜的话,但话未出口,眼圈却红彤彤的。尤其是肖冬，当牛劲与他握手时，他两眼亮晃晃，厚厚地包着泪水，像是有千言万语要说，牛劲轻轻地拍了一下他的肩膀，这一拍，肖冬眼里的泪水全部落在牛劲的身上，牛劲觉得就像一排排子弹咝咝叫着钻进自己的胸脯。

牛劲明白战士们舍不得他走，但他不能老待在守桥中队当指导员呀！所以在与战士道别时，牛劲的理智战胜了感情，尽量不让自己真实的感情表露出来。可到了夜深人静时，他对守桥中队浓浓的情感便像滚滚的潮水，在他内心深处奔涌不息。毕竟，牛劲在守桥中队待了整整十三年，灵与肉早已融进了这片土地。对于牛劲来说，能否评上"十大忠诚卫士"都能平静地对待，但要离开这片土地，却让他怎么也静不下心来。

一夜无眠的牛劲早早起了床。那时，天还没有亮，牛劲看了一下手表，才知现在是凌晨四点钟。

早早起床的牛劲没心情再钻进被窝，他在静悄悄的守桥中队营区外不知疲倦地来回走动，营区的一草一木、沟沟坎坎，甚至哪里出现细微的变化，他都了如指掌。这一刻，牛劲觉得自己就像即将南飞的孔雀，有着五里一徘徊的伤感与惆怅。

在中队菜地的桃树边，牛劲停下了步子。此时已是深秋，桃树的枝干虽然已经变得枯黄，但在秋风下傲然挺立的枝干，却像剑一样指向苍穹。牛劲的手轻轻地抚摸着桃树的枝干，嘴里喃喃自语："刘班长，明天我要去新的岗位上任了，你要多保重！"

菜地边忽然起了一阵大风，桃树轻轻地晃动着，岁月的风尘和人世间的沧桑都抖落在桃树的枝干间……

给桃树浇灌完水，牛劲坐在桃树边，目光遥望远处。此时，天空黑漆漆的，牛劲的目光被厚重的夜色包裹了起来，根本无法触及远方。

牛劲揉了揉眼,这一刻,似乎看到一双闪着亮光的眸子从漆黑一片的远处探来——那是林二双天真无邪的目光。

自从老人黄其明给牛劲讲了林二双的故事后,林二双就在牛劲的脑海里打下了烙印。

"队长,你看见过火车吗?"牛劲的耳畔响起林二双轻声问黄其明的话语。

"让我告诉你吧。"黄其明大声回答道,"火车就像我们中队所有战士手拉手的模样。"

黄其明的声音穿过时空的隧道,回荡在耳边,牛劲似乎可以看到黄其明迈着蹒跚的脚步从远处缓缓走来。

前些日子,牛劲在桥头处碰到了一个中年男子,中年男子肩上扛着一架录像机,怔怔地站在桥头,每当火车经过时,他就开始紧张忙碌地录像。中年男子的模样与黄其明非常相似,牛劲推断中年男子是黄其明的孩子,上前一问,果然不错。

"你父亲现在如何?"牛劲轻声问道。

"我父亲两年前去世了,临终前,还念念不忘这座桥和火车。林二双17岁就为革命事业献出了年轻的生命,这令人痛心疾首的一幕,像一道经久不愈的旧伤疤嵌入父亲残余的岁月之中,散发出经久不愈的疼痛。这些年,父亲把对林二双的思念倾注在桥和火车上。对他来说,桥和火车已是他生命中很重要的一部分,每隔若干年,父亲总是在这种思念战友的情感驱使下,千里迢迢来到这个地方,当他看到桥面上奔驰而过的火车,林二双的音容笑靥便会清晰地浮现在眼前。"中年男子停顿了一下,揉了揉发潮的眼睛,继续说道,"父亲去世后,我和其他几个兄弟姐妹经过商议，决定到桥边把火车经过桥面的场景拍成录像，并把录像放在父亲的骨灰盒边，让九泉之下的父亲再看一眼这里的火车与大桥。"

中年男子走了，牛劲的心里又多了一份牵挂。老人黄其明之所以对大桥与火车有如此深厚的感情，是因为他把大桥与火车看成林二双的化身，在战火纷飞的年代结下血浓于水的战友情，不会随着岁月的流逝而稀释。和平年代，牛劲对大桥与火车也同样有着一份难以割舍的情感，这种情感随着即将离开守桥中队而变得越发真切。这个时候，牛劲总算明白刘炳堂老排长在离开中队时，为什么看到奔驰而过的火车会泪流满面。

这些日子，牛劲品嚼最多的就是守桥中队给他带来的甜美丰盈的爱情。爱诗的娇妻善于苦中取乐，新婚之夜过后，手脚麻利的她就下伙房帮厨，替战士缝补衣服，帮战士解答各种问题。那段时间，牛劲在中队的风头被刘芸给压住了，战士们笑称刘芸为"第二指导员"。

新婚假期匆匆而过，当刘芸离别时，牛劲脸上罩着一层愁容，刘芸却笑着轻声对他说："你这个小傻瓜，怎么不知道小别胜新婚？！"

刘芸用非常独到的见解来理解两地分居，认为两地分居是考验夫妻感情的最好办法，也会使爱情更浪漫更有想象的空间，见了面后，更会爱得昏天黑地死去活来。

"这才是真正的爱情！"分别时，刘芸一脸幸福地微笑。

牛劲曾看到不少两地分居的部队战友，分别时，都是儿女情长地大哭一阵，与他们相比，妻子倒显得豁达许多，把两地分居的日子说成富有情调，牛劲知道妻子这句话是美丽的谎言，是为了让自己的丈夫安心在部队服役。妻子这次回家后，把牛劲年迈多病的母亲接到市区，和她住在一块儿。婆媳之间相处得十分和睦，这使牛劲少了一份牵挂，多了一份感动。

离开了桃树，牛劲又到守桥中队的哨所边。他不想惊动值勤的哨兵，于是，便站在远处望着哨兵，此时太阳还没露出地平线，天空、江水、树林都呈现在日出前最绮丽迷人的时刻，这时候一切都是那么清晰，就连四周的空气也像水一样清澈，一切景物的轮廓都朦朦胧胧。哨兵敏锐的双眼、黝黑的皮肤、笔直的身躯置身在这样的景致下，就像一曲气势磅礴的乐章奏响在守桥中队的上空。

远处隐隐约约传来了火车的轰鸣声。

牛劲屏住呼吸，用心聆听熟悉的声音。

当火车出现在牛劲的视野时，太阳慢慢地从东方升起，晨曦轻柔地网在火车上，给火车穿上了一件金黄色的薄衣，牛劲呆望着火车上闪动的亮光，突然感到火车就像长长的时光隧道，从茫茫黑暗岁月深处延伸过来。

"火车就像中队一个个战士手牵着手的模样。"

老前辈黄其明对火车的描述，突然出现在牛劲的视野。这一瞬，牛劲有一种身不由己的感觉，恍惚之中，眼前排着一列整齐的方阵。面对方阵，牛劲喊起了口令，今天，他喊口令的声音比以往任何时候都大，每一声前后都顶到位了，牛劲的喊声是用气声发出的，在他的胸腔和脑海里回荡，只有他能感觉到这令人青春勃发的声音。他用意念走起了正步，有力地挥动着手臂，那落地生根的脚板把大地踩得"砰砰"作响。牛劲就这样挺着胸脯，踢着正步向旭日走去。此时，奇迹出现了，奔驰而过的火车变成无数着橄榄绿的军人手拉手缓缓向前的模样。他们中隐约闪动着林二双、黄其明、刘炳堂、刘一斤等人的影子，身上跃动着旭日的金色光芒，光芒向前蛇行，直抵牛劲的脚下，牛劲似乎看到了自己生命的源头。

　　火车从牛劲的眼前消失了，但橄榄绿军人手拉手的模样，并没有从牛劲的视野里消失。他们身上那道生命的金色光芒在不断地颤动着，在时空隧道里幻化成一道彩虹，彩虹呈现出赤、橙、黄、绿、青、蓝、紫七种颜色，似流水浣纱、似烟雾氤氲，年轻的生命在这道绚丽的彩虹上跳跃、传承……

二十四、幸福的火车

当春风再拂守桥中队时，身着士官服的林晓春和肖冬不约而同地来到中队菜地边的桃树旁。此时，桃树正开出艳丽的花朵，芳香扑鼻。

转士官后，肖冬胖了许多。前些日子，他回家探亲，回家之前，肖冬从皮箱里摸出一套崭新的军装，这套军装是肖冬转士官时发的，他没舍得穿一次，平日训练或者干活，都穿着旧军装。

穿着新军装的肖冬回到偏僻的家乡，引起了小小轰动。回家那天，二叔早早地等在肖冬的家门口，当肖冬跨进家门时，二叔在门外跳起了秧歌，跳得兴起时，把一大串的鞭炮甩向空中，噼噼啪啪的鞭炮声引来许多的乡亲。

肖冬见到乡亲，一脸灿烂的笑。乡亲们摸着肖冬绿得滴水的新军装，发出一阵阵"啧啧"的赞叹声。

"你瞧我的侄儿多有出息，在部队待上两年，立了一次二等功，现在是一名响当当的武警士官。"二叔笑得嘴歪到一边去。

"士官在部队算什么级别的官？"一位满脸都是胡子的中

年人问道。

"现在的士官与过去的志愿兵差不多,士官在部队虽然与干部有很大的区别,但你们可不能小瞧了士官,士官管着好几个兵,叫手下兵往东,手下兵就得乖乖地往东,叫他往西,他就得往西。另外,你们有没有听过'兵头将尾'这句话,士官干好了,在部队非常有奔头。"

二叔的话引来了一阵附和声。

"我侄儿在部队两耳不闻窗外事,一心只想干事业,几年下来,还真让这兔崽子干出了名堂,军功章可以装满满一抽屉了。"

"那他在部队一定有很多姑娘追吧?"

"那还用说。追他的姑娘加起来可以装一辆大卡车了,尽管有许多姑娘美若天仙,可是肖冬这兔崽子就是有骨气,一个都没瞧上,他抱定一个信念,一定在家乡找对象!俗话说:'月是故乡明。'在那兔崽子的眼里,只有故乡的姑娘才是这个世上最清纯最美丽的。"

二叔的三寸不烂之舌为肖冬引来了不少的媒人,那段时间,肖冬家被媒人踏破门槛。肖冬相亲了好几次,最终,他与一个名叫赵红的姑娘正式确定了恋爱关系,赵红大眼睛、黑皮肤、大嘴巴,长相与王晓琳正好相反。与赵红热恋之后,肖冬喜欢上了大眼睛的姑娘,认为大眼睛的姑娘心地善良、清纯照人。至于为什么喜欢黑皮肤的姑娘,肖冬的解释是上学期间,常在语文课本上读到"黑里透红的皮肤"这个词,久而久之,黑皮肤在他脑海里就成了健康的代名词。而美女为什么必须具备大嘴巴,肖冬有独到的见解,民间不是有这么一句老话:"嘴大吃四方"。在肖冬看来,这句话既适用于男性,也同样适用于女性。肖冬是个很实际的男人，认为大嘴巴至少有两个优势：嘴大饭吃得快、吃得多，嘴大声音洪亮。肖冬对现代的青春玉女不感兴趣，尤其是与王晓琳分手后，见到樱桃小嘴的女人就头晕，肖冬用自己独创的美女标准往赵红身上一套，赵红便成为天下第一美女了。

自从有了心上人后，肖冬的干劲更大了，带领后勤班的几个战士从中队菜地边的乱石堆里开垦出2亩菜地，并把新开垦的菜地与原先的菜地连在一块儿。他和后勤班的战士在上面种上了十多种蔬菜，安上自动喷灌装置。肖冬还别出心裁地从附近买了100多个坛坛罐罐，先后放在营房前后、天台上、厕所旁、猪圈边，装上肥料，种上茄子、西红柿、萝卜、南瓜等蔬菜，现在中队的蔬菜基本实现自产自给。越干越来劲的肖冬还把猪圈旁边的一块空地用砖头围了起来，并自掏腰包买了十多头小兔子养在里面，白白胖胖活蹦乱跳的小兔子给肖冬的生活增添了很多的乐趣。

现在的肖冬爱情甜蜜蜜，事业有奔头，心宽体胖的他时常站在中队菜地边敞开胸怀，引吭高歌最拿手的《唱支山歌给党听》：

唱支山歌给党听
我把党来比母亲
……

浑厚的歌声回荡在守桥中队的上空。猪和兔子听到肖冬的歌声，兴奋得竖起耳朵，活蹦乱跳。

林晓春与以前相比，则少了一份儒雅，多了一份刚毅。心高气傲的他在牛劲前往二大队上任之前，就向牛劲保证来年一定要考上军校。为了实现诺言和梦想，林晓春每天坚持完成100个俯卧撑、100个仰卧起坐、100个引体向上。营房边有几个沙袋，林晓春一有时间就对着沙袋击打不止，每次都练得手掌红肿才住手，一段时间后，他的手变粗变壮了，掌心结出厚厚的老茧。每天中午，其他战士都去午休，他还在操场上挥汗如雨地苦练。超常的训练，使林晓春掉了一层皮，那白嫩嫩的皮肤变得乌驹般黑。功夫不负有心人，林晓春的军事素质有了质的飞跃，成了中队的军事尖子。现在，林晓春正信心百倍地准备迎接一年一度的军校统考。

"最近有没有关于吴夏和陈秋的消息？"林晓春问道。

"你想他们了？"

"不知为什么，平日闲着的时候，他们的音容笑靥老在我眼前晃动。"

"别以为就我们想他们，其实他们也很想我们。前天，我收到吴夏的微信，他说，陈秋一退伍，就去学驾驶，很快便掌握了驾驶技术，现在陈秋正和他一块儿开货车，平日，两人黄连拌白糖——同甘共苦，日子过得挺充实的。有一天，闲下来的时候，陈秋忽然说，虽然开货车跑了许多路，但总觉得老在一个小圈子里绕弯子。我知道他想军营想战友们了，其实当过兵的人都如此，人离开了，心还在营盘里转悠。吴夏在信中说，这些日子，他和陈秋走南闯北，碰到许多老兵，他们和他一样，对原先自己所在的部队有着挥之不去的记忆。吴夏在信的末尾说，他和陈秋经过商议，决定过些日子回守桥中队看看大家。"

"陈秋的运气不错，遇到肝胆相照的吴夏，幸福日子有奔头。"

"我觉得是吴夏的运气不错，他到哪儿会找到陈秋这样吃苦耐劳的合作伙伴？另外，陈秋还会炒一手好菜，闲着的时候，还可以给吴夏做锅边糊……"肖冬说着，嘴巴发出吧唧吧唧的声音。

"你又嘴馋了。"

"我不仅嘴馋了,眼睛也有点花了,最近一段时间,当我看到菜地边这棵桃树上盛开的桃花时,眼前老是晃动着吴夏和陈秋等老兵的影子,可当我离开桃树时,再回头一望,从花瓣里冒出的却是新兵充满朝气的面孔。"

"我也有同感。"林晓春附和道,"表面上看,牛劲喜欢这棵桃树是因为桃树是老班长刘一斤种下的,他要好好栽培,但我想牛劲之所以这样爱桃树,一定有更深的底蕴。"

"你为什么不在指导员离开守桥中队到二大队上任前问问他。"

"我问过,牛指导员给我留下这么一句话:'早早揭开谜底的人,是傻瓜;把谜底留到最后的人,是高手;让谜底永远存在的人,是神仙。'"

"这么说指导员是神仙了?"

林晓春笑而不语。

此时,从牛劲家乡开来的火车缓缓地在中队哨所边停下。林晓春和肖冬凝望着这列火车上款款走下的列车员刘芸,心里溢满了温情。他们想起了牛劲在离开守桥中队后,对妻子讲的那句话:"我离开中队后,你以后就是我和中队联系的纽带。"

以后的日子,每次列车在守桥中队停下,列车员刘芸总要给战士们送来一些家乡的土特产,哪个战士要买什么东西,给刘芸一说,刘芸下回乘坐火车到中队时一定带上,战士们见到刘芸,像见到了亲人,那高兴劲儿,把珍贵的一分钟的甘美甜蜜渲染得淋漓尽致。

一分钟的时间转瞬即逝,刘芸重新踏上火车,朝战士们挥挥手，刘芸挥手的姿势非常优美，肖冬觉得就像春风拂过桃树，枝头上微微颤动的桃花。

肖冬的目光向远处望了望，最终落在那座大桥上，他想起当新兵时，牛劲讲的那个关于桥的故事，恍惚中肖冬眼前的大桥开始鲜活地移动，就像一江翻滚着浪花的水从桥头向桥尾涌动。朵朵浪花的下面隐约闪动着一个个风华正茂、肌肉发达、充满青春活力的年轻男子汉，他们中有些人的面孔，肖冬似乎很熟悉，却一时又叫不出名字。此刻，他们全部光着膀子，弓着身子从桥头铜墙铁壁般排到桥尾，任飞溅的浪花从纹丝不动的身上流过，浪花在桥头与桥尾之间循环，流走了那似乎熟悉却又陌生的年轻男子汉的金色年华，却没有流走他们传承的禀性。

当列车缓缓驶过大桥时，肖冬眼前的人影消失了，但温馨的感觉早已润入心坎。

"肖冬，想什么心事？"

"我觉得自己变成了一列承载着幸福和快乐的火车！"肖冬眯着眼，一脸灿烂的他再一次亮出了招牌动作：让胖乎乎的左手在空中画出一道美丽的彩虹！

后记：为兵而歌

为兵而歌，是《我的兄弟我的兵》这部长篇小说的内涵和意义所在！

1990年，我从地方院校走进军营，一晃，三十年的时光便过去了。三十年的军旅生涯，让我与军营里的官兵打成了一片，他们的酸甜苦辣、家长里短、梦想与苦恼、纠结与奋进、亲情与爱情，无时无刻不牵扯着我的神经，这也是我军旅文学创作磕磕碰碰往前走的动力和源泉。

在军营的那段青春岁月，我一直坚持军旅文学写作。在外人看来，写作是很轻松的一件事，其实他们没能体会到写作者的艰辛，在我看来，写作是一个长期的苦难历程，既要忍受生活之苦的煎熬，又要经受创作之难的磨炼。这二十多年的坚持，让我真切地感悟到：文字的营养已经渗透到我的整个生命，文学的乐趣已经灿烂了我的整个人生，写作的快乐已经丰富了我的精神生活，作品的面世给我带来勤奋耕耘的快乐与喜悦。我追求着自己的人生梦想。尽管非常辛苦，但可以磨砺我的意志和信念，从中也可以寻觅到真正的快乐与幸福。文学就是我心里的灯,能排遣空虚无聊的阴霾,驱散人情世态的晦暗,照亮人生的行程。这盏灯虽然光亮有限,可对个人来说,就像灯塔之于夜航船。

《我的兄弟我的兵》是我完成的第三部长篇小说,也是我个人的第四部集子,这个集子记述的是我在军营里的生活,那些活灵活现的士兵很多都有原型,甚至可以说是把军营里的生活原汁原味地写到小说中。

写了那么多年的小说,我觉得《我的兄弟我的兵》还是很耐看的,因为在写这篇小说的过程中,我的内心深处有一种真实的感受——那些可爱是兵就是我的骨肉兄弟。在写的过程中,我的感情完全融入其中,随着人物的命运而波动,我为书中人物动容,为之落泪。以至写好之后,我的心情过了好长一段时间才平静下来。

这部长篇小说写完之后,我并没有急着拿去出版,因为我认为自己在军旅文学创作方面的功底不够深厚,于是,我就把他打印成册当枕头,晚上睡觉前,我轻轻的靠着它,书里的主人公就会从书本里偷偷地溜出来,与我促膝谈心,那一刻,我是这个世界上最幸福的人,会不由自主地哼起军歌,回忆起军营的青葱岁月,触摸到自己火热的心跳,想起这个世界上最可爱战友们的笑脸,一种温馨与感动便悄悄地爬上了我的心头。

当然,我之所以有王婆卖瓜自卖自夸的底气,还有一个重要的原因是这部长篇小说以真诚质朴的笔法描绘出守桥中队官兵们的日常生活,描写中队生活的各个角落和细枝末节,在平凡琐碎中反映出中队生活的特殊韵致和意义,洋溢出属于那个时代的浓郁气息和生活美感。小说对中队生活和官兵形象进行白描刻画,从官兵调动到提升,从人员的更换到中队的变迁,但他们始终坚守着自己的岗位，默默地奉献着自己的青春。书中的那些战士是真实的，是有血有肉的，是可以给人温暖的，他们很普通，如同路边的一株草，但他们把自己的根深深地扎进军营，他们把自己最美好的年华奉献给了军营，而后，敬完最后一个军礼，便匆匆地离开了军营，他们是如此的平凡与普通，却深深地打动了我。

2015年底，当我在指挥学院做完最后一次述职报告时，我的眼里滚出了一滴晶莹的泪水，我知道自己的军旅生涯结束了，那是我在军营行的最后一个军礼。刹那间，痛苦、迷茫、纠结、感动……当各种情感在我内心深处翻江倒海时，我的脑子里忽然蹦出一个想法，那部前些年写的《我的兄弟我的兵》，无论如何都要想办法将它出版。那是我为普通士兵树碑立传的呕心之作，哪怕自费我也要出。我要展示90年代入伍的军人在军营的真实生活，要让新时代的士兵们透过作品，看到我们那代当兵人激情燃烧的岁月。我要为兵而歌，那不是一声嘶吼，更不是一声叹息，而是从内心深处流淌出对军人奉献精神的赞歌。这首军歌是唱给军人的孩子听的，当他还在襁褓中嗷嗷待哺的时候，军号声已经成为了他今生第一声清脆的音符；是唱给军人的妻子听的，当她决定与军人相系一生的时候，军歌就已经伴随她走过人生的风风雨雨；是唱给那些已经脱去军装的军人听的，即使那段难忘的岁月已经随着时间的脚步隐约散去，可是那曾经燃烧过的火种始终不曾熄灭；是唱给依旧穿着军装的军人听的，当我们走进绿色军营的那天起，我们就知道此生必将一路兵歌，高唱远行……

《我的兄弟我的兵》从兵歌里走来，最终的命运注定是幸福的。我的这部多年前怀胎的长篇小说终于如愿出版了，省作协为此部书的出版给予了大力的支持，中国华侨出版社的编辑不辞辛劳工作，让我不要自掏腰包。在此，我表示深深的感谢。近年来，我的文学创作得到了各级领导的关爱与支持，长篇小说《飞翔的白鸽》获得省委宣传部和福州市文联的文艺事业发展专项基金的扶持，在此也深表感谢！

《我的兄弟我的兵》定稿之后，著名作家关仁山欣然挥毫题写书名，在此深表感谢。这部长篇小说出版后，我真诚地希望读者能在书中读出岁月本身散发的温度、军旅生活的永久印记、作者孕育已久的一段心香。

2017年，我转业到福州市文联后，回望军营，记忆是那么清晰却又那么模糊。清晰是因为我对军营仍怀着沉甸甸的情感，模糊是因为我每想到军营里那些默默奉献的士兵，泪水总是模糊我的视野！

图书在版编目（CIP）数据

我的兄弟我的兵/林朝晖著. — 北京：中国华侨出版社，2018.6
 ISBN 978-7-5113-7726-5

Ⅰ.①我… Ⅱ.①林… Ⅲ.①长篇小说－中国－当代 Ⅳ.①I247.5

中国版本图书馆CIP数据核字(2018)第114167号

我的兄弟我的兵

著　　者/林朝晖

责任编辑/高文喆　桑梦娟

责任校对/孙　丽

经　　销/新华书店

开　　本/670毫米×960毫米　1/16　印张/16　字数/170千字

印　　刷/三河市华润印刷有限公司

版　　次/2018年8月第1版　2018年8月第1次印刷

书　　号/ISBN 978-7-5113-7726-5

定　　价/38.00元

中国华侨出版社 北京市朝阳区静安里26号通成达大厦3层 邮编：100028
法律顾问：陈鹰律师事务所
编辑部：（010）64443056　64443979
发行部：（010）64443056　传真：（010）64439708
网　　址：www.oveaschin.com
E—mail：oveaschin@sina.com